19—20世纪英国小说中的
文化记忆研究

张阳阳 林鸿雁 陈之童 曹韵竹 ◎ 著

西南交通大学出版社
·成都·

图书在版编目（CIP）数据

19—20 世纪英国小说中的文化记忆研究 / 张阳阳等著. —成都：西南交通大学出版社，2022.8
ISBN 978-7-5643-8811-9

Ⅰ.①1… Ⅱ.①张… Ⅲ.①小说研究–英国–19 世纪–20 世纪 Ⅳ.①I561.074

中国版本图书馆 CIP 数据核字（2022）第 136727 号

19—20 Shiji Yingguo Xiaoshuo Zhong de Wenhua Jiyi Yanjiu

19—20 世纪英国小说中的文化记忆研究

张阳阳　林鸿雁　陈之童　曹韵竹　著

责 任 编 辑	何宝华
助 理 编 辑	周媛媛
封 面 设 计	曹天擎
出 版 发 行	西南交通大学出版社 （四川省成都市金牛区二环路北一段 111 号 西南交通大学创新大厦 21 楼）
发行部电话	028-87600564　028-87600533
邮 政 编 码	610031
网　　　址	http://www.xnjdcbs.com
印　　　刷	成都蓉军广告印务有限责任公司
成 品 尺 寸	170 mm×230 mm
印　　　张	15.5
字　　　数	221 千
版　　　次	2022 年 8 月第 1 版
印　　　次	2022 年 8 月第 1 次
书　　　号	ISBN 978-7-5643-8811-9
定　　　价	68.00 元

图书如有印装质量问题　本社负责退换
版权所有　盗版必究　举报电话：028-87600562

前　言

20世纪60年代以来，伴随着后结构主义的兴起，学界认识到历史真实其实是历史编纂学家所呈现的真实，其中不乏主观性与建构色彩。如乔治·奥威尔所言：谁掌握了过去，谁就掌握了未来；谁掌握了现在，谁就掌握了过去。被人们奉上神坛的历史编纂学与历史真实原来任人打扮，它的权威也因人们认识论的革新而被颠覆，宏大的历史结构遭到质疑与解构。到底什么是历史真实？人们无从得知。虽然宏大的历史具有欺骗性，但是转而关注处于特定时期的历史亲历者可以从当事人的角度更加直观地了解历史事件。线性的历史时间向纵深发展，历史亲历者的情感和记忆丰富了探究历史真实的渠道。在此背景下，记忆成为历史研究中的重要补充。

记忆研究兴起于法国，在涂尔干、哈布瓦赫的发展下，记忆进入社会学研究领域。涂尔干在其社会学著作中提出集体意识论，认为个人始终处于社会集体框架中。他的社会框架论在哈布瓦赫那里得到继承与发扬。哈布瓦赫借用涂尔干的社会心理学说，将个人记忆置于社会中，创造出处于社会框架下的"集体记忆"以及个人记忆的社会建构学说。皮埃尔·诺拉将记忆引入法国民族史的研究领域中，提出"记忆之场"的重要观点。德国阿斯曼夫妇从哈布瓦赫那里汲取灵感，将记忆置于文化史中，发展出"文化记忆"概念。阿比·瓦尔堡将社会记忆放在艺术史中进行考察，将图像作为记忆的载体，提出"图像记忆"。如果说哈布瓦赫提出的集体记忆讨论的是社会对记忆的建构或影响，那美国的保罗·康纳顿则在哈布瓦赫的基础上发展出"社会记忆"和"社会遗忘"，聚焦社会记忆的传递和保持。自哈布瓦赫提出集体记忆以来，现当代记忆研究呈现出百家争鸣场面，"集体记忆""记忆之场""文化记忆""交往记忆""图像记忆""社会记忆""创伤记忆"等众多记忆理念涌入公众视野，渗透到社会学、心理学、人类学等学科中，为学界解读历史、社会与个体以及其中关系提供了新途径。

"从记忆角度看，文学是最优秀的记忆术。"在百花齐放的记忆研究中，文学成为记忆的存储方式之一。而且，"大屠杀"文学、美国奴隶叙事等文类一再表明文学文本本身是一种记忆行为。此外，文学作为文化的组成之一，特定时期的文学文本是承载文化记忆的文化象征物。文本通过对历史的记忆与想象，呈现出社会历史的文化风貌。19世纪与20世纪的英国文学见证了维多利亚时期英国工业革命的重大突破、英帝国殖民体系的成熟与逐渐崩溃，见证了英国社会文化的变迁，承载着作家们对英国的记忆。传统的英国与现代的英国在19世纪与20世纪相遇，民族性与现代性的冲突在文学中得以表现。这一时期的作家通过文本构建出回忆空间，再现了英国的历史面貌，关于英国的文化记忆也因此跃然纸上。

正如W. J. T. 米切尔所言，一切媒介都是混合媒介。文本对记忆的建构绝不仅仅限于单一媒介形式的建构与保存。本著作在此基础上，选取了19世纪与20世纪的8部英国文学作品，深入探索文本对文化记忆的多种建构方式，挖掘19世纪与20世纪的英国作家在急剧变革的社会环境中，如何利用文学文本维持文化记忆的稳定性。本著作绪论梳理了文化记忆的定义与学术研究史，特别详细地介绍了文化记忆的建构媒介以及英国文学作品中的文化记忆。图像作为视觉媒介，对记忆的呈现具有直观可视化的特点，文学中图像融文字媒介与图像媒介于一体，在语象互动中建构出独特的英国文化记忆。第一章"女性与家园：图像与文化记忆"主要探讨了《维莱特》与《虹》中维多利亚时期与工业革命背景下英国文化记忆的图像化呈现方式。古典记忆术重视地点场所对记忆的建构作用，地理空间将抽象的记忆具象化，因此，空间成为重要的记忆媒介。第二章"帝国的回声：空间与文化记忆"分析了两位英殖民时期作家的作品——康拉德的《黑暗的心》与吉卜林的《基姆》，从古老的地点记忆法获得启发，将文化记忆与空间场所相联系，探索英帝国文化记忆的空间化。阿斯曼将神话传说看作早期承载文化记忆的文化象征物，在他之前，荣格、弗莱、弗雷泽等人所述的神话原型与集体无意识表明神话蕴涵了重要的原始文化结构，成为考察人类文化记忆的重要途径。第三章"失落的文明：神话与文化记忆"探析了《恋爱中的女人》与《一抔尘土》中的神话传说与英殖民时期和工业时期文化记忆的重要联结。自柏拉图以来，身体处于被动状态，到了20世纪，尼采将身体纳入哲学的重要议题后，身体由被支配状态转而呈现出主动建构性与生产性。第四章"民族性的操演：身体与记忆"将身体看成记忆的建构媒介，探讨作品《好兵》与《一个青年艺术家的画像》中身体对于文化记忆的建构作用以及现代背景下英国的民族性问题。

  本著作的直接启发来自我们博士期间选修的课程，在相关课程中，老师们鼓励我们研读《黑暗的心》《霍华德庄园》《恋爱中的女人》等英国文学作品以及空间叙事学与图像学著作。在此感谢王欣与王安两位老师的启发与鼓励，本著作才有了最初的构思和想法，同时也感谢西南交通大学出版社编辑的校对与指导，本书最后才得以出版。由于我们四位年轻学者的经验、学识和能力有限，本书存在一些不足乃至错误之处，我们对一切负责，同时敬请各位专家与读者批评指正。

张阳阳

2022 年 4 月

目 录

绪论
一、文化记忆综述 …………………………………… 002
二、文化记忆及其建构媒介 ………………………… 014
三、19—20世纪的英国小说与文化记忆 …………… 020
本章小结 …………………………………………… 024

第一章 女性与家园：图像与文化记忆 ……………… 027
第一节　图像、文学与文化记忆 …………………… 028
第二节　性别博弈：《维莱特》中的图像与文化记忆 … 038
第三节　重返家园：《虹》中的图像与文化记忆 …… 056
本章小结 …………………………………………… 077

第二章 帝国的回声：空间与文化记忆 ……………… 079
第一节　记忆的空间媒介 …………………………… 080
第二节　《黑暗的心》：历史叙事与怀旧书写 ……… 086
第三节　《基姆》：地图隐喻与文化记忆 …………… 103
本章小结 …………………………………………… 124

第三章 失落的文明：神话与文化记忆 ……………… 129
第一节　神话、文学与文化记忆 …………………… 130
第二节　历史的连续与断裂：
《一抔尘土》中的神话叙事 ……………… 138
第三节　杰拉德之死：
《恋爱中的女人》的神话隐喻和文化记忆 … 159
本章小结 …………………………………………… 180

第四章 民族性的操演：身体与文化记忆 ………………… 185
第一节 记忆的身体媒介 ……………………………… 186
第二节 运动与仪式：《好兵》中的英国性记忆 ………… 193
第三节 感官记忆：
《一个青年艺术家的画像》中的爱尔兰民族性建构 ……… 212
本章小结 ……………………………………………… 233

后 记 ……………………………………………… 238

绪 论

PREFACE

随着"记忆转向"的到来,记忆研究正取得蓬勃发展。文化记忆作为记忆研究的重要分支之一,强调记忆的社会文化内涵以及集体的文化身份传统。越来越多的研究发现,记忆是可建构的。如同哈布瓦赫的集体记忆,文化记忆也处于社会框架中,被社会所形塑。在此基础上,文化记忆与其建构媒介成为本书的研究重点。本章梳理了文化记忆以及文化记忆的学术研究史,考察了文化记忆的建构媒介,并且探讨了19世纪至20世纪的英国文学与文化记忆建构之间的重要联系。

一、文化记忆综述

20世纪末以来,"记忆"一直是个跨学科的热门话题。特别是在过去的三四十年里,相关研究在世界多地兴起,以一种独特的方式把人文学科、社会研究和自然科学联系在一起。记忆理论既影响了学界"对于研究对象、研究资料以及研究方式的认识"[①],同时也引发人们对于"时间轴中过去、未来与当下之关联的理解以及空间轴中自我、他者与共同体关系的思考"[②]。20世纪以来,记忆已经成为时代的一个标志性现象,记忆研究日益发展为一门显学,可以说,文学与记忆之间的互动已经成为人文社科领域最为热门的课题之一。[③]

"记忆研究"(memory studies)的内涵丰富,包含"个体记忆"(individual memory)、"集体记忆"(collective memory)、"社会记忆"(social memory)、"文化记忆"(cultural memory)、"媒介记忆"(media memory)等众多术语。这些术语展现出西方记忆研究的发展进程:从个体记忆、集体记忆、社会记忆与文化记忆的理论发展,到大脑研究和心理学研究的跨学科研究,最后抵达文化研究领域。

[①] 刘顺. 论文学中的记忆[J]. 浙江工商大学学报. 2015(6):56-57.
[②] 刘顺. 论文学中的记忆[J]. 浙江工商大学学报. 2015(6):57.
[③] (德)阿斯特莉特·埃尔,冯亚琳. 文化记忆理论读本[G]. 北京:北京大学出版社,2012:209.

（一）个体记忆与集体记忆

个体记忆通常是精神病理学和认知心理学学科所关注的话题。进行记忆的首先是个体，个体记忆"是一种处理主观经验并建构社会身份认同的动态媒介"①，是形成个体经验、建构主体身份、与外界交流互动的基础。不过，个体记忆从根本上来说是由社会—文化语境所决定并激发的，具有社会属性。20 世纪 20 年代，法国著名社会学家哈布瓦赫（Maurice Halbwachs，1877—1945）提出与个体记忆相对的集体记忆这一概念。集体记忆是立足于现在而对过去的一种建构，哈布瓦赫强调思想观念与行为模式所构成的社会框架对记忆的建构性。在《论集体记忆》（1925）一书中，哈布瓦赫从家庭的记忆、宗教的社会记忆、阶层的社会记忆这三个层面进行阐述，认为个体记忆只是集体记忆的构成部分，记忆具有社会功能。《论集体记忆》一书的问世对记忆研究在人文社会科学领域的发展起到了至关重要的作用，从生理学、心理学和精神病理学开始，记忆研究逐渐完成了向文化学和人文性的转向。

不过，学界对于"集体记忆"这一概念的质疑一直持续不断。为了规避"集体记忆"这一概念的模糊性，阿莱达·阿斯曼（Aleida Assmann，1947—）倾向于使用社会记忆、政治记忆和文化记忆三个术语加以细分。在她看来，社会记忆指在一个既定社会中，一种持续变化的、随着个体的生死而形成和消失的记忆，常常表现为不同的代际记忆；个体记忆与社会记忆都由个体承载，两种记忆范式都依赖于个体以及个体之间的互动交际；政治和文化记忆则依赖于其他介质，需要借助能够长久地承载象征和物质

---

① （德）阿莱达·阿斯曼，王蜜. 重塑记忆：在个体与集体之间建构过去[J]. 广州大学学报（社会科学版），2021，20（2）：9.

表征的实物作为载体。① 其中,政治记忆是政治学家关注的重点,文化记忆则为文化研究领域的学者所用,主要强调记忆的文化功用。②

(二) 社会记忆

美国社会学家和人类学家保罗·康纳顿 (Paul Connerton, 1940—2019) 在哈布瓦赫的基础上,将问题聚焦在"群体的记忆如何传播和保持"上,用"社会记忆"的概念替代了"集体记忆"的概念,更为关注记忆所具有的社会性特质。哈布瓦赫关注了家庭、宗教、社会阶级等集体记忆的社会框架,但尚未就集体记忆的传递问题加以叙述。康纳顿则在《社会如何记忆》(1989) 一书中着重讨论了群体记忆的延续性问题,提出纪念仪式和身体实践这两种社会记忆的传递方式,强调权力之于社会记忆的作用。从哈布瓦赫的"集体记忆",到康纳顿的"社会记忆","体现了从'集合起来的记忆'变成了'集体的记忆'的本质突破"③。

(三) 文化记忆

20 世纪 90 年代起,"文化记忆"研究首先在德国蓬勃发展。这里所说的文化概念主要根植于文化科学的德国传统和人类学传统,将文化视作社会、物质、精神这三个维度构成的框架,主要包括"社会记忆""物质或媒介的记忆""心灵或认知的记忆"这三个方面。④ 文化史和社会科学对文化记忆中隐喻式的"记忆"概念进行了大量研究,由此产生了两个最有影

---

① (德) 阿莱达·阿斯曼,王蜜. 重塑记忆:在个体与集体之间建构过去 [J]. 广州大学学报 (社会科学版), 2021, 20 (2): 10.
② (德) 阿莱达·阿斯曼,陶东风. 个体记忆、社会记忆、集体记忆与文化记忆 [J]. 文化研究, 2020 (3): 55-56.
③ 陶宇. 时空的镜像:社会记忆的理论谱系与研究推进 [J]. 长春工业大学学报 (社会科学版), 2012, 24 (5): 77.
④ (德) 阿斯特莉特·埃尔,安斯加尔·纽宁. 文化记忆研究指南 [M]. 李恭忠,李霞,译. 南京:南京大学出版社, 2021: 5.

响力的概念：阿斯曼夫妇的"文化记忆"（kulturelle Gedächtnis）和皮埃尔·诺拉（Pierre Nora，1931—）的"记忆之场"（lieux de mémoire）。

在哈布瓦赫的基础上，德国学者扬·阿斯曼（Jan Assmann，1938—）和阿莱达·阿斯曼夫妇提出文化记忆这个关键概念。如果说哈布瓦赫做出的贡献在于他提供了记忆的社会框架说，而康纳顿深入讨论了记忆传承的问题，那么阿斯曼夫妇提出的文化记忆则是从文化的角度来讨论记忆问题，把记忆、文化和群体这三个维度关联起来。

扬·阿斯曼在《文化记忆》一书中指出回忆（对过去的指涉）、认同（政治想象）与文化的延续（传统的形成）的关联。① 他认为文化的"凝聚性结构"在其中发挥了连接和联系的重要作用。阿斯曼认为，每个文化体系中都存在着一种"凝聚性结构"②，这种结构的产生和维护是文化记忆的职责所在：在时间层面上，凝聚性结构把过去和现在连接在一起；在社会层面上，它构造了一个"象征意义体系"，即"一个共同的经验、期待和行为空间，这个空间起到连接和约束的作用"③。集体记忆（扬·阿斯曼称之为"交往记忆"）和文化记忆的主要区别在于：集体记忆是日常化的、口传的、临时的；而文化记忆比较稳固和长久，强调的是记忆的文化功能。④ 交往记忆/集体记忆和文化记忆的差别如表 0-1 所示：

---

① （德）扬·阿斯曼. 文化记忆：早期高级文化中的文字、回忆和政治身份[M]. 金寿福、黄晓晨，译. 北京：北京大学出版社，2015：6.
② （德）扬·阿斯曼. 文化记忆：早期高级文化中的文字、回忆和政治身份[M]. 金寿福、黄晓晨，译. 北京：北京大学出版社，2015：6.
③ （德）扬·阿斯曼. 文化记忆：早期高级文化中的文字、回忆和政治身份[M]. 金寿福、黄晓晨，译. 北京：北京大学出版社，2015：6.
④ （德）扬·阿斯曼. 文化记忆：早期高级文化中的文字、回忆和政治身份[M]. 金寿福、黄晓晨，译. 北京：北京大学出版社，2015：51.

表 0-1　交往记忆/集体记忆和文化记忆的差别①

	交往记忆/集体记忆	文化记忆
内容	以个体生平为框架所经历的历史	神话传说；发生在绝对的过去的事件
形式	非正式的；尚未成型的；自然发展的；通过与他人交往产生；日常生活	被创建的；高度成型；庆典仪式性的社会交往；节日
媒介	存在于人脑记忆中的鲜活回忆；亲身经历和据他人转述的内容	被固定下来的客观外化物；以文字、图像、舞蹈等进行的传统的、象征性的编码及展演
时间结构	有限的（80~100 年），随着不断向前的当下同时前进的时间视域中的三至四代人	神话性史前时代中绝对的过去
承载者	非专职的；回忆共同体中某时代的亲历者	专职的传统承载者

阿莱达·阿斯曼关注承载记忆的媒介，指出社会记忆与文化记忆的区别。在她看来，社会记忆的动力学"很大程度上受到代际交替的影响"②，而只要记忆没有通过外在的媒介被稳定化，那么它们便会随着记忆者的死去而消失，其代际价值是有限的。但是，媒介化、物质化的记忆会留下，文化的物质遗存可以通过博物馆和档案馆等机构而获得第二次生命。社会记忆和文化记忆的差别如表 0-2 所示：

---

① （德）扬·阿斯曼. 文化记忆：早期高级文化中的文字、回忆和政治身份[M]. 金寿福，黄晓晨，译. 北京：北京大学出版社，2015：51.
② （德）阿莱达·阿斯曼，陶东风. 个体记忆、社会记忆、集体记忆与文化记忆[J]. 文化研究，2020（3）：51.

表 0-2　社会记忆和文化记忆的差别①

社会记忆	文化记忆
生物学的载体	物质载体
有限的（80~100 年）	无限
代际	跨（超）代
交流	符号与象征
对话性记忆	纪念碑、周年纪念、仪式、文本和意象等

文化记忆的地位是不同的，其内容也十分丰富。在书写文化中，意义的传承需要借助各种象征形式而使那些需要为人所知的核心部分得到保存。正是为了帮助人们更好地理解文化记忆所具有的两面性特征，阿莱达·阿斯曼进一步指出，应该区分"有人栖居的记忆"的功能记忆（functional memory）和"无人栖居的记忆"的存储记忆（stored memory）。②功能记忆具有群体关联性，是人工制品的经典化，而存储记忆是关于记忆的记忆，是文化的档案。存储记忆中存在的文化人工制品通过决定性的方式使自己区别于功能记忆中的人工制品，后者受到了特别好的保护，以免被遗忘和陌生化。功能记忆与存储记忆典型的例子是博物馆中展出的作品（功能记忆）和储存在仓库里的更多作品（存储记忆）。其中，博物馆的双重功能是储存艺术品和确立经典（后者是通过选择部分储存作品作为展品而得以确立的）。功能记忆与存储记忆的区别可以在表 0-3 中得到更为清晰的展示：

---

① （德）阿莱达·阿斯曼，陶东风. 个体记忆、社会记忆、集体记忆与文化记忆[J]. 文化研究，2020（3）：63.
② （德）阿莱达·阿斯曼. 回忆空间：文化记忆的形式和变迁[M]. 潘璐，译. 北京：北京大学出版社，2016：147.

表 0-3 功能记忆和存储记忆的差别①

功能记忆	存储记忆
确保重复的方法	确保延续的方法
符号实践	物质再现
传统	书籍、意象、电影等
仪式	图书馆
人工制品的经典化	博物馆、档案等

除了阿斯曼夫妇所提出的"文化记忆"概念，诺拉在《记忆之场——法国国民意识的文化社会史》一书中提出的"记忆之场"概念也在国际学术界产生重要影响。②记忆依赖一定的场所加以保存与维系，这种"场"既可以是实体性的地点与建筑，也可以是象征性的和功能性的场所。通过对法国国庆日、《马赛曲》、埃菲尔铁塔、环法自行车赛、贞德等记忆之场的研究，诺拉等人试图探寻遗存的法兰西民族记忆，以期获得民族和国家的认同感和归属感。因此，对于文化记忆的讨论又回到了文化认同、文化传承和文化身份等话题上来了。

我国的文化记忆研究要从 21 世纪初开始。首先是国外记忆理论的引入，黄晓晨、唐少杰、王霄冰等学者在译介方面发挥了重要作用。此后，国内学者对文化记忆在理论层面和应用层面的逐步深入，掀起了国内文化记忆研究的热潮：不少学者从集体记忆概念的发展演变、文化记忆与文化史、记忆之场、文化记忆与文学、文化记忆与媒介等重要问题展开讨论。从 2015 年以来，文化记忆相关著作不断被引入到国内，扬·阿斯曼的《文化记忆：早期高级文化中的文字、记忆和政治身份》、阿莱达·阿斯曼的《回

---

① （德）阿莱达·阿斯曼，陶东风. 个体记忆、社会记忆、集体记忆与文化记忆[J]. 文化研究，2020（3）：65.
② （法）皮埃尔·诺拉. 记忆之场[M]. 黄艳红等，译. 南京：南京大学出版社，2015：Ⅲ.

忆空间：文化记忆的形式与变迁》和《记忆中的历史：从个人经历到公共演示》、阿斯特莉特·埃尔和安斯加尔·纽宁主编的《文化记忆研究指南》等著作纷纷被国内出版社翻译出版，国内学者对于文化记忆领域有了更为深入的理解，也能够更加自如地将文化记忆理论运用在具体的实践中。

总体来说，文化记忆是国内人文社会研究界一个名副其实的热门话题。近20年内，国内举办了一系列与记忆相关的会议，其中文化记忆成为讨论的焦点：例如，2005年，"东亚现代文学中的战争与历史记忆"国际学术研讨会成功举办[1]；2006年，"文学空间与文化记忆"在北京外国语大学召开[2]；2007年，"历史·记忆·文学"学术研讨会在洛阳召开，"历史、记忆与文学之间的关系""女性主义与历史书写以及历史记忆""族裔文化的建构与身份认同""媒体与历史再现之间的关系"等问题是与会学者们讨论的热点[3]；2009年，"文学与记忆"学术研讨会在暨南大学召开[4]；2013年，暨南大学主办了"文化·记忆·历史"青年学者研讨会[5]；2014年，"中国民间文学与民族历史记忆"学术研讨在中央民族大学召开[6]；2015年，来自文学、历史学、社会学、传播学等领域的与会者们在"文化记忆：时代、历史与媒介"国际学术研讨会上展开了跨学科的对话[7]。此外，《文艺争鸣》《文化研究》《当代文坛》《文学评论》《外国文学》等期刊也多次设立文化记忆研究专题，刊发了大批高质量研究文献。

---

[1] 胡博."东亚现代文学中的战争与历史记忆国际学术研讨会"综述[J].文学评论，2005（6）：194.
[2] 贺克."文学空间和文化记忆"学术研讨会举行[J].文艺理论与批评，2006（3）：105.
[3] 王岚."历史·记忆·文学"学术研讨会综述[J].外国文学，2008（1）：64.
[4] 洪治纲."文学与记忆"学术研讨会综述[J].文学评论，2010（2）：221.
[5] 赵静蓉."文化·记忆·历史"青年学者研讨会在暨南大学召开[J].探索与争鸣，2014（3）：43.
[6] 王淑琴.中国民间文学与民族历史记忆学术研讨会在京召开[EB/OL].（2014-07-11）[2022-02-14].http://iel.cass.cn/xszl/xscz/201407/t20140711_2755324.shtml.
[7] "文化记忆：时代、历史与媒介"国际学术研讨会在杭州召开[J].浙江大学学报（人文社会科学版），2015，45（5）：190.

通过对国内"文化记忆"的研究调查，在中国知网（CNKI）中进行"跨库检索"（截止到 2022 年 3 月 14 日），选取"中国期刊全文数据库（含特色期刊）""中国优秀硕士学位论文全文数据库""中国博士学位论文全文数据库"和"会议论文库"，在检索项"篇名""摘要""关键词"下，分别输入检索词"文化记忆"，并匹配为"精确"，检索结果如下：在"篇名"检索项下共 1423 篇，"摘要"下共 5113 篇，"关键词"下共 2194 篇。在三个检索项的检索关系设置为"并且"的条件下，检索结果共 802 篇。在"篇关摘"的条件下共检索 8670 篇，从文献的数量来看，国内关于文化记忆的研究基本呈现逐年上升的趋势，并在 2016—2022 年呈现较高的数值（见图 0-1）。对检索到的最大值即 8670 篇文献进行关键词提取并形成主题分布和词频云图（见图 0-2、图 0-3），发现除了文化记忆之外，集体记忆、城市记忆、历史记忆、文化认同、文化传承、文化遗产、身份认同等是出现频次最高的几个关键词。由此可以看出，关于文化记忆的现有研究呈现出跨学科分布的突出特征，文学、社会学、历史学、人文地理等领域都涌现出一大批研究成果，记忆内容、记忆功能、记忆方式等都是应用研究的焦点。

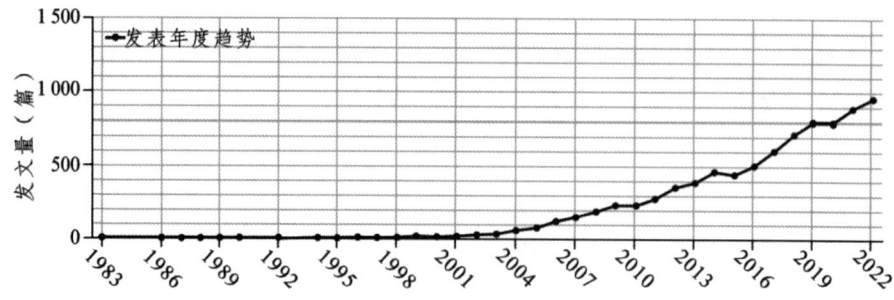

图 0-1　1983—2022 年国内"文化记忆"相关的论文数量分布统计（CNKI 检索）

（注：图中 2022 年发文量为预测总值）

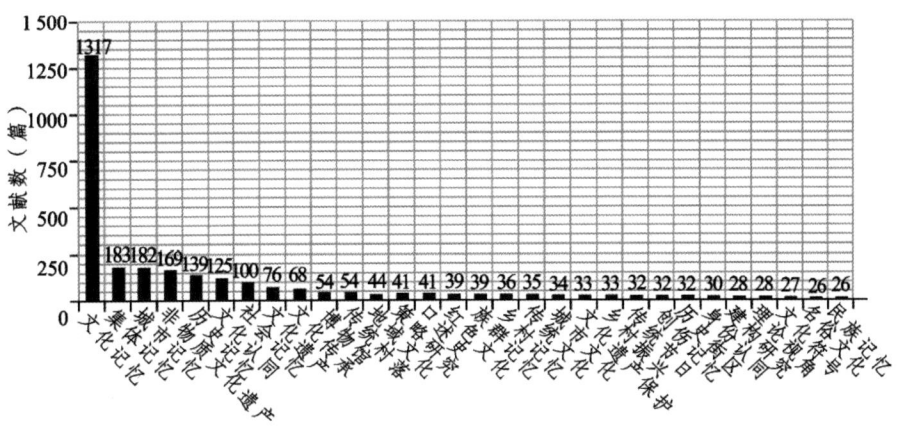

图 0-2 1983—2022 年国内"文化记忆"相关的论文主题分布统计（CNKI 检索）

（注：图中 2022 年发文量为预测总值）

图 0-3 1983—2022 年国内"文化记忆"相关的论文词频云图（CNKI 检索）

对于文学研究来说，文化记忆视角的引入具有重大意义。如果要讨论文学与文化记忆的关系，一是可以从文学史的角度来讨论文学作为知识体系与文化记忆的关系，二是可以讨论文学作为文化记忆的媒介所发挥的作用。[①] 由于本书讨论的主要是文学作品中的文化记忆，因此，我们将学科

---

① 冯亚琳. 文学与文化记忆的交会[J]. 外国语文，2017，33（2）：48.

范围缩小到"文学"学科,将数据库缩小到"中文社会科学引文索引"(CSSCI)库,再用检索"文化记忆"的方式对"文学与文化记忆"进行精确检索:经过初步整理,在"主题"与"篇名"检索关系的条件下共61篇,"主题"与"摘要"下共181篇,"主题"与"关键词"下共104篇。在三个检索项的检索关系设置为"并且"的条件下,检索结果共39篇。在"篇关摘"的条件下,检索结果共216篇。从文献数量来看,国内关于文学与文化记忆的研究在2013—2014年和2016—2020年呈上升趋势,在2015—2016年略有回落,并在2018—2022年呈现较高的数值(见图0-4)。对检索到的最大值即216篇文献进行关键词提取并形成主题分布和词频云图(见图0-5、图0-6),发现除了文化记忆之外,文化身份、创伤记忆、文学记忆、集体记忆、族群记忆是出现频次较高的几个关键词,民间文学、抗战文学、乡土文学、伤痕文学是出现频次较高的几个文学文类关键词,莫言、阿来、阎连科、普鲁斯特、汤亭亭等作家是出现频次较高的几位作家。

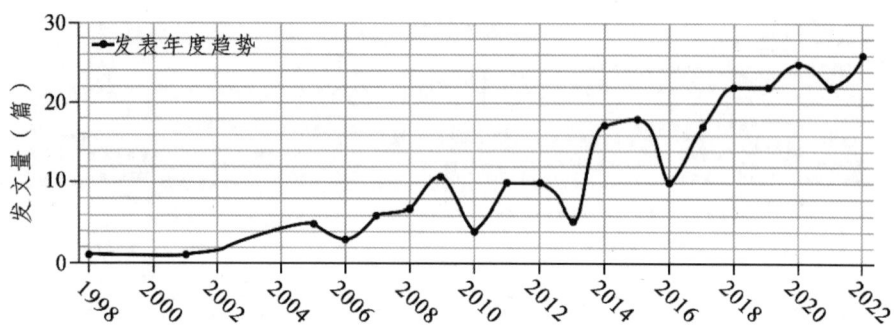

图 0-4　1998—2022 年国内"文学与文化记忆"相关的论文数量分布统计(CSSCI 检索)

(注:图中 2022 年发文量为预测总值)

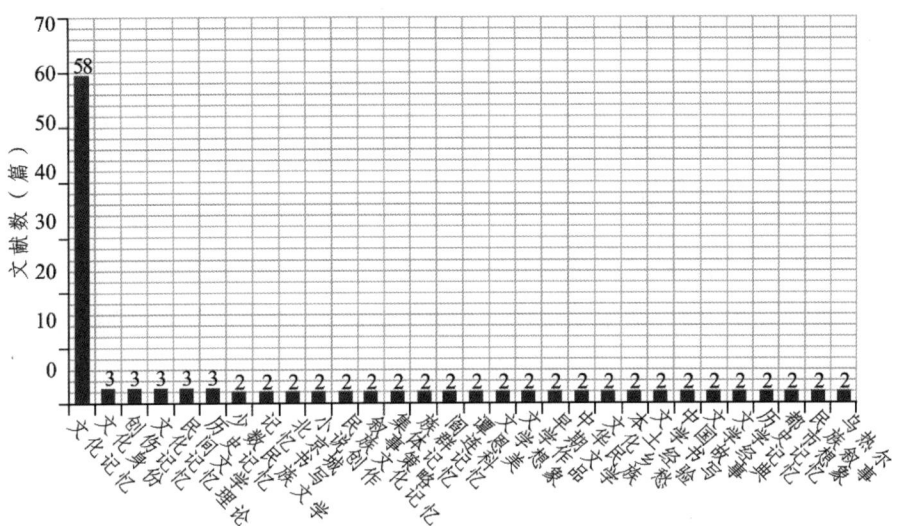

图 0-5　1998—2022 年国内"文学与文化记忆"相关的论文主题分布统计（CSSCI 检索）

图 0-6　1998—2022 年国内"文学与文化记忆"相关的论文词频云图（CSSCI 检索）

自从记忆这一概念被引入国内以来，国内文学领域关于记忆的研究呈现均衡上升的趋势，并取得了一系列丰硕的成果。文化记忆研究具有广阔的研究前景，文化记忆理论在中国发展的近 20 年里，在文学研究领域取得了较大进展。整体来看，我国文化记忆研究已有了较为深厚的基础，但也存在一些问题：首先，"文化记忆"作为现有研究中出现频次最高的关键词，"呈现出概念泛化、语义过载等问题，常常与集体记忆、社会记忆、历史记忆等术语混杂出现"①。其次，现有研究议题主要集中在文学作品中表现出的记忆内容与功能上，对于记忆的展演方式研究仍然比较薄弱，研究角度也不够具体。另外，真正的创新性分析仍旧很少，分析较多模式化。最后，少有国内学者能够基于中国文学传统，提出真正原创的理论创见。尽管不少中国学者对于中国文学中的记忆书写进行了一些梳理，但是还未有中国学者能够提出系统性的、有较大影响力的记忆理论。未来学界可以在以上方面进行继续拓展与深化。

二、文化记忆及其建构媒介

文化记忆不是一种私人的个体经验，它需要与人类物理身体之外的物质载体进行建构和传承，这一载体会因历史时期、群体构成、技术条件等因素而略有不同。因此，文化记忆研究中的首要内容之一是探讨众多媒介如何以不同的方式来记录、传播和延续文化记忆，即文化记忆在不同社会历史背景下的建构方式。然而，记忆的媒介并非只是被动的物理载体，不同媒介承担着对文化记忆的不同形塑功能。

文化记忆被外部载体储存。提及记忆，人们可能会认为这是在人类大脑中的独立活动，与外部的物理媒介无关。但事实正好相反，人脑的储存功能有限，不论是个人记忆还是集体记忆，其延续和传播都要靠外部的不同媒介。例如在《追忆逝水年华》（*À La Recherche Du Temps Perdu*）中，普鲁斯特（Marcel Proust）通过玛德琳娜小点心而联想起逝去的岁月，这块点心或这块点心的味道正是其个人记忆的触媒，它作为记忆载体联系着过去与现在。在文化记忆中，旗帜、徽章、纪念碑等都是承载集体记忆的

---

① 刘慧梅，姚源源. 书写、场域与认同：我国近二十年文化记忆研究综述[J]. 浙江大学学报（人文社会科学版），2018，48（4）：195.

不同媒介。自人类意识到记忆的存在以来，记忆的传递始终为外部媒介所承包，记忆的外化是记忆储存与传播不可缺少的环节。皮埃尔·诺拉在对比记忆与历史时指出，"记忆根植于具象之中，如空间、行为、形象和器物，历史关注的只有时间之流、事物的演变及相互关系"①。诺拉在这里明确指出了记忆的媒介特性，记忆需要空间、身体、形象等媒介作为载体，而历史只是纯粹的时间关系。阿莱达·阿斯曼也用"复用的羊皮纸"②来隐喻回忆，从这一比喻中也可以看出媒介对记忆的重要性，虽然记忆被不断刻写，但其始终需要一个物理载体。

媒介作为传播学的概念被广为人知，记忆的媒介可被视为人体的延伸。著名的媒介学理论家麦克卢汉（Marshal McLuhan，1911—1980）曾著有《理解媒介：论人的延伸》（Understanding Media: The Extensions of Man）一书，他将各种媒介视为人体感官的延伸，新的媒介的出现意味着身体的感官又被延伸至新的领域，例如各种交通工具媒介是人体四肢的延伸。这种身体化的媒介观在记忆研究中也同样适用，当人类无法通过大脑记忆事件时，外部的媒介就开始发挥和大脑一样的储存功能，记忆的媒介成为大脑记忆功能的延伸。例如当我们并没有亲身经历某一场战争时，战争的纪念碑就成为这一集体记忆的外部媒介，它可以让无数未经历战争之人记住战争的残酷，由此建构了未经历者的集体记忆。由于生理结构的限制，个人头脑中的记忆随着时间消逝会产生变形和消退，但刻写于文本或图画中的记忆却能经受岁月的侵蚀。因此，媒介是人体的延伸这一比喻在记忆研究中尤为重要，文化记忆的媒介帮助塑造人们的集体身份，并且具有超越时间性的建构功能。

诺拉也注意到文化记忆中严重的记忆外包现象，即由于现代社会生活节奏的加快，一切事物都处于快速的逝去过程中，去记住某物和某事件的

---

① （法）皮埃尔·诺拉. 记忆之场[M]. 黄艳红等，译. 南京：南京大学出版社，2015：6.
② （德）阿莱达·阿斯曼. 回忆空间：文化记忆的形式和变迁[M]. 潘璐，译. 北京：北京大学出版社，2016：166.

必要性显得尤为突出。这也是诺拉为何提出"记忆之场"的概念。记忆之场作为实在的、象征的、功能的场所，其目的是将事物储存在永恒的时间中，让人们可以随时保持对特定事件的记忆。记忆之场成为建构集体记忆的途径或中介。抽象的纪念日隶属于记忆之场，当整个社会越来越热衷于庆祝各种纪念日时，这意味着被纪念的事件本身正在离我们而去，因此我们才更加迫切地需要记住它。记忆之场作为记忆的媒介虽然将文化记忆传播至更广泛的群体中，并让记忆获得了更持久的生命力，但是与此同时也削弱了事件本身的意义，因为人们过于专注于"记住"这一行为，而忽略了被记忆事件的实质意义。由此，纪念馆、博物馆、纪念节日等记忆之场成为对被纪念事件的替代物，事件本身则消失于符号能指中。

　　承载文化记忆的物理媒介种类繁多，其中最直观的当属图像。人是视觉的动物，视觉形成的形象是记忆最原初的形态，而图像又是这一形象的客观物质形态。在个人记忆中，个体回溯经历过的事件时正是以图像的形式重新调取记忆，过去的事件在脑海中如同一幅幅照片，这是专属个人的图像记忆，具有私密性和不可分享性。而在文化记忆领域，画像、照片、视频等是最常见的集体记忆媒介，这些图像媒介具有高效的传播效力，能在大部分的观者心中形成特定的集体记忆。当我们纪念某一伟人时，人们往往会将其头像印制成巨大画幅的图片，张贴在各种必要的地方，在纪念节日中往往也以肖像画体现对某人的尊敬。由此，当人们看到这些画像或照片时，这一伟人为人民所做的贡献或牺牲就会涌上心头。此外，当我们集体回忆战争的残酷和任何民族集体创伤记忆时，最常见的方式就是用纪录片等历史素材重现当时的场景，引起人们共情的同时也延续这段记忆。照片、图片、视频等以视觉为媒介的记忆载体具有鲜活的在场特征，它们能唤起观者强烈的在场感和共情感，这些伴随的情感作用对文化记忆的延续具有明显效用。

　　建筑场所，即空间，也是文化记忆传播的重要媒介之一。古典记忆术的发明者西蒙尼德斯（Simonides，约前556—前468）在宴会遭遇不测时正是通过会客厅座位的空间次序回忆起当时的客人，空间位置、场所、建筑物成为记忆术的原始媒介。而随着文化记忆的发展，不同类型的记忆开始采用不同的纪念场所，例如储存宗教记忆和开展仪式的庙宇与教堂、举办各类文化纪念活动的咖啡厅和沙龙、举办政治集会的广场、纪念历史性事件的博物馆、纪念历史名人的功德祠等。不同种类的文化记忆被分属的场所储存着，当人们进入特定空间，相应的文化记忆就会被唤起。例如波兰的奥斯维辛集中营纪念馆、中国的南京大屠杀纪念馆，虽然我们身为参观者并没有亲身经历过大屠杀，但是纪念馆内各种物品的陈列和布局，各种亲历者的口述等让参观者不由得分享了受害者的经历，成为民族创伤记忆的见证者。而北京的故宫建筑群更是中国帝制记忆的承载媒介，恢宏的建筑本身就是几千年中国古代记忆的象征，让每一位参观的中国人都分享了这一集体记忆。建筑空间因其物理质地的坚实特征，使得它们对文化记忆的保存通常能跨越较长的时间跨度。

　　此外，神话作为抽象意义的象征载体也是特定群体传承内部文化记忆的媒介。神话是原始社会族群体认世界的思维模式，神话思维具有明显的无时性特征，强调时间的循环和事件的重复。因此，每当特定事件发生时，其往往同过去的标志性事件相连，进而形成文化意义上的原型象征和母题。神话的循环时间观制造了一种时间重复的幻觉，因此具有稳固群体历史和身份认同的作用，这种循环的时间形成神话建构的特定集体记忆。神话是特定群体内部记忆的浓缩性象征，它具有规范性特征并总是与过去相连，群体成员通过将个体身份与群体神话相联系进而确定自身的集体身份认同，例如中华民族神话中的神农、夸父、后羿等都是承载集体记忆的原型人物。由此，不同群体中的不同神话通常承载了独属于这一群体的文化记忆，进而帮助每个群体中的个体稳固其文化身份。例如，英国传统的亚瑟王神话、美国印第安族群的神话、中华民族的传统神话都是各个群体内部共享的文化记忆，我们依靠神话带来的认同建构自己的集体身份。

　　除了图片、建筑、神话等外部媒介外，人的身体本身就是文化记忆传承的媒介。在个人记忆领域，身体的疤痕往往是一段痛苦回忆的承载物，它能让我们回忆起经历事件当下的创伤经验。而在文化记忆中，身体的仪式、身体的习惯、手势语言等都具有延续文化记忆的功能，在特定的集体中由不同的规范性表述所规定。各类宗教记忆十分依靠仪式中固定的身体姿态，例如天主教的圣餐仪式或基督教的受洗仪式等。随着宗教逐渐在现代社会淡出人们的生活，各类仪式也开始变得世俗化，仪式过程中的每一个步骤都规定了身体的姿态、动作与服饰，当参与者严格遵守一套仪式规则，他才算完成了仪式。在人们的日常生活中，餐饮礼仪、社交礼仪、肢体语言等都承载了特定文化群体的历史与记忆。当同一群体的其他人辨认出与其共享一套身体语法的人时，他们才会承认其在这一群体中的身份。身体本身和身体实践成为延续和建构集体记忆的最直接的媒介。

　　除上述媒介之外，音乐、服饰、土地、姓名、文字等都是文化记忆的媒介，而以文字为载体的文学更是传承文化记忆关键的载体之一。土地是确认和延续封建贵族身份的物质载体，它承载了贵族家庭的光荣历史记忆，而传统贵族世袭的姓氏也具有延续家族记忆的功能。此外，文字记录是最为常见的记忆载体，口头文学向书写文学过渡后，所记录的集体记忆得以实现更稳固和长久的延续。阿莱达·阿斯曼曾指出，古代英雄和诗人之间存在一种共谋关系，前者的英雄事迹需要靠诗人的文字化过程才能使其声望在后世记忆中永存，"文字是抵御社会性的第二次死亡（即遗忘）的更有效的武器"[①]。除文学文本这一物质载体之外，诗人对英雄事迹的刻写行为本身就表达了一种记忆的意向，这一身体实践就是在传承相应的集体记忆。文学成为一个民族延续其文化记忆的有效途径，在民族文学中储存着相关的历史事件、时代变迁、社会风貌，而后世的读者在阅读相关文学作品时就会对此形成认同感，并将此记住和传递给他人。因此，一个民族文学的经典化过程也反映出其对文化记忆的继承和筛选机制是怎样运行的，

---

① （德）阿莱达·阿斯曼. 回忆空间：文化记忆的形式和变迁[M]. 潘璐，译. 北京：北京大学出版社，2016：202.

莎士比亚的戏剧得以成为英语文学经典，很大原因是它们承载了英国民族传统的集体记忆。因此，文学作为文化记忆的媒介可以让每一位读者成为记忆的见证者和传递者。

文化记忆具有较强的媒介依赖性，但是当媒介成为记忆的外包载体时，文化记忆自身也开始面临一定的危机。当个人记忆经验被局限于个人私人领域时，每个个体拥有对记忆的绝对权力，记忆可以被遗忘或再度调取。但当记忆归属于外部媒介时，个体就失去了对记忆的掌控，记忆变得更容易被第三者筛选、篡改和抹除，而这一过程可能会造成集体失忆（collective amnesia）的现象，即一个实在发生过的事件并没有留存于集体的记忆中或被有意识地抹除，以此形成的记忆政治将记忆置于不稳定的境地。随着现代新型媒介生态的出现，互联网成为人们记录和分享个人记忆的主要平台，它同时也成为文化记忆储存与传播的新媒介，互联网具有多媒介、即时性等便利特征。然而，互联网信息更替的快速性可能让记忆在被留存之前就已经被抹除了。于是，在用互联网记录相关经历的同时，人们的记忆对象也同时由互联网决定，记忆本身产生了异化现象，没有被互联网记住的事件即成为没有发生过的事件。互联网这一媒介成为建构和抹除文化记忆的双刃剑。

媒介与文化记忆具有复杂的关系，媒介是记忆研究需要聚焦的核心问题。媒介作为储存记忆的物质载体发挥着被动的效用，但在新媒介时代，互联网等媒介的出现让媒介自身成为文化记忆建构过程中的能动因素。由此产生的集体失忆、记忆政治、媒介记忆等相关研究成为当下文化记忆领域的重点话题，文化记忆与媒介的关系引发学界的持续关注。在文学作品中，不同时期作家作品对图像、建筑、神话、身体等文化记忆媒介的再现需要被给予足够的重视，不同媒介对记忆的建构作用不同，这一建构过程反映出不同时期文化记忆建构的不同方式、特定历史时期的社会记忆传承模式以及作家对特定媒介下文化记忆建构的独到见解。

三、19—20 世纪的英国小说与文化记忆

19—20 世纪的英国处于重要的社会转型期，帝国主义和殖民主义的扩张、现代性的发展与传统"英国性"之间的张力以及工业文明与自然文明的矛盾是研究该时期英国的文化记忆的重要议题。19 世纪的英国在完成工业革命之后，机器大工业代替了手工业，从而大幅提高了工业的生产效率，英国因此成为工业最发达的"世界工厂"。19 世纪 70 年代之后，英国的经济增长趋于平缓，从 19 世纪后期到 20 世纪中叶，美国取代英国成为世界工业强国，同时德国和其他后起的资本主义国家由于采用先进的技术设备，生产力飞速发展，英国在世界市场的垄断地位因此被打破。虽然英国在工业方面的垄断地位被打破，但是它从 19 世纪末 20 世纪初逐步开始进入帝国主义阶段。英国在海外抢夺殖民地，其殖民地范围遍布世界，英国因此成了"日不落帝国"。19 世纪中叶以后，英国向其殖民地疯狂地输出资本，殖民地对英国资本主义的发展具有至关重要的意义，成为其政治经济的支柱，因此英国的帝国主义也被称为"殖民帝国主义"。第二次世界大战削弱了主要的殖民国家，之后爆发了世界范围内的殖民地独立运动。1947 年，随着印度在反殖民主义斗争中的胜利，英国从此失去了在海外最重要的殖民地，英国的殖民体系因此崩溃。诸多英国作家对本国的殖民帝国主义进行了深刻的反思，如约瑟夫·鲁德亚德·吉卜林（Joseph Rudyard Kipling，1865—1936）和约瑟夫·康拉德（Joseph Conrad，1857—1924）。吉卜林出生于印度孟买，于英国成长并接受教育，后又返回到印度生活。印度和英国的双重生活背景使得吉卜林能够亲身体验英国的殖民体系，他的作品多体现了英国的帝国主义。萨义德在《文化与帝国主义》一书中批评吉卜林是英国殖民文化中的一位"行动者"[①]，这在很大程度上致使吉卜林从 20 世纪中叶以后就一直背负骂名。而事实上，吉卜林生活在东西方交织的文化中，他对殖民主义的矛盾态度体现在他笔下的主人公"基姆"上。基姆

---

① 萧莎.吉卜林的身份焦虑[J].外国文学评论，2015（2）：128.

是一个生于印度、长于印度的英国白人小孩，他和意外结识的西藏喇嘛结伴而行，寻找一条传说中能洗涤人类罪恶的河流。《基姆》具有自传色彩，吉卜林一方面通过再现英国殖民体系下的印度，呈现出对帝国的文化记忆，另一方面展现出他对帝国殖民体系下以自身为代表的英印群体文化身份的思考。与具有争议的吉卜林不同，康拉德是学界公认的反殖民主义的作家，其著作《黑暗的心》（The Heart of Darkness，1902）以他 1890 年的刚果之行为基础写就。在小说中，康拉德借用主人公马洛的双眼，带领读者看透了外国殖民者对非洲丛林的掠夺和奴役。通过再现帝国殖民体系的阴暗面，康拉德试图解构 19 世纪末国民的帝国怀旧心理。

19—20 世纪的英国作家同样也注意到了工业的迅猛发展和殖民主义扩张导致的生态危机和人的精神危机。D. H. 劳伦斯（David Herbert Lawrence，1885—1930）的作品多表现了 19 世纪末兴起的煤矿开采业是如何导致自然风貌逐步被工业文明吞噬，以及人性如何在冰冷的机械操控下逐步异化的。[①]劳伦斯深刻洞悉西方文明在现代工业文明的侵袭下早已失去了曾经的活力，反而成为人类生命的枷锁。他认为社会体系彻底被物质主义与工具理性所操控，人充满个性的鲜活生命已经散裂、消解于这种僵化机械的文化氛围与社会现实之中，于是退化为普遍的生存意志与物质欲望，真实健全的个体自我根本无从谈起，于他而言，人类的这种处境无异于死亡。[②]劳伦斯的著名作品有《虹》（Rainbow，1915）、《恋爱中的女人》（Women in Love，1920）和《查泰莱夫人的情人》（Lady Chatterley's Lover，1928）等，其故事背景多设置在遭受了生态破坏的工业小镇，这些小镇的基本色调是黑色和灰色，作家用颜色直观地呈现环境的恶劣。劳伦斯最富争议同时也是最负盛名的手法就是用性来隐喻人类的精神危机，于他而言，性欲冲动是人类最原始的本能，唯有完美的性爱才能恢复充满原始主义色

---

① 仲苏. 论《恋爱中的女人》地理空间建构[J]. 名作欣赏，2022（6）：153.
② 程悦. 整合与新生——《恋爱中的女人》中的个人主义思想分析[J]. 沈阳大学学报（社会科学版），2017，19（2）：231.

彩的道德理想。詹姆斯·乔伊斯（James Joyce，1882—1941）是当时英国殖民地——爱尔兰的现代主义作家，他的众多作品以晦涩难懂的艺术手法隐喻了西方现代社会精神荒原。乔伊斯的作品如短篇集《都柏林人》(*The Dubliners*，1914)、长篇小说《一个青年艺术家的画像》(*A Portrait of the Artist as a Young Man*，1916)和《尤利西斯》(*Ulysses*，1922)大量使用双关、意识流和重复等艺术手法，这种碎片化的、非线性的文学创作模式与当时的社会现状紧密相关。20世纪初的英国处于现代化进程中，人们的外在生活方式和内在精神都经历了剧变。现代城市空间的新兴交通工具促进了城市化的发展，伦敦和郊区的联系变得紧密，城市范围不断扩大，但因此导致了阶级分化和阶级矛盾。工业化和城市化导致了贫困分化和人的异化。乔伊斯使布鲁姆在都柏林游荡了一整夜，从而揭示现代西方社会的腐败堕落以及人类精神深处的独孤和绝望。

  工业文明的发展、英国社会的转型、两次世界大战以及英国的殖民主义也导致了19—20世纪英国关于传统"英国性"（Englishness）和"现代性"的矛盾。英国引以为傲的骑士精神和绅士品格、贵族庄园和姓氏以及男性气质和英式尊严都是传统英国性的象征，而英国性的继承问题又直接关系到英国民族身份的认同。与此同时，资本主义的迅猛发展造成沉重的经济剥削及日趋复杂的城乡关系①，使得现代性的问题尤为突出。那个时期的作家也通过写作来诘问英国性何去何从，并寻求解决英国性和现代性矛盾的途径。自19世纪中叶始，英国社会自古以来尤为关注的男性气质受到了夏洛蒂·勃朗特等女性作家的拷问。勃朗特在其半自传体著作《维莱特》(*Villette*，1853)中表达了她对生活、爱情、婚姻，尤其是性别问题的深思。在维多利亚时代，女性在两性婚姻中处于劣势地位，她们往往没有独立、平等的主体地位，在婚姻关系中属于被支配的、从属的地位，从而失去了自我。而处于支配地位的男性则对女性缺乏理解和尊重，这与英民

---

① 石苗苗,何宁.英文学的空间释读——论《乡村与城市》中的英国性流变[J].外语研究,2017(2):102.

族一直引以为傲的骑士精神是相悖的。勃朗特通过女性视角的书写追问了传统英国性、绅士品格和男性气质。伊夫林·沃（Evelyn Waugh，1903—1966）一向关注英国的贵族传统，他的作品如《衰落与瓦解》（*Decline and Fall*，1928）、《一抔尘土》（*A Handful of Dust*，1934）、《故园风雨后》（*Brideshead Revisited*，1945）直指自19世纪以来英国贵族的衰败，以及以此为象征的英国性的丧失。伊夫林·沃的怀旧书写在大多批评家看来是他对贵族阶级的向往，但实际上，沃的目的是通过再现贵族阶级的生活传统来探索传统英国性必然消失的原因。《衰落与瓦解》是一部辉煌的讽刺小说，伊夫林·沃以其辛辣的笔锋反讽了上层阶级，尤其是贵族阶级的道德沦丧和腐败堕落。沃通过这部小说传达了这样一个观念，即贵族阶级的伪善和腐败必然会导致自身的衰微和沉沦。在《一抔尘土》中，伊夫林·沃将英国性的衰微和英国的殖民帝国主义联系在一起，通过殖民戏仿英国的贵族和热带丛林的被殖民者，抨击了同时代无限扩张的殖民主义，他认为英国对外的扩张和掠夺的后果会指向自我，最终导致英国性的衰微。《故园风雨后》则从战争时代回顾英国贵族的光辉时刻，过去繁华的贵族庄园如今成为军队驻扎的营地，如此并置两个时代的做法犀利地讽刺了贵族阶级的易逝。无独有偶，福特·马多克斯·福特（Ford Madox Ford，1873—1939）的小说也以其深刻的洞察，呈现出维多利亚晚期和爱德华时期的社会面貌，他常在作品中联系"英国人"这一集体身份，尝试着对英国性这一独特的民族品性作出自己的阐释。

  19—20世纪的英国文学见证了英国社会转型的过程，该时期的作家纷纷对重要的文化议题作出了探讨。殖民帝国主义的兴起、全盛和溃败，工业发展导致的生态危机和人类的精神危机、传统英国性的继承问题、性别问题等都是研究该时期英国文化记忆的重要议题。以夏洛蒂·勃朗特、约瑟夫·鲁德亚德·吉卜林、约瑟夫·康拉德、D. H. 劳伦斯、詹姆斯·乔伊斯、伊夫林·沃和福特·马多克斯·福特为代表的英国作家们在各自的作品中阐发了对上述问题的思考，再现了当时英国的社会危机并尝试着给出自己的解决方案。

本章小结

近年来，记忆研究的数量蹿升表明记忆已经成为历史学、社会学、文学等众多学科关注的话题。在后现代主义背景下，宏大统一的文献历史遭到质疑，对历史差异性的呼声此起彼伏，学界对历史的考察不再局限于"一家之言"，记忆研究与口述史研究成为通往历史真实的途径之一。随着"记忆转向"的到来，记忆理论的兴起、记忆范畴的具化以及记忆议题的深化表明记忆研究呈纵深发展趋势。

记忆研究兴起于法国。法国社会学家莫里斯·哈布瓦赫在《记忆的社会框架》（1925）、《福音书中圣地的传奇地形学》（1941）、《论集体记忆》（1950）中完整地提出了"集体记忆"这一概念。哈布瓦赫认为，集体记忆是社会建构的概念，集体记忆是社会群体依据现在需求对过去的建构。在此意义上，集体记忆是某个群体和社会传承、共享和建构的事物。得益于哈布瓦赫的"社会记忆"与"集体记忆"，阿斯曼夫妇提出"文化记忆"概念。与社会记忆或集体记忆相比，文化记忆更加关注历史中的文化事件与文化象征物。但不可否认，文化记忆仍然是选择性的记忆行为，只是记忆的对象和途径具有文化象征意义。可以说，文化记忆的形成具有哈布瓦赫所说的"社会记忆"属性。因此，对文化记忆的考察离不开特定的社会历史框架。

哈布瓦赫注意到集体记忆是具有社会属性的建构物，而脱胎于集体记忆的文化记忆本质上也属于文化意义上的人为构造物。文化记忆作为一种文化人造物，它的构造条件以及传播媒介成为研究文化记忆的重要方面，也因此成为本书考察的重要主题。图像、空间、神话与身体是本书探讨的关键建构媒介，本书将它们与英国文学相结合，在文本世界中考察文化记忆的生成性。图像是本书考察的传播媒介之一。W. J. T. 米切尔认为在理查德·罗蒂提出"语言转向"之后，"图像转向"是在人文科学和公共文化领域正在发生的又一转向。自W. J. T. 米切尔提出"图像转向"以来，学界注意到图像与语言之间呈现的复杂互动关系,并加以考察。在此背景下,语象叙事、诗画传统等语图关系成为近年来学界的研究热点。本书所说的图像,更确切地应称为语象,是在文学语言的基础上探讨图像的形成,因此是通过研究文学语言与图像的混合媒介,探讨文化记忆的建构与传播。在"图像转向"到来之前,"空间转向"是图像研究的重要序章。约瑟夫·弗兰克提出的"小说的空间形式"弥补了现代小说中忽视生活和情感多维性的叙事困境,将空间与共时性纳入小说形式的考察范围内。列斐伏尔、苏贾等人对于空间的马克思主义式考察进一步启发了文学中的空间研究。本书探讨的空间媒介,是空间转向下的空间研究分支——小说时空体与文学地图学,通过将时间与空间相融、文学与地图相融,探讨文化记忆的动态构建方式。在阿斯曼看来,神话传说是文化记忆关注的要点之一。作为凝结着人类历史文化的文化符号,神话传说保留着早期的民族文化记忆,其所蕴含的集体无意识成为考证民族文化起源的重要途径,本书将神话与文化记忆相结合,探讨神话在19世纪末至20世纪初的英国文学中对文化记忆的保留与传播。随着现代尼采哲学的兴起,身体的创造性与生产性受到重视。本书认识到身体的生产性力量,将文学中的身体与记忆相联系,探讨身体对于文化记忆的主动建构性。从图像,空间、神话与身体出发,本书将文化记忆与英国文学相联系,探讨英国文化记忆的建构形式。

  19世纪末20世纪初,随着维多利亚女王的逝世,英国逐渐走向衰落,昔日的"日不落"帝国已成历史。面对新兴资本主义国家势力的崛起以及第三世界的民族独立运动,这一时期英国陷入窘境,一方面其国民沉浸在世纪末的帝国怀旧情绪中,另一方面国家面对新的发展要求不得不做出新的发展行动,英国传统与现代性的矛盾在这一时期也显得尤为突出。这一时期,由于动荡的社会环境与不安的国民社会心理,英国文化记忆的稳定性与延续性遭到挑战。在此背景下,这一时期的相关文学作品呈现出两种倾向,一方面缅怀帝国的鼎盛时期,另一方面将英国的现代性纳入考虑,作家在不同程度上针对文化记忆的存留问题在文学艺术层面作出了回应。

本书选取的 19 世纪与 20 世纪的 8 部英国文学作品集中体现了传统与现代性关系的智性议题，在继承传统与走向现代的抉择中，文化记忆显现出重要的建构作用。鉴于此，本书针对这 8 部小说，探索在传统与现代性的冲突中英国文化记忆的建构问题。同时，本书作者也充分认识到，任何媒介并不是单一媒介的问题，对图像、空间、神话与身体媒介的探讨不能仅仅停留于表，为此本书意图从文学本体出发来讨论文化记忆的生成过程，将四种媒介置于与文学的交互关系中，以探讨混合媒介对于文化记忆的建构意义。

参考文献

[1] 刘顺. 论文学中的记忆[J]. 浙江工商大学学报，2015（6）：56-62.

[2] 阿斯特莉特·埃尔，冯亚琳. 文化记忆理论读本[G]. 北京：北京大学出版社，2012.

[3] 阿莱达·阿斯曼，陶东风. 个体记忆、社会记忆、集体记忆与文化记忆[J]. 文化研究，2020（3）：48-65.

[4] 扬·阿斯曼. 文化记忆：早期高级文化中的文字、回忆和政治身份[M]. 金寿福，黄晓晨，译. 北京：北京大学出版社，2015.

[5] 阿莱达·阿斯曼. 回忆空间：文化记忆的形式和变迁[M]. 潘璐，译. 北京：北京大学出版社，2016.

[6] 皮埃尔·诺拉. 记忆之场[M]. 黄艳红，等，译. 南京：南京大学出版社，2015.

[7] 冯亚琳. 文学与文化记忆的交会[J]. 外国语文，2017，33（2）：48-54.

[8] 刘慧梅，姚源源. 书写、场域与认同：我国近二十年文化记忆研究综述[J]. 浙江大学学报（人文社会科学版），2018，48（4）：185-203.

PART

―――
第一章

女性与家园：
图像与文化记忆

ONE

19世纪至20世纪初是一个视觉狂热的时期，图像作为文化记忆的媒介在英国文学中发挥着举足轻重的作用。该时期的著名英国作家，如夏洛蒂·勃朗特、D. H. 劳伦斯和詹姆斯·乔伊斯等，都在文学作品中使用了图像化的手法，有意识或无意识地通过图像呈现文化记忆。本章从图像的角度切入，首先厘清图像、文学与文化记忆的关系，然后对具体文本进行分析，对英国文学中的文化记忆进行探讨。在夏洛蒂·勃朗特的小说《维莱特》中，《克娄巴特拉》的画像、"家庭天使"的绘画、修女肖像画以及复仇女子瓦实提的图像共同体现出维多利亚时期的性别观念，并且反映出文化记忆的不同侧面。而在劳伦斯的小说《虹》中，心理图像的再现、回忆形象的过程、意象的隐喻，共同传递出工业革命时期人们对于"家园"的怀旧之情。

第一节　图像、文学与文化记忆

文化记忆是一种被集体所共享的文化身份认同，通过文化层面的符号和象征（如文化、图像、仪式、意象等）建构并展现为集体认同。文字、图像和仪式等外在媒介为文化的传承提供了物质支持，因此，与受到生物学限制的社会记忆相比，文化记忆更具有稳固性和持久性。①

阿莱达·阿斯曼在《回忆空间：文化记忆的形式和变迁》一书中对文化记忆的媒介和载体（文字、图像、身体、地点、档案）进行了深入的研究。尽管文字常常被认为是具有可读性和透明性的记忆媒介，人们却也逐渐认识到图像作为记忆媒介所具有的情绪潜能作用。那些认为文本记忆可能作假的人抛弃了文本而转向图像，"把图像这种记忆媒介看作文化下意识

---

① （德）阿斯特莉特·埃尔，冯亚琳. 文化研究理论读本[G]. 北京：北京大学出版社，2012：45.

的更优先的载体"①。文字和图像这两种媒介都拥有各自的独特性，它们都作为记忆的隐喻和记忆的媒介，"不停地在有意识和无意识的层面之间穿梭运动"②，共同发挥着传承记忆的作用。

阿莱达认识到图像具有独立的表现形式，具备着一种"能动意象"（imagines agentes），它的塑造力量存在于象征和原型（archetype）之中。这种原有的无意识的记忆状态随着媒介技术发生改变，它们在保存过去的记忆时，也在构建、生产过去的记忆。③阿莱达进一步指出，以图像媒介进行储存和传承的文化记忆为人们提供了丰富的视觉素材，图像记忆不仅能够储存和激发人们的情感能量，还可以在不同的历史时期发挥能动性，释放出新的能量。

一、图像与"图像转向"

图像包含的范围非常广，不论是包含创作者的思想、具有主观能动性的，还是以现实世界的物品为原型的、只是起到复原的效果的，都可以纳入图像的范畴之中。图像既可以是物质性的，比如塑像、画像、建筑等具体实体，也可以是一种非物质性实体、一种抽象的表达——它进入人的记忆或意识之中，介入人的精神层面，成为一种精神图像。

海德格尔（Martin Heidegger）最早在《世界图像的时代》中提出，"世界被把握为图像……根本上世界成为图像，这样一回事情标志着现代的本质"④，我们的世界正在以一种图像化的方式被我们所理解和把握；居伊·

---

① （德）阿莱达·阿斯曼. 回忆空间：文化记忆的形式和变迁[M]. 潘璐，译. 北京：北京大学出版社，2016：247.
② （德）阿莱达·阿斯曼. 回忆空间：文化记忆的形式和变迁[M]. 潘璐，译. 北京：北京大学出版社，2016：247.
③ （德）阿莱达·阿斯曼. 回忆空间：文化记忆的形式和变迁[M]. 潘璐，译. 北京：北京大学出版社，2016：250.
④ 金莉，李铁. 西方文论关键词（第二卷）[G]. 北京：外语教学与研究出版社，2017：600-601.

德波（Guy Debord）在《景观社会》（*The Society of Spectacle*）里认为生活已经被展示为许多景象的聚积，我们所在的现代社会已经是一个由影像物品生产与物品影像消费构成的景观社会①；鲍德里亚（Jean Baudrillard）则提出后现代主义语境中"拟像"（simulacra）及"超真实"（hyperreal）的概念，认为人们通过大众传媒所看到的世界并不是一个真实的世界，而是一个自足的、图像符号化的拟像世界。② 我们所处的时代是一个视觉时代，人们每天都在被形形色色的图像所包围，图像正在重塑人们的记忆与经验。由于科技的飞速发展，在我们的时代里，除了纸质图像，还有电子图像、数码图像；除了静态图像，还有视频等动态图像；除了较为传统的平面图像，还有三维立体图像。电视、电影、广告、网络等电子媒介每天都以惊人的速度源源不断地生产和传播着海量图像，不断刺激着人们的感官。此外，普通民众不仅仅是图像的消费者，更成为图像的生产者。由于手机、相机、摄影机等电子设备的普及，图像的生产和消费不再是富裕阶层的特权，而是成为普通人日常生活中必不可少的一部分。图像以其直观性、新奇感、视觉冲击力等特点抓住人们的注意力，因而，在视觉时代，人们越来越希望通过读图来与外界交流。读图、观影等方式逐渐取代了阅读和口述，读图时代的来临已经成为一个不可辩驳的事实。

但图像并不是当今社会独有的现象，图像一直存在于人类的历史之中。西方的图像研究可谓源远流长。我们可以发现，图像志（Iconography）源于古希腊时期，指的是对图像的描述和分类；图像学最早可以追溯到16世纪里帕（Cesare Ripa）的《图像学》（*Iconologia*）一书；而真正意义上的较为系统的图像研究源于19世纪末和20世纪初的艺术领域。③ 德国艺术史家阿比·瓦尔堡（Aby Warburg）于1912年首次提出"图像学"

---

① （法）居伊·德波. 景观社会[M]. 王昭风, 译. 南京: 南京大学出版社, 2006: 3.
② （法）让·鲍德里亚. 象征交换与死亡[M]. 车槿山, 译. 南京: 译林出版社, 2012: 94-101.
③ 金莉, 李铁. 西方文论关键词（第二卷）[G]. 北京: 外语教学与研究出版社, 2017: 600.

（Iconology）这一概念，从对早期的意大利文艺复兴时期的作品研究到对霍皮人和祖尼人仪式舞蹈的研究，探寻艺术品的主题与意义。此外，欧文·潘诺夫斯基（Erwin Panofsky）和 E. H.贡布里希（Sir E. H. Gombrich）等都提出了自己的见解，推动了图像学研究的进一步发展。潘诺夫斯基提出著名的"图像解释三层次理论"，并进行了实证研究。在 1939 年出版的《图像学研究：文艺复兴时期艺术的人文主题》（*Studies in Iconology: Humanistic Themes in the Art of the Renaissance*）一书中，他指出，图像学研究者需要做的是挖掘和诠释艺术品背后的象征意义、探寻图像诞生的文化根源。然而，根据潘氏的图像学理论来研究艺术作品有时会出现任意阐释的现象，为校正这种现象，贡布里希提出了"图示修正理论"，严格界定作者的意图意义和诠释者所赋予作品的意义的区别，指出研究者在研究图像时要回到作品的原初背景，而图像学的中心任务是尊重作者意图、恢复图像的本义。可以看出，从瓦尔堡到潘诺夫斯基再到贡布里希，他们都关注图像所蕴含的象征含义，并试图发掘图像产生的社会历史语境。如此说来，艺术品成为文化记忆的物质载体，成为文化记忆的固定点。到了 20 世纪下半叶，图像学的研究方向发生变化，研究者不再仅仅关注图像本身了，图像研究从艺术史研究领域逐渐向外延伸至文化、哲学、文学研究领域，图像研究逐渐成为一种跨学科的研究方法，成为沟通诸多学科的重要媒介。

20 世纪末，美国学者米切尔（W. J. T. Mitchell）最先提出"图像转向"（pictorial turn）这一概念，认为其是人文社会科学领域在继语言学转向之后又发生了一次重大转向。[①] 米切尔称赞潘诺夫斯基研究的广度和深度，并将对潘氏研究的复兴视作"图像转向"的一个征候。但是，米切尔认为潘诺夫斯基讨论的是关于图像的研究，而米切尔想要做的是将图像放置于更宽广的文化语境中来研究。在《图像理论》（*Picture Theory: Essays on*

---

① W. J. T. Mitchell. Picture Theory: Essays on Verbal and Visual Representation [M]. Chicago:The University of Chicago Press,1994:11.

Verbal and Visual Representation，1984）、《图像学：形象、文本、意识形态》（*Iconology: Image, Text, Ideology*，1986）、《图像想要什么：形象的生命和爱》（*What Do Pictures Want?: The Lives and Loves of Images*，2005）、《形象科学》（*Image Science: Iconology, Visual Culture and Media Aesthetics*，2015）等著作中，米切尔对图像文本和文本图像、形象、意识形态和再现理论等问题进行了深入研究。米切尔所说的以视觉文化为背景的"图像转向"实际指的是在人文学科领域发生"语言学转向"之后的另一种范式转向，表明当代文化正在从话语意识形态逐渐向着图像意识形态转变。米切尔认为"图像转向"主要有两方面的原因：一方面，技术的飞速发展使得图像泛滥，进而引起人们对于图像的恐慌和焦虑，图像问题得到人们的特别关注；另一方面，众多哲学话语中都有"对视觉再现的普遍焦虑"[①]，如查尔斯·皮尔斯（Charles Peirce）、纳尔森·古德曼（Nelson Goodman）、德里达（Jacques Derrida）、福柯（Michel Foucault）、维特根斯坦（Wittgenstein）等人都对图像问题进行了诸多思考。在"图像转向"中，图像获得了主体地位。在米切尔看来，"观看"与"阅读"同样重要，视觉经验有其特殊性，无法完全用文本阅读来解释。图像与现实也有着复杂的互动关系，图像需要被重新发现、重新思考、重新确立其地位。

与传统的比较研究法不同，米切尔认为就图像或文本的纯粹性而做比较研究并没有太大意义，他的重点不在于论证画像的意义和价值，而是将图像和文本作为一种整体的异质体来看待。对米切尔而言，图像和文本始终互补、无法清晰分开：图像无法避免文字的参与，文本中也始终有图像的介入。因而，在文本与图像交互的再现中，米切尔将文本看作是"文本图像"，而将图像看作是"图像文本"，认为"所有媒介都是混合媒介，所有再现都是异质的再现；不存在'纯粹的'视觉或言语艺术"[②]。既然图

[①] W. J. T. Mitchell. Picture Theory: Essays on Verbal and Visual Representation [M]. Chicago: The University of Chicago Press, 1994: 12.

[②] W. J. T. Mitchell. Picture Theory: Essays on Verbal and Visual Representation [M]. Chicago: The University of Chicago Press, 1994: 5.

像和文本无法清晰划界，那么图像模式和语言模式谁更优越也就不再是一个问题了。

自米切尔提出"图像转向"以来，这一范式转向已在人文社会科学领域产生了广泛而深远的影响。图像本身获得了某种主导地位，图像的特性得到尊重。米切尔提出的"图像转向"是对于"语言转向"的挑战与反拨，在更深远的意义上看，意味着以语言/文字为中心的思维模式在向以图像/视觉为中心的思维模式的转变，反映出人文社会科学领域的一种深刻变革。在图像呈现优势地位的今天，语言文本不再是研究者们关注的唯一重点，学界又掀起了一场对于图像等视觉文化的研究热潮。

二、语象叙事：图像与文学的互动

图文之争或诗画博弈是一个源远流长而又历久弥新的话题，从古希腊-罗马时期开始，不少文艺批评家就对图像与文学的关系作出多样的阐释。一种主要观点是：艺术门类之间是一种不可调和的竞争关系。米开朗琪罗（Michelangelo）、达·芬奇（Leonardo da Vinci）等艺术大师们认为绘画优于文字，因为文字永远也无法达到绘画展示出的视觉效果，而莱辛（Gotthold Ephraim Lessing）、本·琼森（Ben Jonson）等人则认为语言艺术比造型艺术更加优越。要讨论图文关系，德国启蒙运动时期的文艺批评家莱辛是无法绕开的一个重要人物。莱辛在《拉奥孔——论诗与画的界限》中比较"拉奥孔"的题材在不同艺术门类中的不同的处理，进而论证了诗和造型艺术的区别和界限，认为不同艺术有规律性也有特殊性。英国文艺复兴时期的剧作家琼森则认为诗画都属于模仿，在本质上是相同的，认为诗与画在本质上都是虚构和想象的艺术，但若要分个高低，那么诗则比画更为高贵，因为"诗与思想交流，而画只为感官服务"。① 另一种主要观点

---

① 刘须明. 文学与绘画的深度融合：拜厄特小说中的语图叙事[J]. 南京师范大学文学院学报，2020（1）：130.

是：诗歌和绘画是一体的，诗与画在艺术内涵、表现题材、鉴赏标准等方面有相通之处。希腊诗人西蒙尼德斯曾说"画是无声的诗，诗是有声的画"①，古罗马诗人贺拉斯（Horace）则使用了"诗如画"这一隐喻来建立两种艺术之间的联系②，这与中国古代常言的"书画异名而同体""诗中有画、画中有诗"是很相似的。

在语象叙事（ekphrasis）理论家们看来，语言和图像没有高低之分，将视觉艺术融入文学创作是语象叙事试图达成的目标。例如，赫弗南（James A. W. Heffernan）在《词语博物馆：从荷马到阿什贝利的语象叙事诗学》（*Museum of Words: The Poetics of Ekphrasis from Homer to Ashbery*，1993）中指出，诗歌可以重新绘画，诗歌已经跨入了"词语博物馆"的时代。③语象叙事讨论的是语言和形象的关系，具有跨媒介和跨学科的显著特色。文学既可以描述艺术作品，还可以借鉴绘画等视觉艺术的创作手法以实现文学上的创新。在文学作品中，语象叙事主要指以文字的形式实现对艺术作品、人物、场景等视觉的再现，最为重要的是通过这种文字再现视觉，在读者心中呈现一种栩栩如生的效果，在读者心中生成一种心理图像。④

在古希腊时期，语象叙事被视作演讲术中的一种修辞手段，指的是用栩栩如生的语言对人物、战场、绘画等事物进行描述，强调叙述要生动鲜活，要求能够打动听众，进而使听众产生共鸣。语象叙事在古代的定义和运用是比较宽泛的，主要目的是让"听众变成观众"，让听众身临其境，从而"影响和控制听众的心理感受"⑤。20世纪后半叶以来，在视觉文化强

---

① 金莉，李铁. 西方文论关键词（第二卷）[G]. 北京：外语教学与研究出版社，2017：856.
② 金莉，李铁. 西方文论关键词（第二卷）[G]. 北京：外语教学与研究出版社，2017：856.
③ James A.W..Heffernan. Museum of Words: The Poetics of Ekphrasis from Homer to Ashbery [M]. Chicago: The University of Chicago Press,1993:7.
④ 程锡麟.《夜色温柔》中的语象叙事[J]. 外国文学,2015（5）：39.
⑤ 金莉，李铁. 西方文论关键词（第二卷）[G]. 北京：外语教学与研究出版社，2017：856.

势崛起、图像转向的大背景下，对图像与文学的关系的讨论更是成为名副其实的热门话题，语象叙事这一关于语言和形象的研究也越来越受到学界的关注。1965 年，美国文学批评家克里格（Murray Krieger）在《语象叙事与诗歌的静止运动，或〈拉奥孔〉新论》（"The Ekphrastic Principle and the Still Movement of Poetry; or Laokoön Revisited"）的文章中给语象叙事下了定义，认为它指的是"文学中对造型艺术的模仿"[①]，即文学可以显示出视觉艺术的某些特征。赫弗南在肯定克里格在语象叙事研究方面的先驱作用后，指出克里格的定义有着"过于宽泛"的问题，因此在 1991 年发表的《语象叙事与再现》（"Ekphrasis and Representation"）一文中将语象叙事重新定义为"视觉再现的文字再现"（the verbal representation of visual representation）[②]。赫弗南的定义对克里格的定义做了限制，将对于具体实物的技术性描写排除在语象叙事之外，将研究主要局限在艺术作品的文字再现之上，关注的是文本的特性。克卢弗（Claus Clüver）则又在赫弗南的基础上对语象叙事的定义做了进一步修正和补充，扩充了"文本"的内涵，除了绘画作品外，将建筑、音乐、影视等众多艺术形式都纳入文本之中。总的来说，当代学界对于语象叙事的定义纷繁多样，不过研究者们关注的大多都是图像与文字的关系。尽管西方学界存在着一些与赫弗南相左的观点，但多数学者都接受了赫弗南提出的"视觉再现的文字再现"的核心定义。

　　文学与图像之间的关系是错综复杂的。在赫弗南看来，语言艺术与视觉艺术之间既相互依存，也相互冲突，当文字叙事遭遇视觉再现时，会产生一种不可避免的冲突。赫弗南的这种看法也被不少文艺理论家们认可。例如，中国学者赵宪章认为用语言描述图像时必然会产生两种不同符号之

---

① 金莉，李铁. 西方文论关键词（第二卷）[G]. 北京：外语教学与研究出版社，2017：857.

② 金莉，李铁. 西方文论关键词（第二卷）[G]. 北京：外语教学与研究出版社，2017：857.

间的冲突,他称之为"符号间的阻障"。① W. J. T. 米切尔的角度较为特别,他从心理认知的角度对图像和文字的三种认知关系进行了阐释:(1)"语象叙事的冷漠"(ekphrasis indifference)指的是,由于不同的艺术形式具有自身独特性,因此不同艺术门类的融合从常理上来说是无法实现的;(2)"语象叙事的希望"(ekphrasis hope)指的是,尽管不同艺术间有着难以逾越的鸿沟,然而我们仍然可以借助想象来克服这一障碍;(3)"语象叙事的恐慌"(ekphrasis fear)则提醒人们要注意文字与形象同一化的危险,要使文字与形象之间不可失去限定,保持竞争与沟通的关系。②

语象叙事是作家在作品中企图融合视觉艺术所作出的回应,夏洛蒂·勃朗特和 D. H. 劳伦斯的作品是实践语象叙事的成功例子。在他们的小说中,一方面是将艺术作品和艺术家创作风格融入小说的人物塑造和情节描写之中;另一方面则是通过对视觉艺术创作手法如色彩、光影、构图等的借鉴,使得文字的描写具有图像般栩栩如生的效果。

三、图像与文化记忆

图像与记忆传统有着源远流长的联系。"记忆术"的助记方法最早可追溯至古希腊、古罗马时期,其原理在于选取一定的地点,把需被记忆的东西在头脑中转换为相应的图像,并把选定的地点与相应的图像相连。③ 图像往往能成为记忆的支撑点,古典时期的记忆术(如西蒙尼德斯通过座位次序而能够辨认出在一次宴会上由于一场灾难而失去生命的来访者)是以地点和视觉意象为原则而运作的。一些给人留下强烈印象的图像可以提醒

---

① 赵宪章. 语图叙事的顺势与逆势——文学与图像关系新论[J]. 中国社会科学,2011(3):180.
② W. J. T. Mitchell. Ekphrasis and the Other[J]. South Atlantic Quarterly,1992,91(3):696-697.
③ (德)阿斯特莉特·埃尔,冯亚琳. 文化研究理论读本[G]. 北京:北京大学出版社,2012:212.

人们回想起事物,"记忆艺术创造出了一个图像世界,而这个图像世界一定会被融入艺术和文学创作中"①。例如,但丁的《神曲》借助了古典时期的记忆术,将地点与视觉意象相结合,展示出一系列令人印象深刻的图像世界。

　　阿比·瓦尔堡的图像学研究是文化记忆理论的一个重要理论来源,瓦尔堡的图像学思想为文化记忆理论发展提供了重要借鉴。瓦尔堡是横跨文化学与图像学研究两大领域的德国艺术大师,为图像学的创立以及图像学研究方法做出了突出贡献。他的研究主要集中在早期的古代图像上,包括古罗马艺术品中的图像符号和宗教建筑的雕刻纹印。在研究图像的过程中,他发现了图像与记忆之间的紧密联系,认为图像符号是一种文化的"能量储备",并将这种能量进一步阐释为"激情程式"或"情念程式"(pathos formula)。② 瓦尔堡进而指出,艺术的文化内涵和宗教仪式中的精神情感需要通过一定的记忆媒介进行传递从而得以再现,即具备记忆储存功能的特定符号形式。也就是说,艺术品可以被视作社会记忆的载体,艺术和文化正是以这些象征符号的记忆为基础的。在20世纪20年代中期,瓦尔堡展出了《记忆女神图集》,这本图集是瓦尔堡人生中最伟大也最具雄心的作品。它由一系列不同主题的图版(覆着黑色底布的木板)构成,每张图版上都有与主题相关的各种黑白图像,其中大部分是各个时代的艺术史和宇宙志图像,但也有许多来自报纸、杂志与地图的现代图片。这些图像不仅有视觉与意义上的联系,它们还获得了主体的重要性,共同勾勒出了历史演进的模式与人类情感的变迁。而不同的图版有编号和命名,共同构成了更加宏伟的研究图景,阐明了跨时代和跨国度的图像记忆。从那些表面上看来并不相似的图像中,瓦尔堡恰恰勾勒出一个跨越大洲的记忆的共同体。

---

① (德)阿斯特莉特·埃尔,冯亚琳. 文化研究理论读本[G]. 北京:北京大学出版社,2012:212.
② (德)阿莱达·阿斯曼. 回忆空间:文化记忆的形式和变迁[M]. 潘璐,译. 北京:北京大学出版社,2016:255.

阿斯曼夫妇的文化记忆理论汲取了瓦尔堡的图像学思想,并且在他的基础上进行了拓展与创新。首先是阿斯曼夫妇对于图像能动性观念的继承。图像不仅仅被视作承载信息的载体,更是被看作可以产生信息、影响能量释放的元素,发挥着再建构记忆的作用。图像的能动性作用在两人的著作中都得到重视。其次是对瓦尔堡图像解读方法的继承。瓦尔堡通过延展图像信息的方法对图像的记忆内容进行了刻画与重构,而阿莱达·阿斯曼在《回忆空间》中也选取了蒙娜丽莎的形象、女性圣像画、詹姆斯·乔伊斯小说《死者》等作为记忆媒介的图像实例,通过联想与拓宽图像信息的方法来解读其图像背后的记忆建构活动和内在机制。

第二节 性别博弈:《维莱特》中的图像与文化记忆

图像是激活文化记忆的重要载体。一方面,图像是保存文化记忆的物质载体;另一方面,图像能对文化记忆不断进行重构,赋予它新的意义。夏洛蒂·勃朗特在其半自传体著作《维莱特》中通过图像这一媒介表达了对于性别问题的深刻思考,呈现出维多利亚时期甚至更久远的关于性别的文化记忆。需要指出的是,勃朗特采用图像叙述的表达手法与她生活的历史语境密不可分。若要了解勃朗特为何倾向于在文学作品中用图像化的手段来构建记忆,必须要将之与维多利亚时期的绘画艺术、性别观念、宗教冲突等联系起来。

一、夏洛蒂·勃朗特与《维莱特》

夏洛蒂·勃朗特是19世纪英国最负盛名的女作家之一,也是中国读者最耳熟能详的英国作家之一。夏洛蒂在其短暂的一生中笔耕不辍,共创作了五部小说:《简·爱》(*Jane Eyre*, 1847)、《谢利》(*Shirley*, 1849)、《维莱特》与《教师》(*The Professor*, 1857),以及一部还未完成的小说《艾玛》(*Emma*, 1860)。夏洛蒂·勃朗特最著名的作品当属《简·爱》,关于此书的国内外研究可谓硕果累累。然而,与《简·爱》相比,勃朗特的其他作品受到较少关注。实际上,在《简·爱》之后,勃朗特的思想又有了进一步的发展,她眼界更为开阔,对更多社会问题进行了进一步的探讨。例如,《谢利》一书描写了战争和工业革命背景下英国早期自发的工人运动,对于工人与工厂主之间的矛盾刻画得入木三分。该书以其深刻的社会主题震动英国文坛,也让勃朗特名利双收。《维莱特》是勃朗特的最后一部作品[①],以女子寄宿学校这一特殊而封闭的女性领域作为主要的故事背景,故事情节主要以夏洛蒂的亲身经历为创作原型,她对爱情、婚姻、教育、宗教、民族性等问题在小说中都有较为深入的思考。

夏洛蒂·勃朗特生于英国北部约克郡的一个乡村牧师家庭。由于母亲早逝,年幼的她曾被送进一所女子寄宿学校,成年后的她为了谋生,曾做过家庭教师,饱尝生活的艰难辛苦。为了摆脱索然无味、屈辱劳顿的家庭教师的生活,更是为了和姐妹们一起办学,夏洛蒂为自己和妹妹艾米莉争取到了去比利时的布鲁塞尔求学的机会,于是,26岁的夏洛蒂第一次(也是唯一的一次)走出国门,在布鲁塞尔的一所寄宿学校读书并兼任英语教师。在比利时的两年里,夏洛蒂在法语、德语等方面大有收获。但更值得一提的是夏洛蒂与埃热先生之间的一段刻骨铭心的感情经历。埃热先生是勃朗特姐妹的法语老师,他博学、威严、男子气十足。在结束学习、回到英国后,夏洛蒂仍久久不能忘怀这段感情,还与埃热先生进行了很长时间的通信往来。可惜的是,这段感情最终还是以无果而告终。这份刻骨铭心而无望的爱被夏洛蒂·勃朗特写进《维莱特》,埃热先生正是小说中保罗先生的人物原型。

[①] 《维莱特》是夏洛蒂·勃朗特生前最后一部作品。尽管《教师》的出版年份晚于《维莱特》,但《教师》实际上是夏洛蒂·勃朗特的处女作。这本小说写于《简·爱》之前,却被出版社六次退稿,后来又遭到三次拒绝,直到夏洛蒂逝世后才出版。

《维莱特》可以说是勃朗特最成熟的一部作品。在这本小说中，夏洛蒂表达了对于爱情与婚姻更为成熟的看法，对于女性问题也有着更为深入的思考。不少评论家都给这部作品极高的评价，例如，乔治·艾略特（George Eliot）盛赞《维莱特》是一本比《简·爱》更精彩的书，弗吉尼亚·伍尔夫（Virginia Woolf）认为这是夏洛蒂·勃朗特最好的小说，而近代勃朗特研究家玛格丽特·莱恩（Margaret Lane）认为这是"勃朗特唯一的一部从头到尾都显示出其最佳时期写作高度的小说"[①]。书名原文Villette（意为"小城"）来自法语，英国人用这个词语来指比利时首都布鲁塞尔。小说的现译名"维莱特"主要是音译而成，民国时期的译名"孤女飘零记"则以意译为主，点出小说的主要情节：一个贫穷的英国女孩露西·斯诺（Lucy Snow）在比利时一个女子寄宿学校工作和生活的经历。勃朗特的小说都有较强的自传色彩，在很多方面，小说女主人公就是勃朗特本人的真实写照。《维莱特》与勃朗特的处女作《教师》一书有着紧密的联系，实际上，前者就是在后者的基础上删改和扩充而成的。《教师》也同样以布鲁塞尔为背景，讲述的是英国男老师与外国女学生的恋爱故事。《维莱特》则增加了大量内容，成为了一本三卷、四十二章的有独创性的长篇小说，主要情节仍然是师生恋，只不过性别角色发生了变化，讲述的是英国女学生和外国男老师的恋爱故事。小说最主要的人物露西·斯诺是一个无依无靠、寄人篱下却坚韧沉静的孤女，自始至终都是她在向读者倾诉心声。埃热先生的化身保罗·伊曼纽尔先生直到在小说的第三卷才占据主要位置，与露西进行了种种互动。小说的第一卷和第二卷里出现了贝克夫人、约翰·布列顿医师、波琳娜·霍姆小姐、樊箫小姐等众多人物，各种人物之间有着复杂的感情纠葛。布列顿医师、霍姆小姐和露西是童年的玩伴，机缘巧合之下，露西·斯诺和约翰·布列顿在维莱特相遇。露西对约翰产生爱慕之情，而约翰爱上了樊箫小姐，樊箫小姐看上的则是另一个上校。在第三卷

---

① 陈之童.从民族主义到世界主义——《维莱特》中的冲突与和解[J].合肥学院学报（综合版），2020，37（6）：90.

中，露西与专横而严格的文学教师保罗先生成为朋友并相爱。在小说的结尾，勃朗特让约翰·布列顿和波琳娜·霍姆喜结良缘，也给樊箫小姐和上校安排了一个圆满的结局，但对于露西却安排了一个模棱两可的有悬念的结尾——这个结尾暗示着保罗先生死于海难，而露西过着独身的生活，表达出勃朗特的一种矛盾而悲观的态度。

二、《维莱特》中的图像呈现

《维莱特》中出现了不少图像，它们在情节设置、人物形象刻画等方面发挥了重要的作用。以下将通过作为欲望象征的《克娄巴特拉》画像、作为"家庭天使"象征的《一个女人的一生》组画、散失在深宅大院里的修女肖像画、作为反抗男权象征的瓦实提图像来分析小说中的图像呈现，进而探讨性别关系的文化记忆。

（一）作为欲望象征的克娄巴特拉

埃及艳后克娄巴特拉的画像是小说的关键情节之一。女主人公露西·斯诺在美术馆里欣赏展览时注意到一幅大得惊人的油画：

> 画上画的是一个女人，我觉得比真人要大得多。我估量，这位贵妇人要是放在一个能容纳庞然大物的巨型磅秤上，重量准保会在十四英石到十六英石之间。她吃的东西确实是好到极点了：许多鲜肉——更不必说面包，蔬菜、流质食品——她一定是大吃大喝了才达到这样的宽度和高度，这样的肌肉发达，这样的肉体丰腴。她半倚半靠在一张长沙发上，为什么如此则很难说。她的周围闪亮着大天白日的光，身体看来十分强壮健康，足以担当起两个普通的厨师的工作。她不能辩解说脊椎骨直不起来，照理应该站起来，或者至少是直挺挺地坐着才是。她没有理由在一张沙发上懒洋洋地躺着，混过中午。而且她还应该穿上得体的衣服，

一袭合身的长外衣，但是情况却不是这样。用了大量的衣料——我看足有 20 七码长的绸缎——她却设法制成了不得体的衣服。此外，她周围那种乱七八糟的情况，也没有什么理由可说。一些坛坛罐罐什么的——或许我应该说花瓶和酒杯——在画的前景里东倒一个，西歪一个，纯属废物的鲜花则混杂其间；一大堆胡闹的凌乱的帷幔装饰品间住了那张长沙发，妨碍了在地板上的行走。我翻阅目录以后，发现这件令人注目的作品的题目是：《克娄巴特拉》。①

此处所谈的油画是一幅裸体女人画像，其规模庞大且绘制技巧精细，采用的题材来源于神话与历史，但露西认为这幅裸体女人的画像"不得体""哗众取宠""粗俗而不合理"。这幅画置于美术展的中心，说明这幅画不仅属于高雅艺术，还具有独特的地位。英国著名文学评论家戴维·洛奇（David Lodge）在《小说的艺术》（*The Art of Fiction: Illustrated from Classic and Modern Texts*）中指出，夏洛蒂·勃朗特在《维莱特》里对历史题材画中的女性进行了一种"陌生化"的描写，表达出勃朗特对于艺术的独特理解。②画中女人身躯硕大、服饰繁多，尽管这些衣饰绕在人物身上，但这些华而不实的绸缎实际上除了遮住私密部位外，哪里也没覆盖到。露西毫不掩饰地嘲笑了画中女性带有性诱惑意味的姿势，因为露西认为这在大白天是非常不合适的；而且画上的人也不可能如此虚弱。画中的物品安排也不合常理：前景中画有各种各样的物件，但几只高脚杯还是七倒八歪地堆在地板上。露西在看画时提出了一系列问题，而这些问题是人们在欣赏经典名画时习惯性所忽视的。值得注意的是，在维多利亚时期，社会风气保守，社会对于女性的行为举止都有着极为严格的要求。夏洛蒂·勃朗特借助女主人公的所见所闻，暴露出现实与艺术的矛盾，对维多利亚时期的道

---

① （英）夏洛蒂·勃朗特. 维莱特（勃朗特三姐妹文集）[M]. 吴钧陶，西海，译. 上海：上海译文出版社，2013：259-260.
② （英）戴维·洛奇. 小说的艺术[M]. 王峻岩等译. 北京：作家出版社，1997：58-62.

德观进行了辛辣的讽刺。她揭开古典绘画史发展中的问题和男性凝视下的习惯性问题，把这幅画置于真实的生活之中予以实在的审视，由此产生了一种反讽的效果，从而在根本上揭示了男性凝视下女性的不平等地位。也来观看画展的保罗先生发现露西站在《克娄巴特拉》前时吃了一惊——他认为露西作为一位年轻女子，不应该"带着一个男孩子的泰然自若的神情"[1]来观赏这幅裸女画，认为这有伤大雅。保罗先生俨然一个卫道士，站在女性道德的制高点上来指示单身女性应该思考什么，应该怎样思考，展现出赤裸裸的男性威权。男性命令女性要管住自己的眼睛，认为一幅半裸的带有淫荡色彩的女人画像是最不适合未婚小姐观看的。讽刺的是，以保罗先生为代表的男性"倒是心安理得地欣赏那幅画，而且看了很长时间"[2]。在男性看来，画中的克娄巴特拉"是一个漂亮的女人——女皇的身材，朱诺的体形，但是我希望妻子、女儿、姐妹都不要成为这样的人"[3]。男性对裸女画像的观赏实际上是一种携带着权力运作、欲望纠结，并有强烈身份意识的凝视，观看者对被观看者具有占有与控制的权力。观者多是"看"的主体，也被赋予了权力和欲望的主体，而被观者多是"被看"的对象，成为权力和欲望的对象。看与被看、谁看、看谁、怎么看都可以反映出看者与被看者的社会生存状况、权力关系、情感关系。在这里，女性是男性观看的对象，克娄巴特拉的形象成为男性欲望的投射，观赏油画的人与油画本身是自我和他者的关系。

克娄巴特拉的另一个别名"埃及艳后"更加广为人知，她是世界历史上一个以美貌著称的极具诱惑性的女人。在不同的文学文本中，克娄巴特拉的形象都不断出现，无数文人歌颂她的美貌，也斥责她的野心。从贺拉

---

[1] （英）夏洛蒂·勃朗特.维莱特（勃朗特三姐妹文集）[M].吴钧陶，西海，译.上海：上海译文出版社，2013：261.

[2] （英）夏洛蒂·勃朗特.维莱特（勃朗特三姐妹文集）[M].吴钧陶，西海，译.上海：上海译文出版社，2013：263.

[3] （英）夏洛蒂·勃朗特.维莱特（勃朗特三姐妹文集）[M].吴钧陶，西海，译.上海：上海译文出版社，2013：265.

斯、维吉尔的诗歌到但丁的《神曲》,再到塞缪尔的《克娄巴特拉》和普鲁塔克的《名人传》,克娄巴特拉基本上都被描写为一个妖艳、阴狠毒辣、荒淫无耻的艳后。① 她以美貌著称,也成为男性性欲望的化身。克娄巴特拉的才情一直受到忽视,直到英国莎士比亚的《安东尼和克娄巴特拉》和埃及邵基的《克娄巴特拉之死》,克娄巴特拉才被看作是一个有血有肉的、有情有义的悲剧性人物。② 在《维莱特》中,克娄巴特拉的画作直到最后才道出题名,一方面可以看出露西脑中并没有关于克娄巴特拉的一个"图像公式"(尽管这种"图像公式"普遍存在于男性脑海中),但这幅画呈现的还是克娄巴特拉在文化传承中的一贯形象:一个充满欲望的图像原型;另一方面也暗示出作品的取名是任意的,克娄巴特拉成为了一个更加普遍性的作为男性欲望的存在。正如阿莱达·阿斯曼在分析叶芝的《蒙娜丽莎》一诗时所指出的,"蒙娜丽莎"作为男人记忆中的女性形象,被放置于神话和艺术的维度中,是"男性观察者的眼中对一个女性形象的建构"③。在男性的凝视下,"女性不仅成为男性文化记忆中被丢失的、被遗忘的和被压抑的东西的化身,女性还干脆成为了他者"④。《维莱特》中的克娄巴特拉在男性的观察者眼里也成为了一个作为欲望象征的他者,展出的《克娄巴特拉》油画将充满性欲望的女性画像变成了一个玄妙的媒介,就如瓦尔堡所言,把人引入无意识的集体记忆的地下区域。而露西以女性观察者所独有的一种陌生化的观看方式对男性文化记忆进行了一种强有力的反抗。

---

① 丁淑红. 不同文化语境中的埃及女王形象——莎士比亚和埃及文学家邵基笔下的克娄巴特拉[J]. 国外文学, 2001(3): 123-124.
② 丁淑红. 不同文化语境中的埃及女王形象——莎士比亚和埃及文学家邵基笔下的克娄巴特拉[J]. 国外文学, 2001(3): 124.
③ (德)阿莱达·阿斯曼. 回忆空间:文化记忆的形式和变迁[M]. 潘璐,译. 北京:北京大学出版社, 2016: 260.
④ (德)阿莱达·阿斯曼. 回忆空间:文化记忆的形式和变迁[M]. 潘璐,译. 北京:北京大学出版社, 2016: 261.

(二)"家庭天使"的绘画

在保罗先生为代表的男性看来,适合年轻女性观看的是另一组画——这组画作的标题是《一个女人的一生》,描绘的是一个女性生活中四个重要的节点时刻。在露西看来,这组画与《克娄巴特拉》一样荒唐:"那些画真是'难看'……是用一种相当引人注意的风格画的——平淡、死板、苍白、循规蹈矩。"[①]《维莱特》中的这个情节片断,即以画廊中的画作作为人物精神交锋的引子,充分呈现出男女主人公的个性冲突,是一个极为深刻的情节。男主人公保罗认为这组具有"道德进步意义"的画作才是适合年轻女性欣赏的,他将画中所描绘的女性视作是妇女生活的楷模。但在露西看来,四幅画中的女性都死气沉沉、毫无生机,是虚伪而沉闷的被压迫的形象。第一幅画描绘的年轻姑娘衣着整洁而合乎规范,但露西认为外在的循规蹈矩却掩饰不了她伪善的内心;第二幅画描绘了一位身着白纱的新娘,这本该是一个神圣而肃穆的场景,但露西认为新娘为未来的婚姻感到愤怒、不满和恐慌,新娘"以一种最为激怒的样子露出眼白"[②];第三幅画描绘的是一位年轻的母亲,这位母亲在看自己孩子的时候并不是投去关切的注视,反而神情忧伤、充满忧虑,而这个孩子的脸色也萎靡不振;第四幅画描绘的是身着黑色丧服的老妇人和一个女孩,她们打量着墓碑,毫无生机。这位老妇人也许是想到自己平淡苍白的一生,在黑暗中如鬼魂一般。从女主人公带有辛辣讽刺意味的嘲笑中,我们可以看出露西对于说教形象的反感之情,也可以看出露西不拘一格的鉴赏品味和独立自主的女性意识。露西讽刺道:"这四位'天使'全部都像夜盗贼那样狰狞和幽暗,像鬼魂那样阴冷和生气全无。要人家容忍什么样的女人啊!矫揉造作、怒形于色、愚

[①] (英)夏洛蒂·勃朗特.维莱特(勃朗特三姐妹文集)[M].吴钧陶,西海,译.上海:上海译文出版社,2013:262.

[②] (英)夏洛蒂·勃朗特.维莱特(勃朗特三姐妹文集)[M].吴钧陶,西海,译.上海:上海译文出版社,2013:262.

钝笨拙的一无是处的人!"① 从年轻的姑娘到出嫁的女子,再从年轻的母亲到年老的妇人,这组画描绘的是女性将一生固定在家庭生活的小圈子里的图景。如果将这组图像与更大的社会语境联系起来,那么这组图像唤起的是维多利亚时期"家庭天使"(the angel in the house)的原型,此处的图像实际上是维多利亚时期文化记忆传承的一种媒介。

"家庭天使"源自维多利亚时期诗人考文垂·帕特莫(Coventry Patmore)的一首诗《家中天使》(*The Angel in the House*,1854),诗人颂赞了妻子的美好品德。"家庭天使"一名便流传开来,指的是英国维多利亚时期一类被奉为道德楷模的完美女性形象。随着资本主义的发展,英国的中产阶级迅速发展,男主外、女主内的性别角色分工成为中产阶级的普遍家庭模式:男性被视作公共社会领域的主宰,而女性则被严格地束缚在家庭生活的领域。这一时期的女性被套上牢牢的道德束缚,她们被要求要美丽、忠贞、顺从和持家,这些规定还被美名化,达到这种标准的中产阶级妇女被美誉为"家庭天使"。具体来说,优雅首先是对妇女外表的基本要求。这一时期的服饰强调华美,以紧束上身、勒紧腰间、裙摆扩大、裙子长度下移的长裙为时尚,女性们为了满足男人的感观需求而追求一种牺牲健康的优雅形象。其次,性纯洁是家庭天使的核心所在。妇女被认为是纯洁天真、无性欲的,女性主动的性要求被视为道德败坏。再者,服从是"家庭天使"最根本的特点。男人被视作历史的创造者,居于领导者的地位。与此相对,女性被认为是天生温柔被动、精神脆弱、需要特别关照的,这种说辞将女性服从男人的安排视作是理所当然。此外,社会对"家庭天使"也提出了要求:妇女首要的任务是照顾好家庭,营造一个幸福温馨的家庭环境,把家庭变成一个避风的港湾。对于新一代中产阶级来说,理想中的维多利亚家庭应该是纤尘不染且秩序井然的,而妇女则被视为家庭道德和

---

① (英)夏洛蒂·勃朗特.维莱特(勃朗特三姐妹文集)[M].吴钧陶,西海,译.上海:上海译文出版社,2013:262-263.

精神的监护人。道德家们鼓吹着女性的"护士天性",认为国家道德的健康依赖于妇女的道德健康。因此,女性被束缚在母亲、妻子和女儿的"妇女的责任"中。从传媒和宗教布道到法律和教育,从小说诗歌到绘画和印刷品,"家庭天使"的标准无处不在,相关观念在公共生活中广泛传播。

与小说中《一个女人的一生》极其相似的画作是希金斯(George Elgar Hicks)于 1863 年在皇家学院展览会上展出的三联组画《妇女的责任》(*Woman's Mission*):三幅画的题目分别为《引导孩子》(*Guide to Childhood*,1863)、《陪伴丈夫》(*Companion to Manhood*,1863)和《照顾老人》(*Comfort of Old Age*,1862)。尽管这组画的展览日期要晚于《维莱特》的出版,但我们可以从小说和现实中画作的比较中发现维多利亚时期普遍的性别观念。希金斯的三幅画表现了同一个妇女生活中的不同片段,分别展现出女性一生中所需担任的三个角色:年轻的母亲、无私的妻子和尽职的女儿。在第一幅画中,年轻的母亲作为儿子的保护者和指引者,被放置在整个画面的后面。她关切地注视着儿子,胳膊保护性地环绕着孩子,帮助他向前行走。在第二幅画中,丈夫接到亲人死去的消息(从右边桌面上的黑边信可以推断而得)而痛苦不堪,妻子依偎在他的身边,头微微向上,似乎是在安慰他。从这对夫妻的身体姿势中,我们可以看出依附和被依附的关系,这幅画中想要传达的信息是,妻子无论在何时都要义无反顾地承担起陪伴和支持丈夫的责任。第三幅画面的色调比较阴郁,画中是病入膏肓的老人和照料老人的女性。可以推断出,画中的女性是一个尽职的女儿,承担着照料老人的责任。在希克斯的三联画中(见图 1-1),妇女的生活正如画作的名称那样,体现在履行"妇女的职责"的各个时刻。也就是说,一名妇女一生的职责就是牺牲自我、围绕着家庭来奉献。

图 1-1　希克斯《妇女的责任》，油画 1863

文化史学家雅各布·布克哈特（Jakob Burckhardt）将以往历史时期的遗存划分为"信息"和"痕迹"两类，认为"信息"通常是由权力载体和国家体制书写并有效上演的，具有宣传性和误导性的特点，而"痕迹"则不会对后人说话，可以提供一种跟统治者的宣传所相反的历史。阿莱达·阿斯曼则在布克哈特的基础上将这种区分普遍化为主动记忆和被动记忆，她指出，文化记忆中包含着大量跟后人讲话的信息，这种主动记忆"支持着某种集体认同"，意在"不断地重复和再利用"[①]。美术馆里的两种女性画像显示出文化记忆主动性的一面：被展出的画像是为了主动地传播和交流、为了被展示而形成的，这种展览是有意安排的，意在吸引观众的注意、让观众留下持久的特定的印象，进而达到宣传维多利亚时期道德伦理观的目的。美术馆里展览的两组女性画像展现出父权制统治下女性形象的两个极端——充满性诱惑的妖女或是无私奉献的"家庭天使"。很显然，作为女性观者的露西看穿了画作之后的虚伪，因此她毫不犹豫地嘲讽了这些女性形象。这两种效果强烈的图像能给人留下深刻印象，强烈情感成为记忆的最重

---

① （德）阿斯特莉特·埃尔，安斯加尔·纽宁.文化记忆研究指南[M].李恭忠，李霞，译.南京：南京大学出版社，2021：126.

要的支撑:"记忆术中图像的这种强烈情感的力量……被肆意地工具化。"①人为设定的性别价值体系使得女性的形象完全由男性视角和男性话语所界定,因此女性形象逐步落入程式化形象的窠臼中。

(三)修女肖像画

如果说美术馆里公开展出的画像反映出的是文化记忆主动性的一面,那么挂在深宅里的修女肖像画则代表着文化记忆被动性的一面。它是被忽略的、被抛弃的物质遗存,散失在被遗忘的仓库里。修女的肖像画接近布克哈特所说的"痕迹":它是被动存储的记忆,不会对后人说话,却是一个时代的见证,可以提供一种跟统治者的宣传所相反的历史。

修女是圣洁和规矩的象征,常被视作天使般的纯洁女性。小说中有一个神秘而关键的人物纤丝蒂纳·玛丽,她的故事都是由他人叙述,只有一幅肖像画挂在深宅大院里,默默诉说着自己的遭遇。玛丽是保罗20多年前的恋人,由于父母及祖母等人阻挠她与保罗的结合,玛丽在犹豫不决之中选择做修女,不久却抑郁而逝。露西在受贝克夫人之托前往沃尔拉文斯太太家送生日礼物之时,看到挂在祷告室的墙壁上玛丽的肖像画:

> 在十字架旁边,挂着那幅其模糊的轮廓刚才曾引起我注意的画像——那幅画曾经同墙壁一起移动起来,消失不见,让幽灵显现出来。由于看不清楚,我曾经以为是一幅圣母面像;在比较明亮的光线下,让人看出它原来是一个穿了修女服装的女人的肖像画。她的脸虽然不美,却很讨人喜欢;苍白、年轻,由于痛苦或者患病而蒙上沮丧的阴影。我现在再说一遍,那张脸并不美,甚至并不聪明;它的那种和蔼可亲是一种体形虚弱、情感不热、惯于默许顺从的和蔼可亲。然而,我还是久久地瞧着这幅画像,而

---

① (德)阿莱达·阿斯曼. 回忆空间:文化记忆的形式和变迁[M]. 潘璐,译. 北京:北京大学出版社,2016:251.

且也只能这样瞧着。①

从这幅肖像画中可以看出，玛丽小姐的形象是脆弱、柔弱、顺从的，是一个完美符合维多利亚时期所界定的标准女性形象。修女被视为上帝的婢女、基督的新娘，是纯洁无瑕的代名词，长期以来一直处在虔诚圣洁的宗教光芒之下。然而，这位玛丽小姐的神情是忧伤而无助的，这是因为她无法把握自己的命运。在《维莱特》中，修女的形象多次出现，玛丽小姐的修女肖像画与一个修女传说被勃朗特巧妙地联系在一起，图像和语言共同成为储存文化记忆的媒介。修女的传说是这样的：学校后花园里的一棵老梨树下埋着一块黑色石板，传说一位中世纪的修女因为违抗教会的清规戒律而被埋在树下。可以看出，这株以《圣经》中古代族长名字（玛士撒拉）命名的古树显然象征着宗教的威权和对女性的压迫。从这个意义上来说，玛丽小姐的修女画像不仅仅是一个悲剧性的女性形象，更是代表着宗教压迫，唤起了一种关于禁欲和贞洁的思想意识。玛丽小姐抑郁而亡的悲剧则与维多利亚时期宣传的女性贞洁观形成了巨大的反差，玛丽小姐苍白而沮丧的肖像暗示着在清规戒律下女性内在生命力的匮乏，女性的声音被压制，其话语是极其微弱甚至是缺席的。

（四）复仇女子瓦实提

在小说中，与沉静而隐忍的修女形成鲜明对照的女性形象是如魔鬼般反抗男权专制的瓦实提。小说中有一场别具一格的戏剧演出，在这场戏中，出现了一幅复仇女子瓦实提的画面。露西发现被火光环绕的瓦实提拥有"一种既不属于男人也不属于女人的东西：她的两只眼睛里都各坐着一个魔鬼。这种邪恶的力量在整个悲剧中支持着她，使她维持住她那微弱的气力"②。夏洛蒂的文字形象生动，将瓦实提夸张而疯狂的表演描写得栩栩如生，让

---

① （英）夏洛蒂·勃朗特. 维莱特（勃朗特三姐妹文集）[M]. 吴钧陶，西海，译. 上海：上海译文出版社，2013：515.
② （英）夏洛蒂·勃朗特. 维莱特（勃朗特三姐妹文集）[M]. 吴钧陶，西海，译. 上海：上海译文出版社，2013：336.

读者与露西感同身受。瓦实提释放出一种因求生而独具的摧毁性能量，成为了一个"仇恨、暗杀和疯狂的化身"①。瓦实提的原型来自《圣经》，她原本是亚哈随鲁王的王后，很可能就是历史上著名的波斯王后亚默斯提丝。公元前482年，亚哈随鲁王为王公大臣摆设筵席，一方面为战胜埃及和巴比伦庆祝，另一方面也为进攻希腊作准备。在酒酣耳熟之际，他还想向人炫耀后宫佳丽，命令瓦实提前来在男宾面前献媚。由于女性尊严，王后不肯遵守王命，之后亚哈随鲁王将她贬入冷宫。瓦实提的反抗使得她被王权放逐，她被看作魔鬼似的堕落女人。瓦实提的形象在绘画史中几经变化，其中以英国肖像画家埃德温·朗（Edwin Long）笔下的《瓦实提》（*Queen Esther*，1878）（见图 1-2）最为出名。在这幅名画中，可以看出，尽管瓦实提王后浑身珠光宝气，但她的面容眼神中却流露出淡淡的哀伤。那是因为瓦实提不想做男人的附属品，却因此而被世人所不容。画中的王后柔弱忧伤，具有典雅气质，与小说中那个疯狂的演员瓦实提截然不同。

图 1-2　埃德温·朗《瓦实提》，油画 1878

在小说中，瓦实提被塑造为一个相当狂热且极有斗志的反抗者。瓦实提在舞台上极端亢奋，她疯狂地借助每一个肢体动作、每一个表情来显示

---

① （英）夏洛蒂·勃朗特. 维莱特（勃朗特三姐妹文集）[M]. 吴钧陶，西海，译. 上海：上海译文出版社，2013：337.

出她对于专制的反抗以及她对于被歧视、被放逐的复仇:

> 在灾难面前,她是一头母老虎,她撕毁她的苦恼,用强有力的憎恨使忧愁发抖。在她看来,痛苦没有好的结果;眼泪不能浇灌出智慧的果实。她用反抗者的眼光去看待疾病,甚至看待死亡。她也许是邪恶的,但她又是坚强的。她的坚强战胜了美丽,制服了典雅,并且把这两者系在她的身旁,作为完美无瑕的俘虏,既美而又温驯。即使处在精力的极端昂奋状态之中,其每一个酒神女祭司般的动作仍然维持着庄严、堂皇、昂视阔步的神态。她的头发蓬松地飞动着,就像在狂欢或战争中似的,仍然是天使的头发,并且在一圈光环下熠熠生辉。尽管沦落、起义、流放,她仍然记得她所反叛的天堂。天堂上的光亮在她流亡的时候照耀着她,照穿了她流亡的疆界,揭示出那疆界的孤寂凄凉和辽远。①

在这个庄严、昂扬、坚强的叛逆者形象瓦实提身上所体现出的是女性的挣扎与愤怒,被压抑的女性自我终于不堪重负,向男性沙文主义发起猛攻。只有进行猛烈的反抗,被男性神话剥夺了活力的女性才可以最终获得新生。在露西用华丽而精彩的辞藻描绘这位女演员时,还插入了瓦实提与克娄巴特拉形象的对比。在露西看来,克娄巴特拉是一个徒有丰满肉体的平庸之辈,是一幅消极的展示品,是男性的欲望投射;瓦实提则与之相反,她拒绝做男人的附庸,决心为自己的命运而奋斗到底。夏洛蒂在小说中让克娄巴特拉和瓦实提这两种图像所唤起的文化记忆相互撞击:一个唤起的是关于色欲的荒淫的艳后,另一个则是疯狂的斗士。阿莱达指出,图像有着独立的表现形式,具备着一种"能动意象",它的塑造力量存在于象征和原型之中。此处,通过夏洛蒂的描写,关于瓦实提的图像被赋予了新的意义:瓦实提不再是一个被男性污名化的堕落的女人,她的形象被赋予了女性解放的积极意义,此时,图像的记忆又得到了重构。

---

① (英)夏洛蒂·勃朗特.维莱特(勃朗特三姐妹文集)[M].吴钧陶,西海,译.上海:上海译文出版社,2013:338.

三、图像化记忆的生成语境

不同的社会历史语境会带来不同的记忆表现方式,勃朗特采用图像叙述的表达手法与她所在的文化语境密不可分。总的来说,维多利亚时期绘画艺术的影响,再加之勃朗特对于绘画艺术的了解,使她倾向于用图像化的手法来构建记忆。正如贡布里希所言,"艺术家是在不同历史条件中采用各种形式表现对象和事件的方式来读解'我们的所见'"。[①]

维多利亚时期是英国历史上最辉煌的时期,这个时期的英国经济繁荣、国力强盛。在工业革命的推动下,英国中产阶级不断壮大,大众消费的方式也日趋丰富。在19世纪之前,欣赏艺术具有很高的门槛,艺术品的观赏者主要限于受过高等教育的鉴赏家和有抱负的艺术家,而艺术品则基本都是贵族的私人收藏。对于大多数英国民众来说,几乎没有欣赏艺术品的渠道,因为当时根本不存在公共艺术画廊。但随着财富的增加,逐渐壮大的中产阶级对精神生活提出了更高的要求。艺术只为贵族、富人服务的时代已成为过去,富裕的中产阶级改变了艺术品与艺术欣赏的风向。在这样的背景下,美术馆在19世纪的时候发展起来,艺术变得更加接近大众。在法国大革命正如火如荼开展的1793年,巴黎卢浮宫成为第一个国家性的美术馆,在曾经的皇家住处,曾经属于法国国王私人财产的艺术品被公开展示。在英国,1768年皇家艺术学院成立,允许不同社会阶层的人参加其展览。大英博物馆,也是世界上最古老的公共博物馆于1759年开放给公众,英国第一家专门建造的公共艺术画廊——杜维琪画廊(Dulwich Picture gallery)于1817年向公众开放,而直到1824年英国国家美术馆的开放,普通公众才能更便捷地欣赏艺术作品。国家美术馆一方面是给英国艺术家们提供了学习前辈的机会,另一方面是为了改善大众的日常生活。在维多利亚时代的英国,这种可自由出入的艺术画廊被视为一种道德和文明的力量,是一

[①] (美)欧文·潘诺夫斯基. 图像学研究:文艺复兴时期艺术的人文主题[M]. 戚印平,范景中,译. 上海:上海三联书店,2011:9.

种代替在酒吧消磨时间的更高雅的休闲方式。正如查尔斯·金斯利（Charles Kingsley）在1848年所说的那样，"在一个单人房间的空间里，城市居民可以进行乡间漫步……超越铁石、烟雾缭绕的烟囱和咆哮的车轮组成的严酷城市世界，进入美丽的世界"①。作为维多利亚时代社会和教育改革的一部分，国家美术馆也推动了英国各地的公共美术馆的建设。朱塞佩·加布里埃利（Giuseppe Gabrielli）在他的画作中展示了国家美术馆的一个房间（见图1-3），反映出维多利亚时期人们在美术馆里欣赏绘画的场景。房间装饰华丽，却有一种阴沉肃穆的感觉。挂在墙壁上的画作多以宗教题材为主，且多为人物肖像画。墙壁上的深红色与镀金的画框相得益彰，为绘画中的明暗色调提供了合适的中间色调。总的来说，在美术馆或画廊里欣赏绘画是一种严肃的行为，美术馆或画廊首先起到的是一种道德教化的作用。在《维莱特》中出现的《一个女人的一生》，也是试图对民众（特别是女性）起到一种道德教化作用。

图1-3　朱塞佩·加布里埃利《国家美术馆32号房间》，油画1886

维多利亚时期社会风气保守、道德束缚较多，严苛的道德观在绘画和小说中都有所体现。《维莱特》中出现的《克娄巴特拉》实际上与英国绘画传统（尤其在维多利亚时期）中"堕落的女性"主题一脉相承，是对行为

---

① Sarah Fletcher. A look at the UK's Early Public Galleries. [EB/OL].（2012-09-25）[2022-02-14]. https://artuk.org/discover/stories/a-look-at-the-uks-arly-ublic-alleries.

不规范女性的一种警示。例如，维多利亚时期画家奥古斯都·艾格（Augustus Egg）的著名画作《过去与现在》（*Past and Present*，1958）于1858年首次在皇家艺术学院展出，画中反映了一个道德故事，即妻子通奸造成的家庭悲剧。

另一方面，维多利亚时期的艺术种类繁多、著名画家层出不穷，文艺流派呈现出群星璀璨的盛景，包括新古典主义、浪漫主义、印象派艺术、后印象派等。从18世纪起，英国开始夺回在欧洲艺术领域的领先地位，在肖像和风景艺术方面尤其表现出色。对夏洛蒂·勃朗特小说创作产生重大影响的是英国风景画艺术。英国的风景画发源于18世纪，繁荣于19世纪。"英国风景画之父"理查德·威尔逊（Richard Wilson，1714—1782）的画作《威那山谷》最早显示了英国风景画的特色。在夏洛蒂·勃朗特所处的时代，英国的风景画艺术正蓬勃发展，涌现了一大批大师级画家，其中以约翰·康斯特布尔（John Constable，1776—1837）和威廉·透纳（William Turner，1775—1851）为主要代表人物。康斯特布尔十分擅长描绘英国乡村风景，他们赞美大自然的美丽，让人与自然在绘画中达成和谐的状态，表现出一种对过往时代的留恋以及对现代工业社会的厌恶之情。相比康斯特布尔画中宁静的乡村风光，透纳的画面更富有动感和不确定性，他将色彩从轮廓中解放出来，使绘画回归到视觉本身。

在《安格里亚王国传奇》《勃朗特们的"童年之网"》《勃朗特艺术》等书中可以了解到，对夏洛蒂·勃朗特影响最为深刻的是维多利亚早期的两位著名画家约翰·马丁（John Martin，1789—1854）和托马斯·比维克（Thomas Bewick，1753—1828）。[①] 马丁的画奇幻宏大，以奇幻异想、夸张热烈的画风而闻名，富于罗曼蒂克想象，极具浪漫主义气息；而木刻画家比维克的绘画则以写实性和鲜活性见长，画风朴实而细腻，《不列颠的禽鸟史》木刻画集是比维克最著名的作品。夏洛蒂在少女时代经常临摹他的

---

① 张舒予. 论勃朗特文学创作的视觉艺术渊源[J]. 安徽师范大学学报（人文社会科学版），2001，29（1）：72.

作品，在《简·爱》等作品中，《不列颠的禽鸟史》也多次出现。在勃朗特三姐妹中，夏洛蒂的画作最多，她擅长水彩画，曾一度想成为一名职业画家，有两幅临摹作品还曾被展览过。夏洛蒂和妹妹安妮都喜欢临摹，所绘基本属于细腻典雅的古典绘画风格，兼有比维克式的写实风格。夏洛蒂常常使用一种写生式的方法来描绘人物，文字细腻生动，而风景描绘方面又极具浪漫主义色彩，这些与夏洛蒂本人的绘画基础和绘画经历也是密切相关的。总之，夏洛蒂·勃朗特在自己的文学创作中将绘画艺术与文学艺术结合在一起，让文字艺术呈现出更加出色的效果。

第三节 重返家园：《虹》中的图像与文化记忆

D. H. 劳伦斯的小说《虹》以工业化进程为历史背景，主要探究人在工业化浪潮中体验到的与土地分离、被连根拔起的感觉，流露出浓浓的怀旧之情。劳伦斯通过图像化记忆的呈现——心理图像、回忆形象和意象，以表达对于家园的怀旧与追寻。劳伦斯采用图像叙述的表现手法与后印象派绘画艺术的影响以及作家与视觉文化的亲密接触密不可分，通过图像书写记忆，使记忆进一步得到凸显。

一、D. H. 劳伦斯与《虹》

D. H. 劳伦斯是20世纪英国伟大作家，与简·奥斯汀、乔治·艾略特、亨利·詹姆斯、康拉德一起被誉为一流英语文学伟大传统的继承者。[1] 他也是"第一个对西方工业化进行最猛烈抨击的英国作家"[2]。劳伦斯一生创作了10部长篇小说，70余篇中短篇小说，8部戏剧，近一千首诗歌，还

---

[1] （英）F. R.利维斯. 伟大的传统[M]. 袁伟，译. 北京：生活·读书·新知三联书店，2009：31.
[2] 张中载. 独特的劳伦斯，独特的《虹》[J]. 外国文学研究，2000（4）：27.

第一章 女性与家园：图像与文化记忆

留下了大量的散文、书信和理论著作。他的长篇小说所获得的成就最高，其代表作有《儿子与情人》(*Son and Lover*，1913)、《虹》《恋爱中的女人》和《查泰莱夫人的情人》等。常被世人所忽略的是，劳伦斯不仅精通写作，也擅长绘画。劳伦斯自小学习、临摹他人绘画；在生命晚期还创作绘画并在伦敦的华伦画廊举办画展。此外，劳伦斯为自己的绘画集作序，也写了如《作画》《墙上的画》《艺术与道德》等阐释自己绘画观的文章。在劳伦斯的文学创作中，我们可以看出他是如何将自身的绘画经验带入其中的。例如，在其处女作《白孔雀》(*The White Peacock*，1911)中，几位主人公身上体现了前拉斐尔学派的元素；在自传性小说《儿子与情人》中，主人公保罗被设定为一个画家；在《恋爱中的女人》中，女主人公戈珍是一个特立独行的艺术家；从《白孔雀》的"白"到《虹》的"光彩"，到《恋爱中的女人》里出现的各种色彩，可以说，"劳伦斯所有的虚构作品都动用了大量色彩象征"[①]。

《虹》是劳伦斯的第四部长篇小说，也是其代表作之一。它写于第一次世界大战之前，并于一战结束后一年出版，讲述的是社会大变革时期（由传统农业社会进入现代工业社会），即从 19 世纪 40 年代初到 20 世纪初叶，布朗温一家三代的家族变迁史。《虹》的年代设定是维多利亚时代晚期，1840 年至 1905 年的一系列日期和参考资料清楚地表明了小说的历史意图，表现了"以运河、铁路和煤矿建设为代表的工业革命对英格兰农村的逐渐侵蚀"[②]。19 世纪末 20 世纪初，英国的发展逐渐减慢，第一次世界大战的爆发更是激化了国际与国内的各种矛盾。与维多利亚时期英国国力的强盛和人们的普遍信心形成对比，精神和信仰危机成为这一时期文学的特点，20 世纪初文学中所体现的人的心理状态和精神价值与 19 世纪文学所体现出的状态

---

① （英）D.H.劳伦斯. 劳伦斯文集：绘画与画论集[G]. 毕冰宾，译. 北京：人民文学出版社，2014：15.

② Connell Christine M.. Inheritance from the Earth and Generational Passages in D.H. Lawrence's The Rainbow[J]. The D.H. Lawrence Review, 2001, 36（1）：72.

和价值是截然不同的。此外，随着工业化的快速推进，剧烈的社会变迁使得现代工业社会与传统农业社会割裂，而这种断裂迫使人们与他们过去原有的生活方式和价值观念分离，人们的信仰、道德、价值观等都受到强烈冲击。不断推进的工业化极大地破坏了人与自然的和谐关系，人与自然的天然联系被生生割断。文学开始更多地转向内部，也就是说，文学作品倾向于对人的心灵进行观照。劳伦斯的《虹》就是这样一部探索社会大变革下人的精神心灵史的作品。

二、图像化记忆与怀旧

《虹》是一部关于怀旧的小说，对于现代工业文明侵蚀之前的英国乡村的怀旧情结构成小说的重要主题，而这一重要主题主要是通过图像化记忆的呈现而传递出来的。记忆的历史可以被分为前现代（premodern）、现代（modern）和后现代（postmodern）这三个阶段。在前现代阶段，人们和过去之间联系是自然的、不自觉的，人们通过传统和仪式保持一种记忆稳定的时间感。但随着工业化和现代化的加速，旧的传统和习俗开始丧失，一些根植于传统的温暖、习俗的心照不宣和传承的往复回环之中的东西被连根拔起，人们开始出现记忆危机。[①] 此时，人们常常会对"故土或过去美好时光"[②] 怀着一种强烈的思念之情，即"怀旧"（nostalgia）。

"怀旧"一词源于希腊语的两个词根，即"nostos"和"algia"，前者意指"返乡"，后者意指"怀想"。从词源意义上看，怀旧书写的内核意义就是"家"或一切可类比为"家园"的概念。怀旧的含义经历了从生理病症到个人情绪，再到制度化和国家策略这三个意义分期：该词最初是一个医学术语，指的是一些瑞士士兵因长期离家、渴盼回家而出现的一些症状。

---

① Pierre Nora, et al. Realms of Memory: Rethinking the French Past[G]. New York: Columbia University Press, 1996: xii.
② 戚涛. 怀旧[J]. 外国文学, 2020（2）: 88.

从 18 世纪起，探索怀旧的任务从医生那里转向诗人和哲学家，怀旧得到了新的表述，被视为与往昔的浪漫纠葛。为了回应启蒙运动对于理性之普遍性的强调，浪漫派开始突出情感性，乡愁成为"浪漫派民族主义的中心比喻"①。18 世纪末到 19 世纪初，该词开始具有"怀念旧时"的意思，但当时主要指对一去不返的童真时光的追忆。20 世纪后半叶起，怀旧日益受到社会学、心理学的重视。② 总体上看，自 17 世纪晚期到 21 世纪初，怀旧研究的领域从病理学逐渐拓展到心理学、社会学、文学、历史学、哲学、人类学等多种学科。③ 当代学界对怀旧最典型的定义是，它是一种"普遍、积极、反思性、有意义和复杂的社会情感"④。总之，怀旧是记忆的一个维度，怀旧不仅仅是个人心理的内在空间，而且还反映了个人记忆和集体记忆之间的关系，怀旧可以帮助人们看待自己与家园的关系。

随着现代化的推进，现代人逐渐失去了"家园"感，那种由"家园"带来的稳定性、确定性、安全感和温暖感也渐渐消逝。这也是怀旧问题能得到愈来愈多关注的原因。怀旧就是一个在精神层面上"重返家园"的过程，"这个'家园'，常常依托为自然、自由、童年、过去、故乡等"⑤。与《维莱特》中美术馆里的展品、肖像画等图像实体不同，《虹》中的图像主要指的是一种心理图像，是在脑海中再现出的想象的家园。

（一）劳伦斯的记忆空间与心理图像

人们对出生并成长的那片土地上的风土人情怀着一种长久的眷恋之情，这可以被称作故乡情结。尽管个人可以离乡、可以迁徙他处，但是却

---

① （美）斯维特兰娜·博伊姆. 怀旧的未来[M]. 杨德友, 译. 南京：译林出版社, 2010：13.
② 戚涛. 怀旧[J]. 外国文学, 2020（2）：88.
③ 赵静蓉. 怀旧：永恒的文化乡愁[M]. 北京：商务印书馆, 2009：17.
④ 戚涛, 朱好双. 情感、认知与身份：怀旧的图式化重构[J]. 安徽大学学报（哲学社会科学版）, 2019, 43（3）：62.
⑤ 赵静蓉. 怀旧：永恒的文化乡愁[M]. 北京：商务印书馆, 2009：25.

无法抹去与故土相关的诸多记忆,故乡的种种风貌自然地在脑海中形成一幅幅生动鲜活的图像,在易感的心灵里扎下根来。[①] 正如劳伦斯在自传散文中所说的,在他离开故乡之后,故乡一直以一幅生动的图画储存在他的记忆库中。"记忆术的核心就在于'视觉联想'",也就是"把记忆内容和难忘的图像公式编码,以及'入位'——即在一个结构化的空间中的特定地点放入这些图像"[②]。劳伦斯在创作《虹》的时候,心里必定有一幅关于故乡的清晰图像,而他将图像以文字的形式再现了出来。

在《虹》的开篇,劳伦斯用饱含深情的笔墨描绘了布朗温家族祖祖辈辈的居住地——玛斯农庄,从这里可以看出布朗温家族记忆的代代延续。在玛斯农庄,人与自然紧紧相连,是一种共生共存的关系。天地生生不息,自然界中生命的涌动没有休止。布朗温家族也如自然界一般生生不息,"家里总在添丁"。春天,"他们会感到生命活力的冲动,其浪潮不可遏止,年年抛撒出生命的种子,落地生根,长出年轻的生命"[③]。故乡之所以有一种特殊的记忆力,不仅仅因为后代继承了祖辈的土地,更是因为祖祖辈辈都与土地有着紧密的联系。布朗温家族居住在自家肥沃的土地上,又靠近一座兴旺的镇子,虽然从来没富有过,但是日子还是比较富足的。布朗温一家人的神态中"表明他们对未来从容自信,且料事如神,有着一派继承人的姿态"[④]。布朗温一家有这样一种"继承人"的姿态,是因为他们的心理与他们劳作的土地紧密和谐地连接在一起。他们只埋头自己的事情,对外界的发生的轰轰烈烈的工业革命漠不关心。

小说中的地点主要以劳伦斯家乡的矿区生活和农村生活为背景,劳伦斯对于玛斯农场田园牧歌式的怀旧式描写与其童年记忆以及成年后背井离

---

① 赵牧. 马来西亚华文文学转型中的中国想象[J]. 海南大学学报(人文社会科学版),2006(2):179.
② (德)阿莱达·阿斯曼. 回忆空间:文化记忆的形式和变迁[M]. 潘璐,译. 北京:北京大学出版社,2016:174.
③ (英)D. H. 劳伦斯. 虹[M]. 黑马,石磊,译. 上海:上海文艺出版社,2015:1.
④ (英)D. H. 劳伦斯. 虹[M]. 黑马,石磊,译. 上海:上海文艺出版社,2015:1.

乡漫游各国的特殊经历有密切关系。劳伦斯来自矿工家庭,他的故乡位于英国中部诺丁汉郡的伊斯特伍德镇,这是一座典型的矿乡。由于工业革命的需要,这个原本只有零星住户的村庄成为了煤矿生产的重镇。代表着现代工业动力的煤矿业给劳伦斯的故乡打上了现代文明的烙印,而此前这里世代生存所依托的乡村生活仍然展示着田园牧歌式的农耕传统。工业文明与农业文明就在此地碰撞出火花:一边是乡村风景与朴素的农人,另一边就是代表着现代文明的工业矿区。正如劳伦斯在《诺丁汉与矿乡》一文中所说,他的故乡"非常奇特地混杂了工业化与莎士比亚、弥尔顿、菲尔丁和乔治·艾略特时代的旧式农业英格兰"①。矿乡记忆与体验为劳伦斯的小说提供了重要的创作背景,成为构筑其小说空间进而展示其情感结构的重要依据。在后来的文学创作中,他常常以故乡作为故事发生和情节发展的地点原型,故乡特殊的地域文化也因此成为其小说创作中构建地方意识的重要来源。劳伦斯早年就被迫远离故土,一直居无定所,漂泊德国、意大利、美国、锡兰等地,这种与故土的无奈隔离使他的内心充满着对故乡爱恨交织的复杂情感。劳伦斯这位从 26 岁就离开故土,未曾停息地漂泊异国的天才作家,在他的作品里却从没离开过故乡。多年来,由于劳伦斯在精神和地域上对故乡的疏远,所带来的惆怅与失落促使他一次次地转向记忆中宁静美好的乡村来寻求慰藉与认同。

玛斯农庄宁静美丽的乡村景观隐喻着未受工业化浸染的伊甸园:"草场上,埃利沃斯河在桤木林中舒缓流淌,它是达比郡和诺丁汉郡的分界线。两英里外的山上耸立着教堂的塔楼,小乡镇的房屋依山而上。"②然而,从"大约在 1840 年"开始,"玛斯牧场上修起了一条运河""高耸的运河大堤横卧在田野上""运河另一边又开了一座煤矿""火车那令人心惊肉跳的鸣

---

① (英)雷蒙·威廉斯. 乡村与城市[M]. 韩子满等,译. 北京:商务印书馆,2013:363.
② (英)D. H. 劳伦斯. 虹[M]. 黑马,石磊,译. 上海:上海文艺出版社,2015:1.

笛声"①宣布着：外面的世界来了。以运河、大堤、煤矿、火车为代表的工业文明侵入了宁静而秀美的英国乡村。工业的入侵将田园牧歌式的伊甸园肢解得七零八落，人与自然的和谐丧失殆尽，伊甸园消失殆尽。地理环境在空间上被割裂，而心理上所带来的便是故乡的无处可寻。在工业文明与农业文明对峙且失衡的地理环境中，可以感受到工业文明对大自然的侵蚀破坏，以及工业文明作为异己力量同正常人精神生活的冲突。为了维持自己记忆中那种原始淳朴的乡村风光，劳伦斯最终还是让布朗温家的农舍保留了一处未被文明世界沾染的土地：在运河这边安宁的土地上，"玛斯农田仍然是原始、偏僻的，一溪流水缓缓地淌着"，布朗温家的门前屋后是"一丛一丛的丁香、绣球花和女贞，农舍完全掩映在花木丛中"②，这些风景色彩亮丽、生机勃勃，充满浓郁的诗情画意，是诗人对人类生存环境的理想寄托。此外，劳伦斯在《虹》中表现了他对于重建伊甸园的希望，让人们在工业文明的荒原之上又燃起重生的希望。

  总之，劳伦斯对客观存在的伊斯特伍德镇的视觉映像在他的脑中生成了一幅图像，而他对小说中玛斯农庄的文字描写是基于他头脑中对于故乡的记忆画面的。因此，劳伦斯对玛斯农庄的塑造是一种文字对心理图像的再现，是一种再现的再现。

（二）回忆形象与文化传承

  人们回忆的过程是很具体的，抽象的思维只有变得具体可感才能成为记忆的对象。在回忆的过程中，抽象的思维概念与具体的图像融为一体。在个人记忆中，个体回溯经历过的事件时正是以图像的形式重新调取记忆，过去的事件在脑海中如同一幅幅图片，这是专属个人的图像记忆。哈布瓦赫提出过"回忆图像"的概念，扬·阿斯曼则在哈布瓦赫的基础上，用"形

---

① （英）D. H. 劳伦斯. 虹[M]. 黑马，石磊，译. 上海：上海文艺出版社，2015：5-6.
② （英）D. H. 劳伦斯. 虹[M]. 黑马，石磊，译. 上海：上海文艺出版社，2015：6.

象"代替了"图像"一词,这样就拓宽了这一概念:它不仅可以指涉图像性的,也可以指涉叙事性的。这里所说的"回忆形象"是文化记忆框架下的"受文化影响、具有社会约束力的'回忆图像'"①。在阿斯曼看来,"回忆形象"产生于概念与经验的共同作用之下:一方面,需要被记忆的事物如果要被保留在群体的记忆中并在群体记忆里继续留传,那么它必须具有一个具体的形式(具体的人或是具体的事或具体的地点)。另一方面,当具体的人物、事件或地点进入记忆时,就被转变成了道理、概念和象征,它由此获得意义并成为社会思想体系的一部分。

  回忆形象需要一个特定的空间和时间,回忆形象在空间和时间上总是具体的。在劳伦斯的《虹》中,第二章"玛斯岁月"主要追溯了第一代女主人公丽蒂雅在波兰的童年时光和流亡英国的生活,丽蒂雅对于故国波兰的回忆在小说中发挥了重要的作用。丽蒂雅是一个波兰流亡贵族后裔,在来到英国这片陌生的土地后,疲于生活的丽蒂雅刚开始并不主动想起波兰,也不回忆她度过的那种生活,关于过去的记忆隐约变成了空白。虽然她生活中表面上全是英国这一套,但"她幻觉中长长的空白与黑暗仍然是波兰"②。来到乡下后,英国乡村风景的一点一滴再次唤醒她对于童年和家乡的回忆。劳伦斯使用大量的笔墨来描写外在世界是如何刺激主体感官,进而触发丽蒂雅的回忆的:"报春花遍地开放,花影浮漾,她弯腰在绊脚的花簇中摘下一两朵来,在生活的新鲜色彩中淡淡地回忆起过去的一切。"③在记忆的过程中,主观的意识与客观的世界不断进行着信息的交流。当客观世界为主体提供某种与意识相关的感官线索时,主体的回忆便可以被激发出来。此时,主体把曾经对于客观世界认知的相关信息与当前的感官线索相联系,从而获得一种回忆的体验。就这样,主体在不断受到外在世界的刺激后逐

---

① (德)扬·阿斯曼. 文化记忆:早期高级文化中的文字、回忆和政治身份[M]. 金寿福,黄晓晨,译. 北京:北京大学出版社,2015:30.
② (英)D. H. 劳伦斯. 虹[M]. 黑马,石磊,译. 上海:上海文艺出版社,2015:46.
③ (英)D. H. 劳伦斯. 虹[M]. 黑马,石磊,译. 上海:上海文艺出版社,2015:46.

渐重构经验、形成价值评判。在不断的"作用-反作用"的交互循环过程，连续演变的心理记忆图景便得以形成。丽蒂雅的回忆过程是与具体的时间和空间关联的，例如，在回忆起第一任丈夫的求婚时，她脑中有一幅形象具体的图画："他的语调沉稳，但声音却颤抖着。她真怕他看她时的那双黑黑的眼睛，那不是在看她，而是钉在了她身上。他很顽强，也很自信。她感到销魂荡魄，接受了他的求婚。"①在回忆起宗教狂热横扫全国时的疯狂场景时，她描述出一幅栩栩如生的图景："当人们修起横穿全国的铁路后，又修了一些小铁路，窄轨的，有一百英里长，直通我们那座小城。"②值得注意的是，丽蒂雅的回忆总是通过栩栩如生的讲述来完成的，听者脑中也形成一幅图像：

> 他（汤姆·布朗温）头脑里闪现出一车裸体女人的画面……想象着丽蒂雅笑着说父亲欠了债还说"我知道，我知道"，头脑里闪现出犹太人跑到街上去用意第绪语大叫"别这样，别这样"的景象，闪现出发狂的农民们将他们砍倒——她管农民们叫"牛"——她兴致勃勃甚至是兴高采烈地观望时的情景，闪现出家庭教师、女教师、巴黎和女修道院。③

回忆具有选择性，在时间的延续性上，它总是围绕那些原始或重大的事件展开。丽蒂雅脑中的回忆形象与其人生中最重大的事件有关，而童年记忆之所以在她的回忆中占有特殊地位，是因为它包含了个人对自己及其境况的最初估计，是个体主观意识的开端。正是童年起始，个人展开了与世界的联系，展开了她的希冀和憧憬。同时，回忆也植根于被唤醒的空间。波兰的乡村成为丽蒂雅等波兰流亡贵族身份与认同的象征，是其回忆的线索。时空概念在记忆中表现为故乡与生活史，而这两者对群体的自我认同都深富含义。回忆形象不仅"在空间与时间上是具体的，在认同上也是具

---

① （英）D. H. 劳伦斯. 虹[M]. 黑马，石磊，译. 上海：上海文艺出版社，2015：258.
② （英）D. H. 劳伦斯. 虹[M]. 黑马，石磊，译. 上海：上海文艺出版社，2015：54.
③ （英）D. H. 劳伦斯. 虹[M]. 黑马，石磊，译. 上海：上海文艺出版社，2015：55.

体的"①。扬·阿斯曼指出，群体的自我认识强调了与外部的差异，群体在选取回忆内容及选择以何种角度对这些内容进行回忆时，其根据往往是与集体的自我认识是否相符、相似或具有连续性。②从丽蒂雅的回忆过程中可以看出，丽蒂雅的回忆是有选择性的，与民族身份认同相关。也因此，丽蒂雅的怀旧使她拉大了与汤姆之间的夫妻距离："他知道，他跟她没有什么关系，她还在回忆着她的童年，而他不过是个农夫，一个奴隶，一个仆人，一个恋人，一个情夫，一个影子，或者说他什么都不是。"③虽然两人最终在一系列的磨合中达到了和谐，然而，两人在精神和心灵上总是存在着一种莫名的疏离感和陌生感，其根源在于两人文化记忆的差异。

尽管丽蒂雅和汤姆之间存在记忆的差异，但丽蒂雅却将与民族身份认同相关的记忆通过讲故事的方式传递给后代，完成了文化的传承。阿莱达·阿斯曼指出，家庭是几代人的连续体，它存在于个体出生前，还延续到一个人的死后（如果有后代的话）。此外，家庭还是重要的交流框架，汇聚了不同代人的经验、记忆和故事。个体参与家庭记忆，家庭记忆通过资料和口述可以代代相续。一般而言，家庭记忆能够延续的时间是"有相互交流关系的三代"④。讲故事是一种独特的可以在代际间传递记忆的方式。讲故事通过语言的再现可以在听者心中达到一种栩栩如生的效果，使听故事的人心中生成一种心理图像。例如，当外祖母丽蒂雅和小厄秀拉在一起的时候，讲故事成为两人的联系纽带。从丽蒂雅那里，厄秀拉在童年时期便了解到她遥远的母国波兰，也了解到她的祖先。这些故事都是在玛斯庄园

---

① （德）扬·阿斯曼. 文化记忆：早期高级文化中的文字、回忆和政治身份[M]. 金寿福，黄晓晨，译. 北京：北京大学出版社，2015：32.
② （德）扬·阿斯曼. 文化记忆：早期高级文化中的文字、回忆和政治身份[M]. 金寿福，黄晓晨，译. 北京：北京大学出版社，2015：33.
③ （英）D. H. 劳伦斯. 虹[M]. 黑马，石磊，译. 上海：上海文艺出版社，2015：55.
④ （德）阿莱达·阿斯曼，陶东风. 个体记忆、社会记忆、集体记忆与文化记忆[J]. 文化研究，2020（3）：49.

那宁静的卧室中讲的，因而"这些故事因此涂上了一层神秘的色彩，对这孩子来说就像《圣经》一样"①。讲故事是保留故土记忆、延续家族历史、保持并发扬民族传统的一种独特的互动方式。通过讲故事这一方式，文化群体的成员将分享思考、构建、记忆的方式，也就是说，分享一个共同的集体记忆。可以看出，外祖母丽蒂雅通过向孙女厄秀拉讲述家族故事，完成了代际之间记忆的传承和延续。在吸收外祖母的故事后，厄秀拉也对遥远的波兰产生了图像式的幻想图景：

> 父亲的生活是外部世界中的《奥德赛》；外祖母是现实世界的一个幻影、遥远的影子成了神秘的象征——农家姑娘们头戴用蓝花儿编成的花冠，寒冬里有雪橇在奔驰；年轻时候的外祖父长着黑黑的胡子，结婚、战争和死亡；还有她自己的许多幻想：她是位真正的波兰公主，在英格兰她受着咒语的驱使，她并不真的是厄秀拉·布朗温。②

从厄秀拉的幻想图景中，我们可以看出她对于波兰身份的认同，而这正是通过讲故事的方式而得以代代相传的。

（三）意象：记忆的"继电站"

在文化记忆的表达和传承中，意象（image）有其特殊性。记忆的重构和意象的表征都是知识获知、心理表征的过程，记忆的重构和意象的表征是互为条件、相辅相成的。意象是"心理表征的一种"③，是"意义与图像的有机结合体"，是"统摄感性、理性认知活动及情感态度价值取向的精神活动"④。这里还需要提到"原型"（archetype）这一概念——原型作为

---

① （英）D. H. 劳伦斯. 虹[M]. 黑马, 石磊, 译. 上海: 上海文艺出版社, 2015: 261.
② （英）D. H. 劳伦斯. 虹[M]. 黑马, 石磊, 译. 上海: 上海文艺出版社, 2015: 270.
③ 白洁. 记忆重构与意象表征[J]. 自然辩证法研究, 2014, 30（6）: 115.
④ 赵伶俐. 艺术意象·审美意象·科学意象——创造活动心理图像异同的理论与实证构想[J]. 自然辩证法研究, 2007（7）: 104.

一种无意识的、早已存在的、植根于内在心灵结构的一部分，是意象不可或缺的构成因素。也就是说，原型是一种原始的意象，是一种潜意识的心理图式。

阿莱达·阿斯曼在讨论瓦尔堡的"激情程式"和"能量储备"时指出，图像对于瓦尔堡来说是"范式性的记忆媒介"①。瓦尔堡将某种反复出现的图像公式称为"激情程式"，比如被薄纱裹住的水中仙女形象，这一形象每次出现都会唤醒这个形象原初所拥有的激情潜力。② 因此，"随着一个图像公式重复被唤醒的，不仅是某一特定的母题；图像的穿透力也包含着它们的能量的重新启动"③。这就是瓦尔堡所说的"能量储备"。这种能量的释放或者倒转也就是阿莱达所说的"图像在人类的记忆中发挥了一个继电站的功能"④。

由书名便不难看出，彩虹这一意象是小说的关键意象。彩虹在小说《虹》中出现了三次，第一次出现是在第一代人汤姆与丽蒂雅的故事末尾："她在火柱和云柱之间自在逍遥。她的左右两侧都让她心安神定，她不再被唤去用尽一个孩子的力气去支撑这个拱门断裂的一头了，因为她的父母在空中接头了，而她，身为孩子，则在他们这拱门下的空间里自由自在地玩耍着。"⑤ 在《圣经》中，彩虹象征着人与神的契约。上帝连降大雨以惩罚人类，只有诺亚事先得到上帝的旨意才幸免于难。神与人立下契约，当彩虹出现在云彩中时，水就不再泛滥了。在劳伦斯的《虹》中，第一次出现的虹也象征着一种契约，这是汤姆和丽蒂雅的盟约。夫妻之间的和谐从无到

---

① （德）阿莱达·阿斯曼. 回忆空间：文化记忆的形式和变迁[M]. 潘璐，译. 北京：北京大学出版社，2016：255.
② （德）阿莱达·阿斯曼. 回忆空间：文化记忆的形式和变迁[M]. 潘璐，译. 北京：北京大学出版社，2016：255.
③ （德）阿莱达·阿斯曼. 回忆空间：文化记忆的形式和变迁[M]. 潘璐，译. 北京：北京大学出版社，2016：255.
④ （德）阿莱达·阿斯曼. 回忆空间：文化记忆的形式和变迁[M]. 潘璐，译. 北京：北京大学出版社，2016：255.
⑤ （英）D. H. 劳伦斯. 虹[M]. 黑马，石磊，译. 上海：上海文艺出版社，2015：92.

有，相互接受、相互理解，共同开启了彼此新生的大门。汤姆和丽蒂雅位于彩虹的两个端点，架起沟通的桥梁，为小安娜开辟出一个自由、安全的空间。彩虹在这里象征着一桩成功美满的婚姻，在它的庇护下，孩子得以自由快乐地成长。

彩虹的这个意象在劳伦斯的第一幅画作《圣徒之家》(*A Holy Family*, 1926)(见图 1-4)中再度出现，画中的彩虹与小说中的彩虹都表达出相似的含义。劳伦斯作画主要靠直觉、本能和纯粹的肉体动作，他认为感性而不是理性、本能的冲动而非机械的模仿才造就了有生命力的艺术作品。这幅《圣徒之家》在几个小时之内就完成了，"男人，女人，孩子，蓝衫，红披肩，淡色的房间，一切都还粗糙，但对我来说那就是一幅画。以后会出现艰难的挣扎，但画却是在最初的冲动下要么成型要么一无所获"[①]。在画作中，最醒目的可能就是夫妻俩头顶萦绕的彩虹光环，但仔细观察便可以发现，从背后的陶器架子到环状的窗户，再到桌子上放着的碗，画中种种都暗示着彩虹这一意象。男人的手托着女人的乳房，妻子的右手放在丈夫的手上，而坐在椅子上的孩子正心满意足地看着父母，圣徒之家的三个人都沉浸在一种和谐而幸福的氛围中。这幅画中虽然出现了半裸的女子，但并不显得色情，因为圣洁的光环和人物沉静的神态透出一种神圣感——男性和女性之间、父母与孩子之间、人与所在的环境之间都达到一种和谐，这种自然和谐就是劳伦斯最为推崇的，一种"升天致福的境界"[②]。但我们从半裸的妻子身体上也可以看出，这幅画强调的是肉体与世俗幸福的密切关系，这种幸福与救世主似乎并无关联。不论是在劳伦斯的小说创作中，还是在他的绘画作品中，这种强调世俗肉身的观念都是一脉相承的。劳伦斯强调人体之美、肉体的生命力、两性的交锋与融合，以及生命本能力量的勃发。

[①] (英)D. H. 劳伦斯. 劳伦斯文集：绘画与画论集[G]. 毕冰宾，译. 北京：人民文学出版社，2014：148.

[②] (英)D. H. 劳伦斯. 劳伦斯文集：绘画与画论集[G]. 毕冰宾，译. 北京：人民文学出版社，2014：36.

图 1-4　劳伦斯《圣徒之家》，油画 1926

在第二代人安娜与威尔的博弈后，彩虹在小说中第二次出现。威尔和安娜的结合充满了灵与肉的搏斗，虽然最终似乎达成了妥协，但实际上远没有达到理想中的和谐与统一。于是，他们逐渐放弃当初对两性关系更高层次的追求，而是沉溺在肉欲享受之中。最后，安娜从彩虹中隐约看到了新生活与希望，"晨曦和落日是横贯一天的彩虹的两端，她从中看到了希望和允诺"①。但那彩虹是一种闪亮而华丽的想象，安娜放弃了追逐，将希望寄托在生儿育女之上，因而永远也不能到达那条理想的彩虹。

第三代主人公厄秀拉在经历了对于两性关系的迷茫、困惑和觉醒后，看到了象征新生活的彩虹，寄予了对于健康和谐的两性关系的希望。因此，在小说的结尾，厄秀拉在看到没有生命力的"轮廓坚硬刻板的新房子""陈旧丑陋的老教堂"后，看到了拱架在大地之上的彩虹——虹在这里作为一个新生的隐喻，劳伦斯表现了他对于重建伊甸园的一丝希望："那道虹是拱架在大地之上的……但是这条虹扎根在他们的血肉里了，它会颤抖着在他们的精神中成活……透过这虹，她看到了大地上的新建筑，那些陈旧的、不堪一击的糟朽房子和工厂被一扫而光，这世界将在生命的真实中拔地而

---

①（英）D. H. 劳伦斯. 虹[M]. 黑马, 石磊, 译. 上海：上海文艺出版社，2015：196.

起,直耸苍穹。"①厄秀拉之前的两代人所看到的彩虹只是一道模糊的幻影,而厄秀拉见到的彩虹则横扫污浊,直耸苍穹,一方面代表着厄秀拉与新生活的盟约,是她在经历了肉体的苦痛以及精神的苦痛后获得新生的象征,另一方面又启示着人类必将新生,是劳伦斯理想中的救世之虹。劳伦斯在这里借助彩虹的意象来唤醒关于虹的记忆,唤醒这个形象原初所刻下的激情潜力:在《圣经》中曾经象征着洪水退去、带来世界新生的彩虹,在《虹》中象征着对于遭受现代工业文明腐蚀的社会的拯救。

除了彩虹之外,诗意而神秘的月亮意象也在小说中出现多次。在汤姆向丽蒂雅求婚后离开的时候,汤姆心中充满痛苦和纠缠的情绪。劳伦斯并没有直接展现汤姆的所思所想,而是通过描写多彩的天空和闪着银光的月亮来烘托心理:"有时,高高的月亮闪着银光掠过晴朗的云隙,有时又被闪着绛紫光圈的云朵吞没。忽而一片云,但没有阴影;忽而又一道银光,像一缕蒸汽。漫天云海翻腾,黑暗的云朵与残雾般的光影和紫色的巨大晕圈交替,一会儿月亮露出来,如水的强烈光线刺得人睁不开眼睛,随之又钻进云絮中去。"② 这段描写就像一幅印象派画家的写生作品,绚丽的色彩和其中蕴含的深意给读者留下了无穷的想象空间。"绛紫色""银色""黑色"的天空色彩变幻、光线时而模糊时而刺眼、令人不安,静态的文字描写拥有了栩栩如生的动态效果。劳伦斯将这三种视觉上极具冲击力的色彩融入小说,读者在阅读时在脑中呈现出鲜明的视觉冲击效果,大大增强了小说的艺术表现力。在这里,云与月相伴相随却又若即若离,云与月、光与影又恰恰隐喻着汤姆和丽蒂雅之间既亲密又疏离的关系。

在安娜与威尔在月下收割一景中,金黄的月亮悬在银灰色的天际,高大的树木隐约地立在远处,这一切构成了一幅静谧安详的图景。安娜与威尔来来往往地工作,却总是无法碰到彼此。月亮在这里不再是一个观看者,而成为两性关系的参与者。"她冲着月亮转过身,每当她面朝着月亮时,皎

---

① (英)D.H. 劳伦斯. 虹[M]. 黑马,石磊,译. 上海:上海文艺出版社,2015:510.
② (英)D.H. 劳伦斯. 虹[M]. 黑马,石磊,译. 上海:上海文艺出版社,2015:42-43.

洁的月光就似乎穿透了她的胸……皎洁如水的月光又洒在她的胸脯上,教她看上去像是在随波起伏。"① 安娜如同被月亮施了魔法,月亮似乎是远古的神灵,有一种原始的诱惑。月亮占据了安娜的身心,使她成为明与暗的化身。两性的激情、欲望和冲动在月光下显示出一种原始和自然的力量,人类与古老的性繁殖节奏相连接,与之同频共振。

月亮的不可抗拒的力量在厄秀拉身上又一次得到体现。当她与安东跳舞时,一个巨大的、闪亮的、迫近的物体一直在注视着她——月亮升起来了。我们再次感受到月亮的强大力量:

> 她的胸怀向月亮敞开。她像一块被月光切开的透明的宝石。她站在那儿,全副身心充盈着满月,呈献出自己。她两边胸脯都为之敞开,身体大张,似颤动着的海葵。这是由月亮引发的柔软膨胀的邀请。她想要月亮来充实自己,想与月亮进行更多的交流,直至完美……她赤裸的身体已经离开了那儿,在扑打着月光,胸脯、腹部、大腿和双膝碰撞着月光,与它相会,与它交流。她几乎要一跃而起,真的走开,甩掉身上的衣服逃离,离开这黑糊糊乱糟糟的人群,奔向小山,奔向月亮。②

这富有激情的描述展现出厄秀拉心理活动的发展变化。在月光下的厄秀拉以一种极度忘我、极度陶醉的状态中与自然融为一体。月亮代表光明、圣洁、全知全能的力量,代表了厄秀拉想要逃离一切束缚,追寻自由的净土的愿望。小说精心营造了一个富有原始神韵的伊甸园的氛围,厄秀拉在这种环境中被唤醒,她试图挣脱文明的重压,回归一个本真的自我。

关于月亮的图像实际上是人类对于原始主义(primitivism)的本能冲动,唤起的是人类在对于更久远时期的记忆。劳伦斯的《虹》是寄寓原始主义情感的一部作品,在心理维度上寄予了对本真的原始性的向往。劳伦斯试图激活人的本能、欲望、血性等被工业文明压抑的生命冲动,呼唤的

---

① (英) D. H. 劳伦斯. 虹[M]. 黑马,石磊,译. 上海:上海文艺出版社,2015:118.
② (英) D. H. 劳伦斯. 虹[M]. 黑马,石磊,译. 上海:上海文艺出版社,2015:326.

是生命激情的力量。由于意识到非理性与原始性之间具有同构性，原始主义因素在劳伦斯小说中扮演了重要角色，成为他探索拯救人类之道的一个重要选项。例如，劳伦斯在理论著作《无意识幻想曲》(Fantasia of the Unconscious, 1922)中描述了一个生机勃勃又壮丽宏伟的人类远古异教时代；在《虹》的姐妹篇《恋爱中的女人》中，劳伦斯借男主人公伯金这个宿命论者之口，表明了对于现代工业文明、对人类生命扭曲现象的批判以及对生命原初状态的向往之情；从短篇小说《公主》("The Princess")、《太阳》("Sun")再到长篇小说《虹》《查特莱夫人的情人》，故事中的女主人公对原始自然力量的膜拜无不体现出原始主义的旨趣，原始力量被视作欧洲工业文明的一种拯救性力量。

劳伦斯在第一次世界大战后离开英国，便开始了从欧洲到澳洲再到美洲的旅程。他的流浪是一次精神之旅，作家在不同文明中苦苦寻找拯救濒死的西方文明的良药。在意大利耀眼的阳光和西西里岛的触发之下，他写下《太阳》等中短篇小说；在澳大利亚绚丽的自然风光感染之下，他在《袋鼠》中幻想出一个乌托邦的世界；被墨西哥和新墨西哥粗犷的地貌以及印第安人原始而强烈的生命力所触动，劳伦斯看到了复活现代文明荒原的希望，在《羽蛇》(The Plumed Serpent, 1926)、《墨西哥的早晨》(Mornings in Mexico, 1927)、《骑马出走的女人》(The Woman Who Rode Away, 1928)等一系列作品中，他满怀激情，将重点放在原始主义之上，表达出对美洲原始生命力的无限崇拜。简言之，在劳伦斯的作品中，处处可以看到对生命本真状态的呼唤，处处可以看到对于原始自然力量的崇拜。

三、图像化记忆的生成语境

正如不少研究者已经发现的那样，劳伦斯的小说深受绘画的影响，一方面，他的文字叙述具有图像化的特点；另一方面，他的文学才能也对其绘画产生了影响，劳伦斯的不少画作都具有相当的故事性。可以说，绘画才能和文学才能在劳伦斯的身上得到了完美的融合。

对夏洛蒂·勃朗特影响很大的英国水彩风景画也曾对劳伦斯产生一定影响。创作早期的劳伦斯曾对《英国水彩画集》中的大部分绘画进行了临摹，从临摹中培养绘画的技法和感觉，并从绘画中得到心灵的疗愈。尽管劳伦斯在绘画方面并没有受过正规训练，但绘画是劳伦斯清除内心痛苦、理解生命的方式。劳伦斯开始只是临摹一些插图，直到晚年才开始认真地作起画来。但持之以恒的绘画尝试训练了他的目光，赋予了他独特的感受力，使得其文学作品具有绘画的特色。

早期的劳伦斯受英国风景画影响较大，劳伦斯笔下所展现的优美细腻的乡村风光便得益于他对英国风景画的学习。但随着他对于绘画的理解深入，他认为英国除了风景画和一些水彩画之外，并没有真正的绘画。在他看来，英国的风景画缺少生命激情，风景总是意味着背景，而真正的主体却不在里面。英国的风景画无法唤起激情的回应，是无趣死板的英国人逃避真实肉身的方式，以及发泄他们了无情趣的审美欲望的载体。劳伦斯在抛弃英国风景画后，先是被印象派所吸引。英国风景画是对自然的客观描摹，而印象主义注重对物体在光线下颜色瞬间变化的描摹，追求整体感和氛围感。从19世纪后半叶到20世纪初，一大批印象派艺术大师纷纷涌现，莫奈（Oscar-Claude Monet，1840—1926）的《日出·印象》等画作成为代表。印象派绘画这种新的艺术形式自产生开始就在其他艺术领域也留下了深刻的影响，在19世纪晚期印象主义进入文学，由此产生了"文学印象主义"的概念。印象主义坚持一种感性的认识，因此，对于感觉的描述和瞬间情感的把握成为印象主义文学突出的特点。色彩所具有的强大视觉冲击力可以带给人一种直接的、感官的体验。"光色是印象主义绘画的灵魂，也是印象主义文学的灵魂"[①]，色彩受到该时代作家们的青睐。劳伦斯吸收了印象派绘画的精髓，对色彩情有独钟，印象画派的影响是其作品中大量

[①] 金莉，李铁. 西方文论关键词（第二卷）[G]. 北京：外语教学与研究出版社，2017：693.

出现色彩描绘的客观原因。

然而，劳伦斯后来又意识到印象派的问题——活生生的实体消失或者飘忽在光中了，他更为欣赏的是塞尚（Paul Cézanne，1839—1906）等后印象派画家的画作——在他们的画作中，既努力恢复实体，同时又保留了光线。劳伦斯认为塞尚的静物画完全冲破了西方绘画的陈腐传统，其作品带来生命的愉悦，是对于西方文化中的理性传统的反叛。劳伦斯越来越清晰地意识到直觉、感觉、生命激情的重要性，这不仅体现在他的小说创作中，也体现在他的画中和画论中。例如，劳伦斯的代表画作《红柳》（见图1-5）是男人沐浴的一幅风景画：三个男人在溪边洗澡，他们背对着观者。最右边和中间的两个男人蹲着，弯曲的脊背结实坚韧，最左边的男人坐在一棵树枝上，看上去柳枝似乎是从他的头上长出来的。他的两条腿支撑着地面，头搁在树杈上，右手抓着一根更细的枝丫，脊背丰厚有力，体现出生命的蓬勃以及人与自然的和谐相处。

图1-5　劳伦斯《红柳》，油画 1927

劳伦斯研究专家凯斯·萨加（Keith Sagar）指出，从《白孔雀》开始，劳伦斯的作品中就有不少涉及艺术的地方，但他晚期作品与早期作品一个明显的不同之处在于，他已经不再受到英国水彩画家的影响，而是受到后印象派画家的影响。在萨加看来，劳伦斯的文字就如梵·高的绘画一样，"因着他们心灵的想象和能量而活力四射"，《虹》里的这段文字完全可以用来描摹梵·高的那副《星夜》："黑夜在美妙地震颤，舒缓地，那是整个夜在轻轻摇曳，非同寻常。"①

此外，劳伦斯还受到西方绘画传统中关于"乡愁"主题的影响。宗教题材的绘画常反映出人对于自身存在的反思，而伊甸园主题的创作又常常昭示着人类对于原乡的渴望。"乡愁"这一明确的绘画主题始于19世纪早期的回忆热潮，拉斐尔前派兄弟会等英国画家都在不同程度作出过回应。劳伦斯的以下两幅伊甸园主题的画作可以作为渴望原乡的典型例子：在《逃回伊甸园》（见图1-6）中，一个男人和一个女人逃离了工业化的地狱般的世界，逃入一个原始的森林世界中，获得了性满足，于是这森林就成了他们失而复得的伊甸园。劳伦斯认为这幅画是"大师级作品"，并对这幅画进行了详细的描述："我刚刚在一张大画布上完成了一幅漂亮的画，画的是夏娃逃回伊甸园。在伊甸园门口，两边是亚当和天使，他们在扭打，远处角落里世界火光一片。"②而在劳伦斯的代表画作《舞蹈素描》（见图1-7）中，上帝愤而退去，亚当和夏娃还有动物们在一起欢呼雀跃，因为它们在伊甸园里无比自由快乐。在这幅充满张力的画中，劳伦斯有着"强烈的激情冲动，使那些裸体、花朵和动物的每一根线条和每一个层次都与其自身燃烧起来"，他的画作"达到某种狂野的生动效应"③。劳伦斯的《重返伊甸园》（*Paradise Re-entered*）一诗可以作为两幅画的最好脚注，"归来，超越善恶/我们归来。夏娃，散开/你的长发，为了幸福狂欢/在我们整洁的沃

---

① （英）D. H. 劳伦斯. 劳伦斯文集：绘画与画论集[G]. 毕冰宾，译. 北京：人民文学出版社，2014：15.
② （英）D. H. 劳伦斯. 劳伦斯文集：绘画与画论集[G]. 毕冰宾，译. 北京：人民文学出版社，2014：45.
③ （英）D. H. 劳伦斯. 劳伦斯文集：绘画与画论集[G]. 毕冰宾，译. 北京：人民文学出版社，2014：66.

野"①。劳伦斯充分发挥其想象力,在其绘画作品和文学作品中都表达出对于生命激情的崇尚以及对于原乡的追寻。

图 1-6　劳伦斯《逃回伊甸园》,油画 1927

图 1-7　劳伦斯《舞蹈素描》,油画 1928

---

① (英)D.H.劳伦斯.劳伦斯文集:绘画与画论集[G].毕冰宾,译.北京:人民文学出版社,2014:49.

本章小结

本章通过分析夏洛蒂·勃朗特的《维莱特》和 D. H. 劳伦斯的《虹》，探讨了图像和文化记忆的关系。记忆的保留和展示方式多种多样，但图像可以说是最为生动形象、最能达到唤起记忆效果的一种。图像是一种意义广泛的研究内容，不管是动态的还是静态的，无论是物质性的还是精神性的，不论是二维空间的图案或者三维空间的活动，都可以被纳入图像的范畴之中。

在维多利亚时代，女性在两性关系中处于劣势地位，在婚姻关系中属于被支配的、从属的地位。女性或被视作"家庭天使"，或被看作充满欲望的妖女，处于男性的权力统治之下。在夏洛蒂·勃朗特的《维莱特》中，一方面，克娄巴特拉和"家庭天使"的绘画呈现出文化记忆主动性的一面：美术馆里被展出的两种女性画像是为了主动地传播和交流、为了被展示而形成的，这种展览是有意安排的，意在吸引观众的注意、让观众留下持久的特定的印象，进而达到宣传维多利亚时期道德伦理观的目的。另一方面，挂在深宅中不为人知的修女肖像画则体现出文化记忆被动性的一面，传达出一种与统治者的宣传所相反的信息。与修女肖像画形成鲜明对比的是关于复仇女子瓦实提的图像，通过夏洛蒂的描写，瓦实提的图像被赋予了女性解放的积极意义，图像体现出其能动作用。

劳伦斯的《虹》是一部关于怀旧的小说，对于现代工业文明侵蚀之前英国乡村的怀旧情结构成小说的重要主题，而这一重要主题主要是通过图像化记忆的呈现而传递出来的。劳伦斯对玛斯农庄的塑造是一种文字对心理图像的再现；丽蒂雅对于故乡的回忆是以图像的形式重新调取记忆，来完成其身份认同的，而这种记忆通过讲故事的方式在代际中不断传承；意象是意义与图像的有机结合体，在人类的记忆中发挥了一个继电站的功能，彩虹、月亮等意象的不断出现表达出劳伦斯对于生命本真状态的崇拜与呼唤，反映出工业时期人们对于工业文明侵占之前的自然"家园"的怀旧之情。

作家们用图像来建构记忆与图像化记忆的生成语境密不可分。要探究

19世纪与20世纪英国文学作品中图像与文化记忆的关系，需要回到维多利亚时期兴盛的绘画艺术以及工业化进程的历史语境中，与英国风景画传统、印象主义画派、后印象主义画派等联系起来。勃朗特和劳伦斯在书写记忆手段中呈现出的视觉感可以反映出当时兴盛的视觉艺术对于文学创作的影响，绘画艺术和文学艺术在两位作家的作品中完成了完美的融合。

参考文献

[1] 阿斯特莉特·埃尔，冯亚琳. 文化研究理论读本[G]. 北京：北京大学出版社，2012.

[2] 阿莱达·阿斯曼. 回忆空间：文化记忆的形式和变迁[M]. 潘璐，译. 北京：北京大学出版社，2016.

[3] W J T MITCHELL. Picture Theory : Essays on Verbal and Visual Representation [M]. Chicago:The University of Chicago Press, 1994.

[4] W J T MITCHELL. Ekphrasis and the Other[J]. South Atlantic Quarterly, 1992, 91(3): 695-719.

[5] 夏洛蒂·勃朗特. 维莱特（勃朗特三姐妹文集）[M]. 吴钧陶，西海，译. 上海：上海译文出版社，2013.

[6] D．H．劳伦斯. 劳伦斯文集：绘画与画论集[G]. 毕冰宾，译. 北京：人民文学出版社，2014.

[7] 戚涛. 怀旧[J]. 外国文学，2020（2）：87-101.

[8] 斯维特兰娜·博伊姆. 怀旧的未来[M]. 杨德友，译. 南京：译林出版社，2010.

[9] 赵静蓉. 怀旧：永恒的文化乡愁[M]. 北京：商务印书馆，2009.

[10] D．H．劳伦斯. 虹[M]. 黑马，石磊，译. 上海：上海文艺出版社，2015.

[11] 雷蒙·威廉斯. 乡村与城市[M]. 韩子满，等，译. 北京：商务印书馆，2013.

[12] 扬·阿斯曼. 文化记忆：早期高级文化中的文字、回忆和政治身份[M]. 金寿福，黄晓晨，译. 北京：北京大学出版社，2015.

PART

第二章

帝国的回声：
空间与文化记忆

TWO

时代的更迭很大程度上表现为空间的变迁，对某一事物或某段历史的记忆可以是对特定时期的空间场所记忆。具象的空间成为重要的记忆建构和传播媒介。文学中的空间融社会文化与小说艺术于一体，兼具小说艺术的虚构性与时代特性。在英国19世纪至20世纪的历史背景下，文学家通过小说艺术中的空间隐喻着帝国的变迁，将他们对帝国的记忆外化为对空间的记忆。康拉德与吉卜林作为英国殖民时期的重要作家，他们的作品在世纪末的大背景下表现出关于帝国的文化记忆。本章将空间地理场所与文化记忆相联系，探索康拉德与吉卜林在维多利亚晚期通过空间媒介建构帝国的文化记忆。具体而言，本章在康拉德的《黑暗的心》中，利用巴赫金的小说时空体理论探讨小说对帝国怀旧记忆的呈现。同时，本章挖掘了空间研究的新方向——文学地图学，将文学地图应用于对吉卜林的《基姆》分析中，探索吉卜林绘制的文学地图对帝国记忆的动态建构。

第一节 记忆的空间媒介

从古典记忆法肇始，空间场所成为将抽象记忆具象化的重要物质性存在。随着现代空间研究的兴起，空间越发受到学界重视。西方学者对空间进行跨学科考察，认为空间具有文化属性，与阿斯曼所言的"文化象征物"具有重要联系，成为文化记忆的重要媒介。空间为文化记忆的建构和传播提供重要理论支撑，与20世纪以来西方哲学中的"空间转向"密切相关。

一、"空间转向"的到来

20世纪60年代以来，学界经历了一场"空间转向"。"空间转向"的意义并不在于将空间的重要性提至时间之上，而是在认识论上重视空间维度，从而引起现代思维方式的变革。这场认识论革命将以往处于次要地位的空间纳入人们的研究视野。在"空间转向"之前，时间一直处于逻辑话语中的主导地位。自柏拉图始，时间问题成为西方哲学史的基础问题之一，亚里士多德、康德、笛卡尔、柏格森、热奈特、马克思对哲学时间、文学时间以及历史时间的重视使得时间哲学渗透到社会学、文学、心理学、政治经济学等重要领域中。一时之间，空间处于隐秘状态，直到列斐伏尔、福柯、弗兰克（Joseph Frank）对空间的社会、文化以及文学进行考察，空间才正式进入学界的研究领域。列斐伏尔将马克思主义与空间研究相结合，认为空间是社会性产物；福柯将空间内部文化、权力的冲突纳入其研究范畴，表明空间内部的差异性；苏贾在《第三空间》和《后现代地理学》中将马克思主义引入地理学研究中；以弗兰克的"叙事空间形式"、左伦的空间语法、巴赫金小说艺术"时空体"与米切尔"意象科学"为代表的理论话语成为文学空间叙事理论的重要研究维度。

20世纪之后，空间的社会属性是各界讨论的重点。列斐伏尔"空间是社会的产物"的论断将空间置于马克思主义批评的视野中，创造性地将空间纳入商品生产过程和历史进程中，凸显空间在马克思主义批评中的重要地位。列斐伏尔在1974年的著作《空间的生产》（The Production of Space）中，认为空间并不仅是包含社会演变进程的容器，还随社会演变而发展，空间的真实意义需要放置在生产关系、生产方式、社会关系、社会形态以及历史主体的发展中才能体现。列斐伏尔进一步对空间进行"空间实践""空间的表象"和"具象的空间"的划分，将空间看成集自然、精神和社会于一体的社会空间，使社会空间的生产过程得以明了。列斐伏尔对社会空间的论述推动了现代城市的研究，因为城市的规划和重组最能直接体现资本主义社会对空间的生产和再生产。苏贾不仅继承列斐伏尔的"历史—社会—空间"的时空三元辩证法，而且将其运用到都市地理研究中，推动了后现代地理学的发展。他在《第三空间——去往洛杉矶和其他真实和想象地方的旅程》（Third Space: Journeys to Los Angeles and Other Real-and-Imagined Places，1996）提出"第三空间"的概念，认为第三空间发端于传统二元论的物质和精神空间，但超越了这两种空间，是"真实—和

—想象"的空间,一种不被任何空间知识所理解的开放空间。此外,苏贾《第三空间》以及理论论著《后现代地理学》(*Postmodern Geography*)推动了现代地理学与马克思主义批评的结合。大卫·哈维从列斐伏尔与苏贾的马克思主义空间批评中获得启发,将空间置于其"历史—地理唯物主义"思想中,把资本主义生产方式和经济发展看作是对空间和时间的支配和改造,提出"时空压缩"(compression of time and space)理论。哈维将空间看成是蕴涵社会内容与经济利益的重要社会存在,是对列斐伏尔与苏贾理论思想的继承和发展。

布迪厄(Pierre Bourdieu)与迈克尔·克朗(Mike Crang)论述了空间的文化属性。布迪厄的"区隔"和"场域"概念体现出不同社会群体所处的空间划分机制,这种空间划分体现出资本主义的文化逻辑。迈克尔·克朗的《文化地理学》(*Cultural Geography*)研究文化对日常空间的塑造,从文化对地理景观、文学中地理景观的书写、全球化空间以及消费空间的影响和塑造,分析空间在文化因素的影响下呈现出的不同形态和文化意义。在对文学地理景观的分析中,作家与地区写作、文本中的结构化空间、城市与现代城市生活书写成为研究文学地理学的重要方面。

边沁(Jeremy Bentham)、福柯以及赛义德(Edward Said)论证了空间的权力和意识形态属性。边沁于1785年提出的"圆形监狱"(panopticon)概念论述了空间的权力属性,他提议将监狱设计成环形,中间的瞭望塔负责监视犯人,而监视者可以不受监视。福柯后来在《规训与惩罚》(*Discipline and Punish*)中将边沁的"圆形监狱"理念发展为"全景敞视主义"(panopticism),认为在全景敞视建筑中,被监视者是单方面持续可见的客体,权力自觉且持续地发挥作用。在这种全景敞视空间中,权力单方面地发生在被监视者身上,空间成为权力监视与规训的参与者,体现权力属性。福柯在其另一本专著《疯癫与文明》(*Madness and Civilization*)中也论述了精神病院中的权力机制。近现代兴起的精神病院通过对病人生命的矫正来达到生命政治的调控目的,正是空间参与了权力的运转。精神病院和全景敞视监狱异曲同工，都是权力所有者在空间的协助下对权力客体的监视与规训。

弗兰克在《现代文学中的空间形式》("Spatial Form in Modern Literature")提出的小说"空间形式"是在"空间转向"背景下的文学空间性与共时性研究。小说"空间形式"的提出与20世纪的时代背景密切相关。20世纪是经济与科技飞速发展、社会矛盾不断激化的时代。多变、零散、无序的社会现实"瓦解了传统线性有序化的时空观念，消逝的过去以及一切时间性存在不再让人着魔，时间蜕变为零散的片段，以空间化的形式表达出来"①。20世纪之前的社会是稳定发展的，在小说中表现为线性的、逻辑性的、具有因果联系的故事情节，但是现代与后现代社会的急剧变化和无序状态使得艺术创作难以继续呈现逻辑和时间序列，而"只有通过直觉式的内心感受才能把握世界的复杂性、纷繁性和浮动性，才能真实地表现自我对外在世界混沌无序的感觉和精神活动的自然状态"②。同时，文学中传统的线性时间流已经满足不了现代文学的发展。20世纪之前的文学（小说）重视时间秩序和因果联系，小说中呈现出线性发展的情节，且内容大于形式。但是"以时间为导向的创作手法使读者在阐释作品时只注意到故事发展的连续性和逻辑性，而忽视了生活和情感本身的多维性和丰富性"③。而且，线性的时间叙述无法达到共时性，对于描述博尔赫斯所说的"阿莱夫"这样关于过去、现在和未来的共时存在，语言显得羸弱，因为"任何文字表现都是历时性的，而意识状况却是共时性的"④。文学家们认识到叙事的时间性的缺陷，转而关注新的叙事方式——空间形式，以弥合叙事在现代的困境。

"现代主义的空间回归，不是简单地回到过去那种机械模仿外部世界的自然符号美学，而是强调语言符号具有打破时间流逝幻觉的空间形式，

---

① 邓颖玲. 20世纪英美小说的空间诗学研究[M]. 北京：商务印书馆，2018：8.
② 邓颖玲. 20世纪英美小说的空间诗学研究[M]. 北京：商务印书馆，2018：15.
③ 邓颖玲. 20世纪英美小说的空间诗学研究[M]. 北京：商务印书馆，2018：4.
④ 龙迪勇. 空间叙事学[M]. 北京：生活·读书·新知三联书店，2015：142.

其关注的焦点已经不是诗如画的那种逼真性原则,而是随着语言学转向和符号学转向而产生的对语言本身的兴趣。"①20世纪之后,现代和后现代文学家采用"扭转时间"的方式打断了传统文学中的叙事时间流,通过并置、蒙太奇、碎片、人物的意识流、弱化情节事件等手法呈现出同时性和共存性。弗兰克的空间形式总结了现代诗歌和小说的创作形式,指出诗歌和小说语言的自反性和不依靠外部媒介而成的空间性。空间形式首先关注的是语言的自足,语言不依赖于时间的连续性,并摆脱其对外部世界的模仿,而是本身具有空间形态。②此外,弗兰克追溯了影响文学空间形式的精神和情感因素。他认为关于空间形式的问题可追溯到作家威廉·沃林格尔(Wilhelm Worringer)对自然主义艺术和非自然主义艺术的区分中。自然主义艺术呈现事物的深度,将事物与客观世界相联系,而在客观世界中,时间是一切变化的条件,因而艺术具有时间性,但空间性就被降低。当人与自然的关系失衡时,非自然主义艺术避开了事物的深度,转而关注事物的平面,空间性得到加强。在非自然主义艺术中,造型艺术本身的空间性由于去除了时间痕迹而变得越发突出,现代艺术越来越呈现为空间形式。③现代文学中的空间形式就成为与造型艺术发展相对应的,在艺术形式上力图克服时间因素的文学补充物。

弗兰克的小说"空间形式"是将空间纳入文学研究的序言,使得文学研究不再注重单一的线性时间流,开始重视文学中的空间存在以及文学结构的空间性。此外,列斐伏尔等人对空间的社会历史学研究将空间的社会文化属性置于现代性研究范畴中。因此,"空间转向"为文学、社会学、文化研究、哲学等学科带来新的研究角度,丰富了学科研究的深度与广度。本章将文学与空间的社会文化属性联系起来,基于空间的社会文化属性,探讨文学内容中的空间与文化记忆的关系。

---

① 王安,罗怿,程锡麟. 语象叙事研究[M]. 北京:科学出版社,2019:123.
② Joseph Frank. Spatial Form in Modern Literature: An Essay in Two Parts[J]. The Sewanee Review. 1945(2): 229.
③ Joseph Frank. Spatial Form in Modern Literature: An Essay in Three Parts[J]. The Sewanee Review. 1945(4): 650.

二、空间：文化记忆的具象参照

我们常常能在影视中看到这样的场景：一群人在一地寻找出口，反反复复，直到有人发现已经路过某一地标无数次，众人才发现身处迷宫中。影视化的桥段虽然是虚构想象，但是根据某一小地点来对某地整体进行记忆却在生活中随处可见。侦探福尔摩斯的"记忆宫殿"（mind palace）也是将地点与记忆结合的典例，他将对事物的记忆放入思维打造的宫殿中，为其侦查案件提供重要的线索。柯南·道尔虽然虚构出福尔摩斯这一人物，但"记忆宫殿"却在古典记忆史中有迹可循。古希腊诗人西蒙尼德斯根据座位的空间次序回忆起客人的坐序，将空间地点纳入记忆的范畴。无独有偶，在古罗马时期，西塞罗在背演讲词时通过运用地点记忆法，将记忆与空间捆绑，使得记忆有所参照。在近代对文化记忆的研究中，阿莱达·阿斯曼指出，地点记忆法是古典记忆法之一，地点"能够通过把回忆固定在某一地点的土地之上，使其得到固定与证实，它们还体现了一种持久的延续，这种持久性比起个人的和甚至以人造物为具体形态的时代的文化的短暂回忆来说都更加长久"①。作为古典记忆术，地点记忆很大程度上成为构建社会群体记忆的重要途径之一，例如革命遗址、孔庙等空间场所，成为延续中华民族记忆的重要途径。因此，在任何时期，地点记忆法都是有效记忆的方式之一，为记忆提供了实物框架，使得虚无缥缈的记忆拥有了具象的参照物。人对某事物的记忆成为对与该事物相关地点场所的记忆，记忆由此变得信手拈来。

地点记忆法本质上是将记忆具化为空间性存在，通过具化的空间，探讨记忆的存留与延续。古典地点记忆法将地理场所与记忆绑定，通过场所对记忆的空间化，将对事物的抽象记忆变为空间化的具象记忆。20世纪以

---

① （德）阿莱达·阿斯曼.回忆空间：文化记忆的形式和变迁[M]. 北京：北京大学出版社，2016：344.

来，空间越发成为社会经济学与文学研究的重点，空间的社会文化属性以及文学中的空间形式激发了学界对记忆与空间关系的探讨，相关著作如《回忆空间：文化记忆的形式和变迁》《空间想象与文化记忆：1980年代以来城市叙事中的建筑书写》《大都市：空间与记忆》《当代美国少数族裔小说空间历史记忆和重构》等认识到空间或建筑对于记忆的建构性意义，从社会意义上的现实空间以及小说文本中的空间探讨文化记忆或历史记忆的生成，印证了自古典时期以来地点与记忆联结的古老传统。鉴于此，本章将文学与空间相结合，充分挖掘与空间研究相关的新视角，从巴赫金小说艺术中的"时空体"与新兴跨学科研究范式——文学地图学出发，分析英帝国时期的两位作家康拉德与吉卜林的作品，探讨小说艺术中空间对英国文化记忆的建构与传播。

第二节 《黑暗的心》：历史叙事与怀旧书写

《黑暗的心》（1902）展现了马洛从欧洲城市到非洲殖民地的空间活动轨迹，这些空间意象蕴含着时间结构，具有重要的时空体意义。本章从巴赫金的时空体理论出发，认为在《黑暗的心》中，城市和殖民地两种空间与历史时间有重要联系，并且在与时间的联系中成为时空体，承担着历史叙事功能，具体表现为空间一方面暗含着英帝国的历史兴衰进程，另一方面反映出19世纪末现实中英国国民对帝国的记忆与怀旧心理。《黑暗的心》中空间与历史时间相关，但更向未来时间敞开，小说虽然在历史叙事中展现了英帝国的历史和国民的帝国怀旧心态，但又试图压制和批判过去，意图通过文本艺术中的怀旧映射消解现实中的帝国怀旧心态，有助于英国人民走出帝国怀旧情绪，从而致力于现实和国家未来。

第二章 帝国的回声：空间与文化记忆

一、约瑟夫·康拉德与《黑暗的心》

约瑟夫·康拉德是英国 19 世纪至 20 世纪的著名作家，也是世界文坛上最伟大的作家之一。康拉德原籍波兰，因不满沙皇俄国的残酷统治，后来逃亡至法国成为海员，于 1886 年加入英国国籍。康拉德早年的航海生活为其积累了源源不断的写作素材，创作了许多以航海为背景的小说，如《水仙号上的黑水手》(*The Nigger of the 'Narcissus'*)、《基姆爷》(*Lord Jim*)、《黑暗的心》等，因其写实的风格和优秀的文笔被誉为"海洋小说大师"。1895 年，康拉德结束航海漂泊生活，创作了第一部小说《奥迈耶的痴梦》(*Almayer's Folly*)，正式开启写作生涯。1897 年，康拉德出版的《水仙号上的黑水手》奠定了其在英国文学界的重要地位。在其创作生涯中，康拉德一生共创作 13 部长篇小说、28 篇短篇小说和 2 篇回忆录，其中中篇小说《黑暗的心》成为最负盛名的作品，是英语小说经典。《黑暗的心》根据康拉德在非洲的亲身经历创作而成，讲述了名为马洛的白人水手在非洲殖民地刚果的所见所闻。

康拉德在 20 余年的水手生涯中，游历世界，辗转各地，他在晚年谈到"我探索的地理是具有开放空间和广阔视野的地理，它建立在人类在露天环境下的辛勤工作之上……"①。康拉德对地理空间极其敏感重视，他的小说也因此充满了不同的地理空间描写。很多批评家从空间的角度解读他的代表作《黑暗的心》，认为《黑暗的心》建构了不同的空间意象，透过这些意象表露出作者独特的叙事策略、审美倾向与时代反思。有学者认为《黑暗的心》表现了康拉德对于帝国主义和全球化的批判态度：由于帝国主义资本的扩张，可供探索的空间越来越少，世界正在萎缩，康拉德对帝国主义的批判在于帝国扩张将许多未知空间在地图上抹除了。②阿马尔·阿切拉尤（Amar

---

① Joseph Conrad. Geography and Some Explorers[A]//Richard Curle. Last Essays[G]. London: J. M. Dent & Sons, 1926: 15.

② Janice Ho. The Spatial Imagination and Literary Form of Conrad's Colonial Fictions[J]. Journal of Modern Literature，2007(4): 4.

Acheraïou）认为康拉德小说中对空间的"去领土化（deterritorialization）"和"再领土化（reterritorialization）"成为康拉德时空价值观的中心，即通过对空间的"去领土化"和"再领土化"参与空间的审美建构，从而弥补失去的故土感。[1]张德明认为《黑暗的心》中的帝国与反帝国的空间表征反映了康拉德对欧洲探险文明的崇拜与欧洲文明衰落的反思。[2]这些观点指出康拉德小说中空间的部分特征，并且将空间与康拉德的叙事策略和时代认识相联系。而且，上述学者将小说中的空间与帝国主义时期意识形态和殖民行为相联系恰恰说明了空间与时间的不可分离性。

值得指出的是，《黑暗的心》中的地理空间与时间的相关性并不仅仅反映于空间与帝国意识形态和殖民主义的联系中，更从宏观历史角度表现出大英帝国兴衰的历史进程。康拉德从波兰流亡者到成为英帝国子民，对接纳他的英帝国有着积极的情感向往，"他维护英国崇尚个人自由的传统，理解英帝国主义者对外侵略的激情"[3]。因此，我们不仅看到了康拉德批判帝国主义时代，也看到了他在文本中再生产出的那个时代的帝国意识形态。[4]康拉德不仅对大英帝国有着浓厚的情感归属和认同，而且在世纪转型时期的文学创作中有意识地通过地理空间表现出他对帝国神话的追溯，在空间与时间的互动关系中呈现帝国往事，追溯英帝国兴衰的历史进程，同时又通过马洛的叙述表现英国国民在世纪末对帝国的记忆和怀旧心理。《黑暗的心》中的空间意象并不孤立存在，它们向历史时间敞开，反映并再现历史，这种时空关系符合巴赫金对时空体的论述。借助于巴赫金的时空体理论有利于更好地理解《黑暗的心》中空间与历史时间、现实时间的关系以及艺术空间对历史和现实的映射。

---

[1] Amar Acheraïou. Going Beyond Limits: De-erritorialization in Conrad's Novels[J]. Conradiana，2005(3): 173-174.
[2] 张德明.《黑暗深处》的空间表征[J]. 外国文学研究，2012，34（2）: 18.
[3] 毕凤珊. 疏离与融入：康拉德的矛盾情怀——康拉德殖民话语矛盾性溯源[J]. 河南社会科学，2007（1）: 142.
[4] （美）爱德华·W·赛义德. 赛义德自选集[M]. 谢少波，译，北京：中国社会科学出版社，1999: 173.

第二章 帝国的回声：空间与文化记忆

时空体（chronotope）由古希腊词汇"时间"（chrono）和"空间"（tope）组合而成，表示时间和空间的相互依存关系。巴赫金（M.M. Bakhtin）受到维谢洛夫斯基的历史类型学和爱因斯坦相对论的影响，在《小说的时间形式和时空体形式》中认为"文学中已经艺术地把握了的时间关系和空间关系相互间的重要联系，我们称之为时空体"①，以此表示时空的相互作用和彼此间的不可分离。那又如何理解时空的不可分割关系呢？巴赫金认为在时空体中，"时间在这里浓缩、凝聚，变成艺术上可见的东西，空间则趋向紧张，被卷入时间、情节、历史的运动之中。时间的标志要展现在空间里，空间则要通过时间来理解和衡量。这种不同系列的交叉和不同标志的融合，正是时空体的特征所在"②。在巴赫金看来，时间凝结于空间中，从抽象变成具象，而空间则对时间运动敞开，因此，文学中的艺术时空体是对时间与空间的整体性认识，意图整合时空属性，在时间的横截面上认识空间，在空间维度上把握时间，并在彼此的互动联系中理解文学作者的艺术图景与世界观。正如《黑暗的心》中的地理空间，它与历史时间从来不是相互隔阂、彼此分离的，而是在与时间的联系中承担着历史叙事功能，表现了帝国的兴衰与19世纪末现实中英国国民的帝国记忆与怀旧心理。将时空体与《黑暗的心》联系，通过作品中空间与时间的互动，有助于把握文本对英帝国崛起的历史进程和国民现实怀旧心理的再现以及小说对维多利亚晚期英国国民怀旧心理的回应和态度。那么，《黑暗的心》中的空间是如何在时空体意义上进行历史叙事的？历史叙事与国民的帝国记忆、怀旧心理有何关系？空间的历史叙事最终目的为何？

---

① （俄）米哈伊尔·巴赫金. 巴赫金全集（第三卷）[M]. 白春仁，晓河，译. 石家庄：河北教育出版社，1998：274.
② （俄）米哈伊尔·巴赫金. 巴赫金全集（第三卷）[M]. 白春仁，晓河，译. 石家庄：河北教育出版社，1998：175.

二、空间、历史时间与帝国的兴衰

《黑暗的心》展现了主人公马洛在欧洲城市和非洲殖民地的空间活动轨迹,这两种空间表现着历史时间,并在巴赫金时空体意义中承担着历史叙事功能。巴赫金认为在时空体中,时间是主导因素,并且在空间中变为具体的形象。他对城堡、沙龙客厅、道路等时空体的相关论述表明时间在空间中的具象化表现。例如哥特小说中的城堡"充满了历史时间……是封建时代统治者生活之处……城堡的各处建筑都留下了许多世纪和年代的具体可见的遗迹……它来自过去,又面向过去"①。由此可见,地理空间对时间的表征是时空体的重要因素,时空体也因此暗含着时间的空间化,"在这里(时空体),历史时间在现存空间里找到了物质化的出口,历史时间通过具体的地理空间表现出来"②。既然空间内含着时间结构,历史结构在空间中得到表现,那么历史时间的演进也在空间中得到表达,即空间的兴衰表现着历史的兴衰。时间与空间的一致性,如《黑暗的心》中的欧洲城市、非洲殖民地与历史时间一样,城市与殖民地空间在与历史时间的联系中成为时空体,表现着英帝国的兴衰。

《黑暗的心》中的城市反映了历史时间与个人日常时间的融合,具有时空体特征。巴赫金虽未在《小说的时间形式和时空体形式》中提出城市时空体概念,但在《黑暗的心》中,19世纪的城市不仅具有明显的工业文明特征,成为反映帝国发展的重要衡量尺度和资本象征,还是展现个人生活、社会关系和社会经验的场所,更是体现历史时间与个人时间的融合空间。以城市港口和交通为例,《黑暗之心》中位于"最庞大、最伟大的城市"③的格雷夫森德港和可以通往印度洋、太平洋、中国海、非洲的伦敦表现出城市对帝国海外扩张的重要服务作用,保障了帝国殖民实力。城市无

---

① (俄)米哈伊尔·巴赫金. 巴赫金全集(第三卷)[M]. 白春仁,晓河,译. 石家庄:河北教育出版社,1998:447.
② 邓颖玲. 20世纪英美小说的空间诗学研究[M]. 北京:商务印书馆,2018:57.
③ (英)约瑟夫·康拉德. 黑暗的心[M]. 黄雨石译. 北京:商务印书馆,2019:3.

论是作为生产力的一部分还是作为"增长机器（growth machine）"[①]而存在，始终是政治经济发展和意识形态的重要象征。同时，城市也是小说中马洛个人活动经验、行为动机和社会关系的起始空间。因此，小说中的城市时空体与巴赫金的沙龙客厅时空体相似，都是"历史内容、社会公共内容同个人内容的交织……无论历史时间还是传记和日常生活的时间，它们那些具体可见的特征，都浓缩、凝聚在这里；与此同时，它们相互间又紧密交织，汇合成时代的统一标志"[②]。与沙龙时空体类似，城市时空体体现了历史时间和个人日常时间的融合，成为宏观历史与个人经历的见证。

在《黑暗的心》中，城市空间被卷入历史时间运动中，表现了英帝国的崛起历史，英帝国崛起的历史变成城市中具体可见的形象。城市是反映国家历史发展过程的重要空间尺度，它的重要性不仅在于它是列斐伏尔（Henri Lefebvre）认为的"空间是政治经济的产物"[③]或"基于实践的单位"[④]，而且还是苏贾（Edward Soja）意义上的"社会变化、社会转型和社会经验的产物"[⑤]。城市空间文明的发展在很大程度上反映了国家的经济、政治和社会发展的综合实力，它也因此成为历史进程的重要参与者。自17、18世纪后，英国发展迅猛，其工业发展在19世纪突飞猛进，建立了强大的纺织工业、钢铁工业、煤炭工业、机器制造业和交通运输五大工业部门[⑥]，到19世纪末，全国四分之三的人口都居住在城市[⑦]，这一切使得城市发展突飞猛进，也为帝国崛起奠定了物质基础。小说所表现的城市

---

① Harvey Molotch. The City as a Growth Machine: Toward a Political Economy of Place[C]// Nancy Kleniewski.Cities and Society[G]. MA: Blackwell Publishing Ltd，2005: 16.
② （俄）米哈伊尔·巴赫金. 巴赫金全集（第三卷）[M]. 白春仁，晓河，译. 石家庄：河北教育出版社，1998：448.
③ （法）亨利·列斐伏尔. 城市神话与意识形态[A]// 汪民安. 城市文化读本[G]. 北京：北京大学出版社，2008：291.
④ 汪民安. 身体、空间和后现代性[M]. 南京：江苏人民出版社，2005：100.
⑤ （美）爱德华·苏贾. 后现代地理学[M]. 王文斌，译. 北京：商务印书馆，2004：121.
⑥ 钱乘旦. 英国通史（第五卷）[M]. 南京：江苏人民出版社，2016：1.
⑦ 钱乘旦. 英国通史（第五卷）[M]. 南京：江苏人民出版社，2016：22.

空间具有明显的工业文明特征,成为反映帝国发展的重要衡量尺度和资本象征。马洛在准备去往非洲之前,城市之间便捷的交通为他提供了便利。"我发疯似的到处奔跑着进行准备,不到四十八小时,我已在横渡海峡……几小时之后我来到了一个城市,这城市总让我想起一座粉饰过的坟墓。"①欧洲城市之间的紧密联系表明了帝国主义时代列强共同的殖民扩张目的,因此城市更是殖民事业的象征。城市中连接着世界的港口以及派往世界的汽船不仅是英国工业文明的辉煌成果,更是大英帝国意图扩大海外势力的体现。同时,城市参与了帝国崛起的重要历史进程。它是帝国海外殖民扩张的重要后备支持,为帝国的海外扩张输送技术支持,以便捷的航运交通,将殖民者送往各地。此外,小说中对城市的港口和航海交通的描述表现了英国对海运力量的重视以及捍卫英国国际地位的意图,是对19世纪"保卫英帝国,维护强大的海军力量,保持欧洲均势"②外交政策的反映。由此,城市既是帝国发展的空间象征,也保障了帝国版图的扩张和国际地位,维持了英帝国的稳定性。小说中所描述的城市空间成为历史时间的空间表征,并成为历史的重要参与者,在时空体意义中反映着帝国崛起的历史进程。

　　城市空间在与历史时间的关系中表现着帝国的发展,而非洲殖民地空间蕴涵的时间结构则隐喻着英帝国的式微。非洲在马洛的讲述中被构建成原始的、荒芜的自然空间,拥有天然的自给自足能力和高度自觉,与巴赫金的田园诗时空体有共通之处,成为自然时空体。与城市时空体中时间与空间的相互依存关系不同,巴赫金认为田园诗时空体中的时间和空间关系具有特殊性,这种特殊性体现在生活和事件时间对地点具有高度依赖和附着性,它同其余地方、其余世界没有什么重要的联系。③在马洛的叙述中,非洲是非人工的、排异的自然之地,与他所属的城市空间有着截然相反的特征:

---

① (英)约瑟夫·康拉德. 黑暗的心[M]. 黄雨石, 译. 北京: 商务印书馆, 2019: 23.
② 钱乘旦. 英国通史(第五卷)[M]. 南京: 江苏人民出版社, 2016: 3.
③ (俄)米哈伊尔·巴赫金. 巴赫金全集(第三卷)[M]. 白春仁, 晓河, 译. 石家庄: 河北教育出版社, 1998: 425.

第二章 帝国的回声：空间与文化记忆

那巨大的青绿色的屏障，那由无数繁茂的、纠缠在一起的树干、树叶、树枝、树杈和藤蔓组成的高墙，一动不动地耸立在月光之下，仿佛是由无声的生命进行的一次纷乱的袭击，一股由植物组成的滚滚巨浪越涌越高，形成一排巨大的浪头，正准备朝这条河流压过来，让所有我们这些微不足道的人永远失去他的微不足道的存在。①

自然文明和植物意志对地理空间有着强烈的附着性，不依赖于外界对其影响而独立存在。非洲对外的封闭性和内部的自给自足使得马洛等外来者成为"史前大地的游荡者"②，不仅使马洛产生了作为外来者的格格不入感，并且也不断影响马洛对自然空间的认识和自然体验。对马洛而言，非洲的自然不仅意味着荒野、黑暗，随着他的深入，他的认识也开始朝向自然。"沿河而上的航程简直有点儿像重新回到了最古老的原始世界，那时大地上到处是无边无际的植物，巨大的树木便是至高无上的帝王。"③随着他不断深入非洲大陆，他体验到自然精神，想象世界的起源就在于此。此外，田园诗中时空体中地点的统一性也体现在非洲自然时空体中。在非洲大陆上，人民的生活、劳作的节奏与自然地理空间相统一。在欧洲文明入侵这片土地之前，人的诞生、劳动与死亡的循环都依附于地理，与自然有着重要联系。但是对于白人而言，他们作为外来者始终无法融入自然，无法融入非洲内部人民与地点的统一性中，白人在非洲的死亡是因为"这里的太阳让他受不了，也许是这个鬼地方"④，显示出非洲作为自然时空体的独立性。

巴赫金认为"作为形式兼内容的范畴，时空体还决定着（在很大程度

---

① （英）约瑟夫·康拉德. 黑暗的心[M]. 黄雨石, 译. 北京：商务印书馆，2019：89.
② （英）约瑟夫·康拉德. 黑暗的心[M]. 黄雨石, 译. 北京：商务印书馆，2019：109.
③ （英）约瑟夫·康拉德. 黑暗的心[M]. 黄雨石, 译. 北京：商务印书馆，2019：103.
④ （英）约瑟夫·康拉德. 黑暗的心[M]. 黄雨石, 译. 北京：商务印书馆，2019：41.

上）文学中人的形象，这个人的形象，总是在很大程度上时空化了的"①。空间中的人物形象和人物命运也需要放到时间中进行考量，因为"在时空体的范畴体系中……空间已成为时间和人物的表征，成为一种特殊的时间形式……"②，非洲殖民地对历史时间的表现体现在人物的形象和命运中，而人物的悲剧性命运则暗示着帝国的衰落。马洛在幼年时期因地图对非洲的神秘化而痴迷于地图上的空白之处。无论是马洛、库尔兹还是其他白人，他们对非洲的痴迷不仅来源于地图测绘对非洲的神秘化，更体现在非洲是"一个可以呼吸、可以让他奋勇前进"③、能够满足"魔鬼般的热情"④的空间。但是这种对非洲的痴迷也使非洲成为白人的负担。因与当地人产生冲突而死亡的丹麦船长、上吊的瑞典人和因病而死的库尔兹体现出白人殖民者在非洲的悲剧性命运。首先，白人殖民者的死亡在一定程度上代表着帝国殖民事业的受挫。在历史中，英国在非洲攫取了大量殖民地和控制权，但殖民地使得帝国对外支出加大，成为帝国的负担，英帝国不得不放缓殖民进程。而且非洲的致命疾病也使得殖民地成为了白人坟墓，因此帝国的殖民事业受挫。小说中白人在殖民地空间的死亡需要在19世纪末的历史时间中进行考量，他们的死亡实则成为英帝国衰落的隐喻。

其次，小说中库尔兹的死亡与白人内部的阴谋有关，隐喻欧洲列强与英帝国在非洲的冲突。贸易站的经理对库尔兹极其不满，在他和侄子的谈话中，他们认为库尔兹损害了他们的利益，"除非把这些家伙绞死一两个做个榜样，我们就不可能完全避免不公正的竞争"⑤，如此不加掩饰的仇恨和嫉妒显示了白人内部的矛盾。马洛因经理造成的沉船事件而导致的延误使重病的库尔兹无法及时得到接应，致使库尔兹病情恶化。库尔兹的死亡

---

① （俄）米哈伊尔·巴赫金. 巴赫金全集（第三卷）[M]. 白春仁, 晓河, 译. 石家庄：河北教育出版社, 1998: 275.
② 邓颖玲. 20世纪英美小说的空间诗学研究[M]. 北京：商务印书馆, 2018: 57.
③ （英）约瑟夫·康拉德. 黑暗的心[M]. 黄雨石, 译. 北京：商务印书馆, 2019: 173.
④ （英）约瑟夫·康拉德. 黑暗的心[M]. 黄雨石, 译. 北京：商务印书馆, 2019: 211.
⑤ （英）约瑟夫·康拉德. 黑暗的心[M]. 黄雨石, 译. 北京：商务印书馆, 2019: 99.

是白人内部争夺资源而产生矛盾的结果。在历史中，布尔战争使得英国耗费了大量的人力物力，并且受到其他强国的孤立，地位在欧洲列强中已无形降低，布尔战争标志着英帝国扩张的基本结束。①库尔兹在非洲的死亡是英帝国殖民神话陨落的隐喻，显示了英帝国非洲殖民事业的受挫和国际地位的下降，是帝国衰落的象征。

不论是城市时空体还是自然时空体，它们都具有重要的历史意义。巴赫金在论述希腊传记时空体时，指出时空体并不指向其内部所描绘的生活的时间和空间，而是外部的现实的时空体，因此时空体不会脱离社会政治的影响。②这一点是由时空体本身的性质和特征所决定的。时间在空间中的具象体现和空间在时间中的流动使得时空体隐含了对现在时间的关照和外在现实的指涉；时空体中时间和空间的相互衡量和相互依赖关系，使得时空体整体上都会受到当前时间和现实的影响。从帝国崛起、帝国确立和衰落，《黑暗的心》中的城市和非洲殖民地空间都暗含着历史时间，隐喻着英帝国兴衰。城市的物质发展表现了帝国的崛起，并成为英殖民帝国崛起的重要条件，非洲殖民地中白人的死亡隐喻英帝国殖民事业的受挫，暗示帝国的衰落势头。在《黑暗的心》的历史叙事中，帝国发展和衰落大势的历史得到再现。更重要的是在《黑暗的心》的历史叙事中，暗含着对国民记忆和怀旧心理的把握。

三、空间、集体记忆与帝国怀旧

面对世纪末英帝国的衰落势头，小说并不只是在历史叙事中追溯了帝国的兴衰，同时也映射了维多利亚晚期现实社会中英国国民的帝国记忆与帝国怀旧心理。

---

① 钱乘旦. 英国通史（第五卷）[M]. 南京：江苏人民出版社，2016：423-429.
② （俄）米哈伊尔·巴赫金. 巴赫金全集（第三卷）[M]. 白春仁，晓河，译. 石家庄：河北教育出版社，1998：326.

怀旧（nostalgia）通常指对故土或过去美好时光的思念之情。① 博伊姆认为怀旧是对已经消失的物质家园的渴望，也是对精神家园和精神归属的渴求②，而且，怀旧不仅来自空间的改变，也来自时间的变迁③。在此意义上，怀旧常产生于社会变革或转折时期，是人们面对波动的社会现实，通过怀念过去而寻找精神慰藉的途径。学者张德明认为"'帝国怀旧'是怀念帝国的少年时代……那是充满激情、梦想和冒险精神的年代，那时地球上还有许多未知的区域等待人们去探索、去征服"④。因此，帝国怀旧看重帝国发展初期的无限潜力，与世纪末的英帝国形成对比。19世纪末的英国面对着殖民地民族主义和独立意识的增强、欧洲列强的竞争和本国的财政压力，逐渐显示出衰颓之势。英国国民在此形势下，对帝国的怀旧是他们在社会变革时期寻找精神居所的途径。而且在怀旧中，怀旧的客体并不只是时间或者空间，"怀旧的终极目标是寄寓在时空里的积极社会纽带，及其对归属感、连续性的承诺"⑤。因此，帝国怀旧并不是指对帝国时代的怀念，而是人们对帝国所带来的归属感和情感纽带的怀念。小说最开始的叙述者"我"在船上看到泰晤士河，认为"没有任何东西比泰晤士河下游更容易使他回想起过去时代的宏伟精神了"⑥。这种"宏伟精神"在英国国民身上表现出帝国赋予他们的理想信念和探索热情。初期的帝国对国民的积极影响使得国民在世纪末对帝国的过去有着强烈的归属感和情感纽带。因此，《黑暗的心》中所表现的帝国怀旧具象是对帝国时期人们自身的人生理想信念和探险激情的怀念。

英国国民对帝国所带来的理想信念和探险激情的怀旧在马洛寓于时空

---

① 戚涛. 怀旧[J]. 外国文学，2020（2）：88.
② Svetlana Boym. The Future of Nostalgia[M]. New York: Basic Books, 2001: 30.
③ Svetlana Boym. The Future of Nostalgia[M]. New York: Basic Books, 2001: 29.
④ 张德明. 从岛国到帝国：近现代英国旅行文学研究[M]. 北京：北京大学出版社，2014：227.
⑤ 戚涛. 怀旧[J]. 外国文学，2020（2）：88.
⑥ （英）约瑟夫·康拉德. 黑暗的心[M]. 黄雨石，译. 北京：商务印书馆，2019：6.

体的记忆中得到强化。《黑暗的心》是马洛对他的非洲经历的叙述,他的讲述建立在他对过去经历的记忆,而记忆是在时间与空间中进行的,"任何记忆总是与具体的时间、空间联系在一起,是通过时间和空间两个位点坐标来定位的,记忆就是时空的具体化、具象"①。马洛的记忆在很大程度上也是时空化的,即他的记忆与空间以及历史时间结构有重要联系。而且,马洛个人的记忆与英国国民的记忆相关联。在哈布瓦赫看来,尽管集体记忆是在社会集体框架下得以建立,但"个体只有通过把自己置于群体的位置来进行回忆……群体的记忆是通过个体记忆来实现的"②。因此,集体记忆需要以个人记忆为载体得以实现。小说中所表现的马洛关于帝国的个人记忆成为国民集体记忆的载体。马洛向"我们"讲述他的经历,从城市空间到殖民地空间,蕴涵着对"过去时代的宏伟精神"的记忆。在马洛的叙述中,他对帝国的个人记忆在很大程度上反映了英国国民集体关于帝国的美好回忆和帝国怀旧心理。

在马洛的记忆中,城市不仅反映着帝国的发展,而且也成为激发白人海外探险激情与梦想的地理空间。马洛在开始讲述非洲经历之前,他刚结束六年的东方游历生活回到伦敦,"开始一段时间倒也很不错,可是日子一长,我对长时期休息感到厌倦了"③。伦敦城市激发着马洛的海外探索激情,使得他不满足于现状,永远保持对外部世界的好奇。城市发达的物质条件则能将他的激情变为现实。城市在历史时间中表现并参与帝国崛起的历史进程,同时也引导着城市居民的帝国心态和价值观念。格奥尔格·西美尔(Georg Simmel)认为"城市最显著的特征是在其自然疆界外的功能的扩张,而且该效用依次作出反应并对城市居民生活给予影响力、重要性和责任"④。西美尔的论述可以视作城市对居民影响力的注解。19世纪城

---

① 王蜜. 现代性与记忆的消解——康纳顿的视野[J]. 江西社会科学, 2020(5): 121.
② (法)莫里斯·哈布瓦赫. 论集体记忆[M]. 毕然, 郭金, 译. 上海: 上海人民出版社, 2002: 71.
③ (英)约瑟夫·康拉德. 黑暗的心[M]. 黄雨石, 译. 北京: 商务印书馆, 2019: 17.
④ (德)格奥尔格·西美儿. 大都会与精神生活[A]//汪民安. 城市文化读本[G]. 北京: 北京大学出版社, 2008: 138.

市的功能扩展体现在它是英国政治经济的象征，更是服务于帝国海外扩张事业的后备力量，它也因此影响着帝国时期的城市居民。西美尔所说的城市对居民责任的影响在马洛的叙述中已经转换为城市对人的帝国激情和帝国心态的塑造。在马洛关于对土地的征服的叙述中，他认为："唯一能使你安心的是一种观念。是这种征服背后的那个观念；不是感情上的托词，而是一种观念；对这种观念的一种无私的信仰——这东西你可以随意建立起来，对着它磕头，并向它提供牺牲……"[1]这种观念与人们的帝国意识和帝国心态相关，也正是这种观念使他不断想要探索未知大陆。马洛对像蛇一样的河流所在地的痴迷已经超越了他作为帝国子民的责任和使命，使得他成为了探险狂热者。他所说的"唯一能使你安心的是一种观念"来自帝国发展时期人们的理想信念和探险激情。因此，城市影响人民的帝国心态并且激发了帝国激情，使人们相信"某些领土和人民要求和必需被统治……相信19世纪的帝国文化中存在'次等'或'次等种族''臣民''依赖''扩张'和'权威'之类的概念"[2]。在马洛的记忆中，城市扮演着积极角色，引导他的探险激情，同时又以物质条件为其理想信念提供支撑。城市空间所塑造的探险激情和理想信念与帝国发展的历史时期紧密相连，因此马洛对帝国的记忆在时空体中呈现出来。而且马洛对过去的正面记忆表现出他的怀旧情绪。马洛对帝国时期的人生理想和海外探险激情的个人记忆和帝国怀旧也代表着现实中国民集体的帝国记忆和怀旧心理。

如果说城市影响甚至塑造了马洛的人生理想和海外探险激情，那么非洲殖民地空间在马洛的记忆中则成为理想信念和探险激情的实践空间。在马洛的叙述中，去往非洲被他看作是"出发前去地球的中心"[3]。随着马洛不断深入非洲大陆，他所触及的空间范围也越来越大，而接应马洛的贸易站和运输队是白人对非洲的地理和贸易控制的体现。19世纪中叶，英国

---

[1] （英）约瑟夫·康拉德. 黑暗的心[M]. 黄雨石，译. 北京：商务印书馆，2019：15.
[2] Edward Said. Culture and Imperialism[M]. New York: Vintage Books, 1994: 9.
[3] （英）约瑟夫·康拉德. 黑暗的心[M]. 黄雨石，译. 北京：商务印书馆，2019：33.

通过"自由帝国主义"和"炮舰政策探险"强制推行"自由贸易",迫使全世界为英国的商品打开门户。① "自由贸易"服务于英国的资本积累,为英帝国的发展不断输送原料。小说中马洛在贸易站看到"各种手工业产品,破烂的棉花、念珠、铜丝川流不息地被送往那黑暗深处,然后细水长流地换回珍贵的象牙"②,表明帝国获得的成就——通过对殖民地空间的入侵以及对贸易权力和资源的攫取,英殖民帝国不断得到确立和巩固。此外,在马洛的叙述中,库尔兹的英雄形象不断被构建,从"第一流的公司代理人"③、"非同一般的人物"④到他成为能"塞满别人的生活,占据他人的思想,左右他人的情绪"⑤的人,他越来越具有神性。白人优越性和神性在殖民地达到了顶峰,表明白人的殖民激情和理想信念在殖民地空间中成为成功的具体实践。因此,非洲殖民地在马洛的记忆中成为殖民者理想信念和探险激情具象化的实践空间。空间与帝国崛起的历史时间使得马洛的记忆具有时空体维度,也因此强化了马洛的帝国记忆。在马洛的记忆中,城市和殖民地空间都与其人生理想和探险激情相关,两种空间在其记忆中扮演着积极的角色。马洛的正面叙述表现出他对帝国赋予个人的理想信念和探索激情的怀旧,反映出世纪末英国人民的帝国记忆与帝国怀旧心理。因此,城市和殖民地空间不仅表现了英国国民对帝国的美好记忆,也暗含着现实中人民对帝国的怀旧心理。

小说所表现的城市和殖民地空间在与历史时间的联系中反映出国民的帝国记忆和对帝国时期的人生理想和探索激情的怀旧。然而,《黑暗的心》并不仅仅在空间的历史叙事中表现出国民的帝国记忆与帝国怀旧心理,也对这一现实心理作出了回应。

---

① 钱乘旦. 英国通史(第五卷)[M]. 南京:江苏人民出版社,2016:3.
② (英)约瑟夫·康拉德. 黑暗的心[M]. 黄雨石,译. 北京:商务印书馆,2019:51.
③ (英)约瑟夫·康拉德. 黑暗的心[M]. 黄雨石,译. 北京:商务印书馆,2019:53.
④ (英)约瑟夫·康拉德. 黑暗的心[M]. 黄雨石,译. 北京:商务印书馆,2019:65.
⑤ (英)约瑟夫·康拉德. 黑暗的心[M]. 黄雨石,译. 北京:商务印书馆,2019:177.

四、空间、未来时间与记忆重构

城市和殖民地空间在与历史时间的联系中成为时空体,一方面呈现出英帝国的历史兴衰,另一方面反映出 19 世纪末现实中英国国民对帝国的记忆与怀旧心理。但是,《黑暗的心》中所呈现的城市和殖民地空间不仅暗含着历史时间结构,同时也向未来时间敞开。马洛在城市和殖民地空间中的记忆不仅体现出对过去的怀旧,同时也充满着对帝国过去的反思和批判。

在马洛的记忆中,城市空间虽然与帝国时期个人的理想信念和探险激情相联系,但也作为负面意象而存在。小说通过表现叙述者马洛对帝国时期城市的负面记忆从而对人们的帝国记忆去理想化,意图消解英国国民的帝国怀旧心理。如上文所述,《黑暗的心》中所描绘的城市具有工业文明特征,蕴含着帝国崛起的历史时间,并且对国民的人生理想信念和探险激情有重要的引导作用。但同时在马洛的记忆中,城市却与坟墓的意象相关。当他来到欧洲城市时,城市让他想起"粉饰过的坟墓"[①]:"在一片阴暗中,我来到一条狭窄无人的街道、只见高大的建筑、无数安有百叶窗的窗户、死一样的沉寂、从石头缝中长出来的青草,左边右边都是庄严的马车街道,巨大的双扇门死气沉沉地半开着。"[②]城市的街道像"精心管理的墓地上的甬道一样宁静而又堂皇"[③]。帝国主义时期的欧洲城市虽然孕育着殖民主义与帝国主义,是帝国向外扩张的起始空间,但在马洛的记忆中,城市虽然影响着人们的理想信念和探险激情,却也像坟墓一样孕育着死亡。正是城市空间影响着殖民者的人生信念与探险激情,使得他们在未知的大陆上传播着"人类的梦想、共和政体的种子、帝国的胚胎"[④],但也是这种信念使得他们为了帝国的发展不畏牺牲自己或别人的生命,使得他们成为殖

---

① (英)约瑟夫·康拉德. 黑暗的心[M]. 黄雨石,译. 北京:商务印书馆,2019:23.
② (英)约瑟夫·康拉德. 黑暗的心[M]. 黄雨石,译. 北京:商务印书馆,2019:4.
③ (英)约瑟夫·康拉德. 黑暗的心[M]. 黄雨石,译. 北京:商务印书馆,2019:23.
④ (英)约瑟夫·康拉德. 黑暗的心[M]. 黄雨石,译. 北京:商务印书馆,2019:233.

第二章 帝国的回声：空间与文化记忆

民主义的代言人。小说表现出的殖民主义包括"对人的残暴行径以及对能摧毁生命的财富的攫取"①。白人殖民者如丹麦船长、瑞典人和库尔兹都是帝国事业的贡献者，他们为帝国攫取资源和财富，对帝国的信念使得他们付出生命。马洛在见证过殖民者的死亡和残暴行径之后，在记忆中将城市与坟墓相联系，反映出他对帝国发展的反思和批判。城市虽然塑造着人们的理想信念和探险激情，但也像坟墓一样埋葬着殖民者和他们的理想信念。在此意义上，马洛在回忆中通过城市空间不仅再现了国民对帝国时期的个人理想信念和探险激情的记忆，更将城市空间与坟墓意象相关联，挑战了国民对帝国的美好记忆，使人民意识到被怀旧的过去并不是理想化的。

理想信念和探险激情在非洲殖民地空间中变为具体的实践，但马洛在记忆中对殖民地空间中的殖民行为进行了反思和批判，帮助国民认识到帝国辉煌成就背后的阴暗面。对于帝国而言，人民的理想信念和探险激情是积极正面的，但是在殖民地空间中，帝国的成就建立在暴力掠夺的基础之上，而人民的帝国理想信念在这里变成了泛滥的掠夺和杀戮欲望。"无目的的爆炸"②、黑人脖子上的脖圈和铁链③、"悬在木桩顶上的人头"④成为帝国成就和人们的探险激情的阴暗面。同时，库尔兹的形象也经历了从"神"到"兽"的转变。马洛未见到库尔兹之前，库尔兹的形象是正面的，是具有神性的白人使者——他无所不能，是帝国殖民事业的代言人。马洛也渐渐对库尔兹产生崇拜之情，当他听闻库尔兹将死时，"在那时这是一个压倒一切的思想。我当时感到无比的失望……要是我千里迢迢跑到这儿来的主要目的原来就只是为了和库尔兹先生谈几句话，我的烦恼心情大约也不过如此了"⑤。但是当他真正接近库尔兹后，才发现"库尔兹先生在满足他

---

① Jonah Raskin. Imperialism: Conrad's Heart of Darkness[J]. Journal of Contemporary History, 1967, 2(2): 121.
② （英）约瑟夫·康拉德. 黑暗的心[M]. 黄雨石，译. 北京：商务印书馆，2019：41.
③ （英）约瑟夫·康拉德. 黑暗的心[M]. 黄雨石，译. 北京：商务印书馆，2019：43.
④ （英）约瑟夫·康拉德. 黑暗的心[M]. 黄雨石，译. 北京：商务印书馆，2019：181.
⑤ （英）约瑟夫·康拉德. 黑暗的心[M]. 黄雨石，译. 北京：商务印书馆，2019：147.

的各种欲念的时候，缺乏节制，在他身上缺乏一点东西……"①他杀意肆虐，不加节制，是个欲望不受控制的兽性白人。可见，英帝国人们的理想信念和探险激情在殖民地空间中变成不加节制的欲望。无论是殖民扩张行为还是人民的帝国理想信念，都在殖民地空间中被赤裸裸地揭露了。非洲殖民地空间在历史时间中表现为帝国的成就并且蕴涵了人民美好的帝国记忆，但也呈现出帝国发展的暴力事实。马洛在记忆中呈现出殖民地空间之于帝国发展的正面形象，同时又表现出殖民地空间中的血腥与暴力，意图呈现出帝国光芒背后的阴影，使得人们意识到帝国的过去并不总是美好的，从而对人们的帝国记忆去理想化。"过去不仅仅是通往现在的途径，而且也是需要被压制的历史，因为只有这样，现实才能成为可能。"②《黑暗的心》通过空间的历史叙事，揭露了帝国的殖民行为和人民的理想信念在殖民地变成了血腥的暴力掠夺事实。小说通过空间一方面在历史叙事中追溯了过去，另一方面又压制了过去；一方面在帝国怀旧中表现了国民对帝国理想信念的怀念，另一方面又呈现帝国理想信念的阴暗面，使得英国国民对帝国的美好记忆受到了挑战。面对帝国衰落大势，沉迷于过去的辉煌只会在现实和未来中举步维艰。《黑暗的心》在时空体中表现了帝国的兴衰和国民对帝国时期理想信念的怀旧心理，同时又消解了人民对过去的美好记忆，最终意图消解世纪末的帝国怀旧心理，从而使英国国民走出怀旧情绪，正视现实和未来。

  小说中的城市蕴含着历史时间，是 19 世纪英国工业文明的象征，在时空体意义上反映了英帝国崛起的历史进程。非洲殖民地空间中白人殖民者的死亡不仅隐喻列强间的势力冲突，而且也隐喻着英帝国扩张事业的受挫与帝国的衰落。同时，城市和殖民地空间表现出 19 世纪末现实中英国国民对帝国的记忆与怀旧心理。在马洛的记忆中，城市是激发个人的理想和探险激情的场所，殖民地空间推动着个人信念和探险激情的具象化。马洛时

---

① （英）约瑟夫·康拉德. 黑暗的心[M]. 黄雨石，译. 北京：商务印书馆，2019：183.
② Arif Dirlik. The Postcolonial Aura: Third World Criticism in the Age of Global Capitalism[M]. Oxford: Westview Press, 1997: 147.

空化的个人记忆成为英国国民集体记忆的载体，并且反映出现实中的国民怀旧心理。而且，《黑暗的心》中的空间不仅与历史时间相关，更向未来时间敞开。马洛时空化的记忆并不总是积极正面的，他对城市和殖民地空间的负面记忆表现出对帝国的反思和批判态度。在城市和殖民地空间中，帝国的成就建立在血腥掠夺中，人民关于帝国的理想信念沦落为赤裸裸的杀欲。通过呈现出帝国在城市和殖民地空间中的阴暗面揭露出帝国发展的实质，从而对人们的帝国记忆去理想化，使得人们认识到帝国的过去并不总是辉煌的，最终意图消解人们在世纪末的帝国怀旧心理，帮助人民正视现实和未来。

19世纪大英帝国发展势头迅猛，殖民地遍布世界。但殖民地的扩大也让帝国不堪重负。英国在世纪末的布尔战争中耗费了大量的人力物力，战争虽然胜利了，但成为英帝国时代的转折点。自布尔战争后，英国从殖民扩张转向对殖民地的管理，但难以掩盖帝国衰落的迹象。英国文学艺术思潮也在这一时期从浪漫主义逐渐过渡到现实主义，反映了艺术对社会现实的把握。《黑暗的心》对历史进行写实，同时也对现实中世纪末的国民现实心理作出了回应，是文学艺术关注社会现实问题并尝试为之提供解决方案的体现。

第三节 《基姆》：地图隐喻与文化记忆

吉卜林的长篇小说《基姆》讲述了白人主人公基姆在印度跟随一名喇嘛寻找圣河的故事。小说中的地理要素和文学地图成为基姆追寻历程的重要见证，也是吉卜林在维多利亚晚期建构帝国文化记忆的重要途径。印度作为一个被建构的"他者化"地理符号，帮助确立了英殖民国的宗主国形象。更为重要的是，吉卜林通过对恒河和印度城市的地理移位，撕裂了印度地图，并重绘了一幅以帝国记忆之场为中心的文学地图。但是，小说所绘制的文学地图具有极大的跳跃性，主人公的地图轨迹缺乏稳定性，在建构帝国文化记忆中表现出消极作用,相应地使文化记忆出现危机,隐喻着吉卜林对以基姆为代表的英印群体文化身份的疑虑。

一、鲁德亚德·吉卜林与《基姆》

约瑟夫·鲁德亚德·吉卜林是英国维多利亚时期的著名作家,于1907年获得诺贝尔文学奖,也是首位获此殊荣的英国作家。吉卜林出生于英国殖民地印度孟买,5岁时回到英国接受教育,毕业后回到印度工作,并在印度开启其文学创作生涯。吉卜林的创作生涯长达50年,一生创作8部诗集、4部长篇小说、21部短篇小说集等,他的作品涵盖小说、诗歌、散文、游记等题材,代表作为《丛林之书》(*The Jungle Book*,1896)、长篇小说《基姆》(*Kim*,1901)等。由于吉卜林在作品中常常流露出对英帝国的赞美和对殖民事业的推崇,被称为"帝国的吹鼓手",晚年更是因为其帝国主义思想而受到学界冷落。但是,作家个人的思想掩盖不了其创作才华。诗人艾略特认为吉卜林是"一个无冕的桂冠诗人,是个被冷落的名人"[①],肯定了吉卜林在诗歌方面的创作才华。马克·吐温对吉卜林的作品称赞道:"我了解吉卜林的书……它们对于我从来不会是苍白的,它们保持着缤纷的色彩;它们永远是新鲜的。"[②]从文学创作能力看,吉卜林瑕不掩瑜,1907年获得的诺贝尔文学奖是对其创作才华和小说价值的充分肯定。

《基姆》出版于1901年,是吉卜林四部长篇小说之一,讲述了白人主人公基姆在印度跟随一名喇嘛寻找圣河的故事。爱德华·赛义德认为《基姆》在吉卜林的一生和事业中,乃至在英国文学中都是独一无二的,是吉

---

① T. S. Eliot. Kipling Redivivus[A]// Roger Lancelyn Green. Rudyard Kipling: The Critical Heritage[G]. London: Routledge & Kegan Paul, 1971: 322.
② (英)鲁德亚德·吉卜林. 丛林故事[M]. 文美惠,任吉生,译. 北京:北京文学出版社,2005:1.

卜林唯一一部经久不衰而且成熟的小说。①查尔斯·卡林顿认为在所有非印度作家书写的有关印度的作品中，只有福斯特的《印度之行》可与吉卜林的《基姆》相媲美，在许多方面，后者更胜一筹。②亨利·詹姆斯对《基姆》盛赞有加，写信鼓励吉卜林抛开作品中的政治元素，坚持个人的写作风格。③评论家对《基姆》的认可表明该小说的重要影响，《基姆》由于重要的文学价值，在国内外引起广泛的讨论研究。

国外对小说《基姆》的研究主要集中于文化身份、帝国主义意识形态、叙事方向。学者特蕾莎·休贝尔（Teresa Hubel）从文化身份的角度对《基姆》中主人公的身份归属问题进行分析，她认为吉卜林从自身的成长背景出发，将基姆塑造成一名白人工人阶级，但是却远离了其所属的英国工人群体，断裂的身份允许他能在多种文化中自由穿梭，却也加深了他与自身所属的文化和阶级群体的隔阂。吉卜林将自身的工人阶级背景赋予基姆，但却在文学艺术层面对人物进行补偿，把基姆塑造成殖民事务的重要参与者，可是其个人身份与集体身份归属始终成谜。④学者高尔·尚卡尔·纳拉扬（Gaura Shankar Narayan）从后殖民主义视角分析了《基姆》中的边缘人物马哈里·阿布的人物形象，认为马哈里·阿布是典型的后殖民式人物，虽然在吉卜林喜剧化的人物刻画中将他的抗争力量弱化了，但他却在归顺英殖民国文化中抵抗英国性。⑤学者伊恩·亚当（Ian Adam）从语言模式对《基姆》进行解读，他借用德里达《论文字学》（*Of Grammatology*）

---

① （美）爱德华·赛义德. 文化与帝国主义[M]. 李琨译. 北京：生活·读书·新知三联书店，2003：187.
② Charles Carrington. Rudyard Kipling: His Life and Work[M]. London: Macmillan, 1986: 425.
③ Phillip Mallett. Rudyard Kipling: A Literary Life[M]. New York:Palgrave Macmillan, 2003: 117.
④ Teresa Hubel. In Search of the British Indian in the British India: White Orphans, Kipling's Kim, and Class in Colonial India[J]. Modern Asian Studies, 2004(1): 250.
⑤ Gaura Shankar Narayan. Hybridity, History, and Empire in Rudyard Kipling's Kim[J]. Texas Studies in Literature and Language, 2018(1): 56.

中对语言的三分法,即口语(the oral)、文字(the written)以及先验语(the transcendent),将不同的语言模式应用于身份表征中,认为语言连接着身份,口语象征着生命力和自由,是印度当地人的表征,文字表征着英国殖民者及其同盟,先验性语言是喇嘛的身份象征。[1]菲利普·马利特(Phillip Mallett)从叙事风格对《基姆》进行解读,认为该小说具有典型的"流浪汉小说"(picaresque novel)特征,这是区分《基姆》与19世纪现实主义小说的最大特征。[2]此外,布鲁姆主编的《吉卜林的〈基姆〉》(*Rudyard Kipling's Kim*)收集了大量针对该小说的研究文章,从后殖民主义、叙事艺术、身份认同、语言的角度对《基姆》进行专题研究。上述学者从不同的方向对《基姆》进行解读,丰富了国外的吉卜林研究。研究表明,后殖民主义以及文化身份成为探讨《基姆》的重要方向。

同样,我国学者对《基姆》一般从身份认同、文化、后殖民主义加以解读。李长亭在《〈基姆〉中的家庭焦虑》中解读了基姆的身份焦虑问题,认为身份焦虑其实是对家庭的焦虑,即对家庭的渴望受压抑而产生的焦虑。基姆失去了父亲,也就失去了原生家庭,对家庭的渴望使他追随想象的父亲喇嘛和现实的父亲阿里,基姆的家庭渴望显示出作者吉卜林在帝国殖民政策下对印度家园的渴望。[3] 陈兵在《〈基姆〉:殖民主义的宣传还是东西方的融合》中对《基姆》进行解读,认为吉卜林在小说中已经超越其帝国主义意识形态,开始探讨东西方文化的交流与融合。与吉卜林早期的作品(如《山中的平凡故事》《三个士兵》)中的帝国主义倾向相比,《基姆》中的感情基调更为温和,体现出吉卜林对东西方关系态度的转变,基姆成为吉卜林笔下的理想人物,在两种文化中自由穿梭,是吉卜林对融合东西方

---

[1] Ian Adam. Oral/Literate/Transcendent: The Politics of Language Modes in 'Kim'[J]. The Yearbook of English Studies,1997(27): 69.

[2] Phillip Mallett. Rudyard Kipling: A Literary Life[M]. New York: Palgrave Macmillan, 2003: 119.

[3] 李长亭.《基姆》中的家庭焦虑[J]. 英美文学研究论丛, 2019(1): 81.

文化的渴望。①在国内外学者对该小说的评价中，最负盛名的要数爱德华·赛义德的评价，赛义德认为《基姆》应位于世界最伟大文学作品之列，但也认为小说中传达出作者吉卜林强烈的帝国主义意识形态。吉卜林作为"帝国的吹鼓手"，他的帝国主义思想备受关注，但"保守党帝国主义者"的称号使他常常游离于英国主流文学世界，帝国主义思想也成为吉卜林晚年受人诟病的重要原因。小说《基姆》虽展现出印度淳朴的自然和人文风情，但由于视角聚焦在名叫基姆的白人主角身上，白人至上和种族主义等帝国意识形态也顺理成章地彰显出来。赛义德认为吉卜林在创作《基姆》时，是"从一种其经济、功能与历史已经获得自然的地位的巨大殖民体系出发的"②。因此在赛义德看来，吉卜林的帝国思想是自然流露且真情实感，并不是通过在小说中刻意塑造白人的统治地位而体现。中国学者也不乏对吉卜林的帝国文化思想进行评价。李秀清在谈到小说中主人公基姆的身份问题时，认为作者吉卜林"坚定地将爱尔兰与印度传统置于基姆身上，从而收拢在英国属性中，最终拓展英国文化疆域"③。将身份问题与英国的文化相结合，吉卜林实现了英国文化的"非地域化"处理，拓宽了英国文化的内涵。体现出吉卜林出于完备的英殖民体系而创作的立场。这一观点体现出中外学界关于该小说的研究趋势——文化身份与帝国思想的结合。虽然赛义德认为《基姆》是吉卜林帝国意识的显现，但他也提到"《基姆》是……在英国和印度人民间的关系正在改变的时候写成的。《基姆》产生在帝国的半正式时代，并且在某种程度上代表着它。虽然吉卜林不接受这一现实，印度已经在彻底反对英国统治的运动中走了很远……"④。赛义德的言论让《基姆》创作的时代背景昭然若揭。19世纪末，英帝国内出

---

① 陈兵.《基姆》：殖民主义的宣传还是东西方的融合[J]. 外国文学，2005（2）：95.
② （美）爱德华·赛义德. 文化与帝国主义[M]. 李琨，译. 北京：生活·读书·新知三联书店，2003：190.
③ 李秀清. 吉卜林小说《基姆》中的身份建构[J]. 英美文学研究论丛，2010（2）：138.
④ （美）爱德华·赛义德. 文化与帝国主义[M]. 李琨，译. 北京：生活·读书·新知三联书店，2003：191.

现离心倾向，各个殖民地正在形成一种"民族"的感情，各殖民地的自治权利使得他们产生新的认同。1895年，张伯伦就任殖民大臣，意欲巩固帝国与殖民地之间的联系，提出建立"帝国联邦"和"帝国关税同盟"，但是两者都未曾实现，帝国已经悄悄走下坡路。①吉卜林发表《基姆》的年代已是维多利亚时代晚期，此时英帝国在世界殖民体系中倍感乏力，一方面由于其他殖民力量的壮大，殖民地争夺激烈，另一方面源于被殖民民族的独立运动，再加之吉卜林本人在南非的游历使他目睹布尔战争后英国殖民统治力的削弱。可以说，出版于1901年的《基姆》是维多利亚晚期英帝国衰退背景下的产物，是再现帝国强盛时期的记忆文本。作为"帝国的吹鼓手"，吉卜林根据自身在印度殖民地的经历，在帝国衰退时期再现了帝国的殖民力量，意图在英国统治最长久的殖民地——印度，构建关于英帝国的文化记忆。

阿斯曼夫妇在探讨文化记忆时，认为：一方面，文化记忆的目的是强化一个集体内成员们的身份认同，另一方面，这样的记忆意味着排他性。②任何形式的身份认同都是借助程度不同的他者形象得以形成和维系的。在此意义上，文化记忆的建构目的是建构独特的文化身份，维系群体内部成员之间的文化认同和情感纽带。文化身份需要依靠他者得以确定，而作为文化身份基础的文化记忆相应地具有排他性。因此，对他者化形象的想象成为文化记忆得以强化的重要方式。在小说《基姆》中，被殖民的印度成为强化帝国文化记忆的他者形象，作者吉卜林借印度构建了关于英殖民帝国的文化记忆，借此强化了英国人民的文化身份以及对英帝国的身份认同。值得指出的是，小说以主人公基姆的地理活动与空间位移为中心，为读者呈现出关于印度与英帝国的文化图景。小说中的隐性文学地图成为展现他者化的印度、建构帝国文化记忆的重要途径。

文学地图学是文学地理学的重要分支，近年来受到中外学者的关注。

---

① 钱乘旦，许洁明. 英国通史[M]. 上海：上海社会科学院出版社，2002：307-309.
② 金寿福. 扬·阿斯曼的文化记忆理论[J]. 外国语文，2017（4）：38.

第二章 帝国的回声：空间与文化记忆

西方文学地图学一方面延续文学地理学的意识形态批评传统，将文学地图与政治、文化批评相结合，另一方面将文学地图与文学叙事相结合，旨在揭示叙事作品的内在逻辑与深层结构。相比于文学地理学而言，文学地图学可以从地图视角呈现空间的可视化分布，对地理空间的呈现更加直观明确。此外，作家对地理空间的描述是根据其自身的文学意识和现实语境进行选择的结果，地图的绘制可以直观地看出作者对地理区域和地理元素的选择，从而帮助读者一窥作者的价值取向和地理意识。具体而言，文学地图可分为"实体性"概念的文学地图与"借喻性"概念的文学地图，前者指具备完整的图文结构与互文功能的文学地图，而后者常常有文无图，是一种隐性的"文字地图"。① 本文探讨的是"借喻性"文学地图，即没有实体地图的文字地图。不论是吉卜林笔下的文学作品，还是充斥于其中的文学地图都无不反映作者的写作观和意识形态。正如地图学家约翰·哈利（John B. Harley）所言，"地图不是对世界的被动反映，地图与写作一样，都是一种权力话语，是一种掌控空间的手段"②。地图如同文本，都是一种权力话语，暗含着文学制图者——作家的主观意识能动性以及社会意识形态。《基姆》中的文学地图是吉卜林在印度大地上所绘制的殖民地图，这张地图中的地理空间符号不仅包含着对印度的他者性刻画，而且帮助建构了关于英帝国的文化记忆。本节将《基姆》置于文学地图学的角度，试图阐释文学地图与文化记忆的关系。基于此，本节将针对以下问题进行谋篇布局：文学地图对于帝国文化记忆有何建构作用？文学地图如何破坏文化记忆的稳定性？吉卜林建构文化记忆的目的为何？

---

① 梅新林. 论文学地图[J], 中国社会科学, 2015（8）: 163.
② J. B. Harley. Deconstructing the Map[J]. Cartographica: The International Journal for Geographic Information and Geovisualization, 1989(2): 4.

二、他者化的地理符号与帝国记忆的博物馆

印度作为英帝国在海外统治最久的东方殖民地，长久的殖民地历史使得这片古老的大地沦为地理与文化的他者。英国殖民期间，随着资本主义经济与文化的入侵，印度的社会结构与文化传统发生改变。马克思在《不列颠对印度的统治》中表明印度在被殖民期间受到的毁灭性打击，"印度失掉了他的旧世界而没有获得一个新世界，这就使它的居民现在所遭受的灾难具有了一种特殊的悲惨的色彩，并且使不列颠统治下的印度斯坦同自己的全部古代传统，同自己的全部历史，断绝了联系"①。历史与文化的割裂使得印度沦为文化上的他者，任由英国殖民者打扮。对于西方而言，印度是典型的东方主义式的存在，成为西方确立自身形象的想象性镜像。由于西方对未知东方的他者性建构，使其认为这些地方需要被征服与统治，帝国主义意识形态与殖民主义也因此相伴相生。②可见，印度殖民地位于东方的地理位置以及其代表性的东方文化处于西方的想象性建构中，加之英帝国的殖民行径，加深了印度他者化的地理和文化定位，成为帝国主义意识形态的他者化地理表征。"作为一个历史地理及文化的实体，东方和西方这样的地理区域都是人为建构起来的。"③殖民者人为建构的印度是相对于殖民英国的他者，这种他者化的地理文化符号帮助确立了宗主国自身的形象。

吉卜林出生于印度，少年时在英国接受教育后又回到印度工作，他将印度的亲身经历融入他关于印度的写作中。吉卜林在英国的公立学校接受的是为大英帝国培养殖民人才的教育。在这种殖民教育的浸染下，吉卜林

---

① 中国社会科学网. 马克思 不列颠在印度的统治[J/OL].(2012-09-06)[2022-04-08]. http://www.cssn.cn/shujvkuxiazai/xueshujingdianku/makesizhuyijdk/mkszy_14215/840001/8400100/201311/t20131124_874350.shtml.html.
② (美)爱德华·赛义德. 文化与帝国主义[M]. 李琨，译. 北京：生活·读书·新知三联书店，2003：9-10.
③ 尹锡南. 从殖民文学到后殖民文学："东方"印度书写与文化身份探索[J]. 南亚研究季刊，2006（1）：85.

第二章 帝国的回声：空间与文化记忆

童年记忆中的印度逐渐被一种殖民地印度形象所取代。① 以至于在他的笔下，"洋人""白人"等字眼常常成为描述殖民者的高频词汇，加深了殖民者与被殖民者间的身份区隔。印度虽然在吉卜林的作品中呈现出田园式的原始形象，但背后是他者性的地理与文化形象，《基姆》中的印度书写便是其中典型。在殖民与被殖民体系中，印度表现为被刻画的他者性地理符号，殖民者英国则成为权力的主体。在小说中，地图成为确立他者与自我、权力客体与主体二元对立的重要途径。当白人博物馆馆长向喇嘛展示印度境内的佛教圣地时，"这时馆长又摆出一张大地图，上面有几处用黄颜色进行表示。馆长拿出一支铅笔在地图上指指画画……"②此时，地图隐喻着英国殖民者对殖民地印度的统治欲望和维护帝国殖民体系的雄心。馆长手中的地图成为白人掌握印度地理信息的重要工具，印度在地图上成为沉默的地理符号，等待白人的"指指画画"。吉卜林画龙点睛式地借文学地图这一重要的世界隐喻系统展现出大英帝国的殖民权力，也表现出印度的他者地理形象。

他者化的印度地理符号成为英帝国确立自身形象的重要尺度，但是在他者文化的内部，吉卜林也努力寻求代表"英国"的文化符号。吉卜林在创作《基姆》的年代，英帝国在印度的殖民势力遭到当地人民的顽强抵抗，在民族独立运动的影响下，英国在19世纪末的殖民势力大不如前。吉卜林作为保守的帝国主义者，显然不愿意接受事实，因此，他依据童年（帝国全盛时期）形成的帝国印象在维多利亚晚期再现了关于帝国的记忆，将英国读者的视线拉回印度殖民地，在对印度的他者性刻画中以复兴帝国强大的殖民体系。吉卜林在《基姆》中开宗明义，直指印度殖民地中的英国地理符号：

在拉合尔城内有座博物馆，当地人都管它叫"珍宝馆"。珍宝馆

---

① 尹锡南. 吉卜林：殖民文学中的印度书写[J]. 南亚研究季刊，2005（4）：78.
② （英）鲁德亚德·吉卜林. 基姆[M]. 梁颂宇，译. 南京：江苏凤凰文艺出版社，2018：10.

的对面是一尊安放在砖砌炮台上的大炮,大伙儿都管它叫"参参玛大炮",意即"会喷火的巨龙"。据说,凡是能拿下参参玛大炮的人就能控制整个旁遮普省……现在是英国人控制者旁遮普省,怎么也轮不到印度小孩来攀爬这门大炮。①

博物馆象征着英国殖民者在印度的文化权力,里面充斥着殖民者对印度的文化认知。大炮象征着武力,是殖民者军事力量的标志。两者相对而立的位置体现出殖民国对殖民地的双重控制——武力征服与文化殖民,两种方式齐头并进,共同对印度进行军事殖民与文化渗透。博物馆与大炮等地标性建筑成为帝国在他者化的印度殖民地中的权威象征,是帝国的符号,代表着英帝国全盛时期的殖民力量。同样地,在乌姆贝拉城市中的爱尔兰小牛军团以及位于勒克瑙的圣芳济学校成为帝国军事和文化力量的象征。军营负责掌握印度的军事信息,粉碎其中的反对力量,学校只收白人孩子,然后培养孩子进入军营,参加"大游戏"——间谍活动。军事机构与文化机构的同盟,生产出牢不可破的帝国殖民体系。吉卜林所刻画的地理建筑犹如展示帝国记忆的博物馆,读者跟随主人公基姆的行动轨迹参观偌大的记忆博物馆,其中的"珍宝馆""参参玛大炮"、军营、学校成为建构帝国殖民文化记忆的重要地理符号。

殖民地中重要的地标性建筑犹如展示帝国文化的博物馆,读者跟随基姆旅程的同时,也在维多利亚晚期的时代背景下被唤醒了关于帝国全盛时期的记忆。在作为他者的印度地理符号中,吉卜林通过内部的地理建筑构建出属于帝国文化记忆的记忆之场。记忆之场是学者皮埃尔·诺拉针对法国民族史提出的重要概念,在阐释记忆之场的定义时,他认为"之所以有记忆之场,是因为已经不存在记忆的环境"②。在诺拉的观点中,记忆之场用于唤醒不在场的历史记忆,通过建构记忆之场,记忆得到复苏,有关

---

① (英)鲁德亚德·吉卜林. 基姆[M]. 梁颂宇,译. 南京:江苏凤凰文艺出版社,2018:1.
② (法)皮埃尔·诺拉. 记忆与历史之间:场所问题[A]//皮埃尔·诺拉. 记忆之场[G]. 黄艳红,译. 南京:南京大学出版社,2015:4.

过去的记忆在记忆之场得以存活。在此意义上,记忆之场的存在源于历史记忆的危机。《基姆》产生于维多利亚晚期的时代背景,这时帝国的实力有所下降,帝国所控制的殖民地在拥有自治权利之后,自治和独立愿望日益强烈,在此背景下,英帝国在印度的殖民势力也大不如前。因此,吉卜林在小说中建构记忆之场的目的昭然若揭,即建构关于帝国黄金时期的文化记忆以巩固文化共同体内部的稳定性。此外,诺拉在论述记忆之场时,将记忆之场分作三类:首先是非物质之物,如"历史编纂""风景";其次是物质,如"领土""国家""纪念碑";最后是理念之物,如"荣耀""词语"。①记忆之场的物质性存在如纪念碑等地标性建筑成为对特定历史时期记忆的地理浓缩,在物质层面保留一定时期的集体文化记忆。小说《基姆》中"参参玛大炮"、军营、学校成为典型的物质性记忆之场,彰显了英国军事殖民和文化殖民时期的强劲实力,也阻止了国民对帝国文化记忆的遗忘。"参参玛大炮"与乌姆贝拉的军营成为彰显帝国政治和军事力量的记忆之场,"珍宝馆"与只收白人的圣芳济学校成为帝国在印度的强势文化的象征。吉卜林构建出的物质性记忆之场意图唤醒帝国强盛时期的文化记忆,因此,记忆之场是帝国鼎盛时期的殖民文化的残留,从中读者可以一窥吉卜林维护帝国的努力。

三、旅行地图与文化功能记忆

地图是世界重要的隐喻系统,同时也作为一种权力话语而存在。后现代理论研究话语中,地图与资本、权力和女性知识等话语相结合,被广泛应用于后殖民主义、新历史主义、女性主义等研究领域。文学地图学是文学与地图结合的新兴研究理论话语,由于文学与地图的双重权力话语属性,成为作者创作观以及特定意识形态的显现,也因此成为学者研究文学文本

---

① (法)皮埃尔·诺拉. 如何书写法兰西历史[A]//皮埃尔·诺拉. 记忆之场[G]. 黄艳红,译. 南京:南京大学出版社,2015:68.

中的作者创作观、政治、文化身份的重要窗口。吉卜林在小说《基姆》中根据基姆的空间位移绘制了文学地图，该地图成为其帝国主义思想意识形态的重要具象化体现。小说中地图中所呈现的地理要素与空间位置颠覆了真实的印度地理，是对实际印度地图的撕裂和覆盖。吉卜林绘制地图时，出于建构帝国文化记忆的目的，对地图因素进行了一定的选择和改写。这种有目的的选择行为成为建构文化功能记忆的重要方式。阿斯曼认为文化记忆中存在一种功能记忆，功能记忆以当下为出发点，以国家或民族等集体化了的行为主体为载体，对过去进行有选择的记忆或忘却，传播构建身份认同和行为规范所需的价值。①可以说，功能记忆是文化记忆重要的存在形式，通过选择性的记忆行为，建构了符合当下的利益需求。吉卜林在绘制文学地图过程中，对地图的改写和绘制等想象性选择成为建构文化功能记忆的行为隐喻。因此，小说《基姆》中的人物旅行地图是吉卜林建构帝国记忆的重要途径，通过对印度地理要素的想象性重塑，吉卜林撕裂了真实的印度地图，重绘了帝国主义意识形态下的印度地图，以此建构帝国文化记忆，努力在维多利亚晚期的时代背景下唤起关于帝国的集体记忆。

吉卜林在小说《基姆》中根据基姆的旅行路线创造了新的印度地图，这种地图覆盖了原有真实的印度地理，成为"说谎"的地图，是作者构建帝国文化功能记忆的特定方式。吉卜林笔下的地图虚构性表现在地理位置的移位中。小说主人公基姆跟随德秀喇嘛意欲在印度境内寻找能够"荡涤灵魂，洗清罪孽"②的"箭河"，但"箭河"的位置却神秘莫测，始终无人知晓。当喇嘛询问白人博物馆馆长时，馆长对这条河的位置一无所知，但当喇嘛在火车上询问印度当地人时，

　　"贝那拉斯附近有什么河流？"喇嘛突然开口询问车厢中的众人。

---

① （德）阿莱达·阿斯曼. 回忆空间：文化记忆的形式和变迁[M]. 潘璐译. 北京：北京大学出版社，2016：146.
② （英）鲁德亚德·吉卜林. 基姆[M]. 梁颂宇，译. 南京：江苏凤凰文艺出版社，2018：12.

这个问题引发一阵窃笑。之后放债人回答："有恒河呀。"

"除了恒河之外呢？"

"有恒河就够了，还要什么河？"

"我要找的是一条能洗清罪孽、荡涤灵魂的河流。"

"那就是恒河了。只要在恒河中洗一洗，就能清洁身心，清清白白地回到造物主那里。……"①

白人馆长作为外来的殖民者，他对箭河的位置不置可否，并没有想到恒河与箭河的相似之处。而当喇嘛询问印度当地人时，他们一口咬定该河就是恒河。对于印度人而言，恒河是母亲河，是生命之源，能够洗净身上一切罪孽与污秽。但喇嘛对众人的回答并不满意，并不承认恒河就是他所寻找的"箭河"，并且一直到喇嘛最后顿悟时，这条"箭河"的位置仍然成谜。根据小说中透露的信息，这条所谓的"箭河"具有与印度恒河相同的作用——洗涤罪孽，荡涤灵魂。恒河作为印度圣河，它在吉卜林的笔下变得沉默，反而由一条神秘莫测的箭河代替。吉卜林否定了恒河的在场，借用不在场的在场——传说中的箭河取代真实的恒河。吉卜林在印度虚构出一条圣河，并且借用白人馆长和喇嘛否定该河与恒河地理位置的重叠，将箭河刻画成一条永远无法被找到的圣河，而不在场的恒河实际隐喻着印度作为殖民地在话语权上的缺席。吉卜林对圣河地理位置的虚构颠覆了原有的印度地图，否认了恒河的重要性，他对圣河位置的更改，隐喻着吉卜林利用地图话语对印度进行殖民主义式的刻画。借助于他者化的印度地图，吉卜林帮助确立了英帝国的统治地位。由于英帝国历史很大一部分是殖民史，所以殖民地印度的存在是构建帝国文化记忆的重要组成部分。

同样地，吉卜林对印度地理的移位还表现在主人公基姆有意买错的火车票中。当基姆要去乌姆贝拉，却故意买到阿姆利则的车票时，最后在众人的帮助下仍然到达乌姆贝拉，此时地理移位就产生了。对基姆而言，乌

---

① （英）鲁德亚德·吉卜林. 基姆[M]. 梁颂宇，译. 南京：江苏凤凰文艺出版社，2018：37.

姆贝拉与阿姆利则处于同样的地理位置，无论如何最后都能到达终点。吉卜林将乌姆贝拉与阿姆利则置于地图的相同位置，实则是对印度地理真实性的抹杀。他将印度地图中的地理要素变为同质性的等价等值存在，忽略了真实印度内部的异质与差异性。印度在白人东方主义式的想象性构建中，是一片沉默的、无差异的大陆。作者吉卜林这种虚构地图的行为成为他对印度的殖民主义式态度的具体体现，也是他刻意突出殖民者地位的创作意图的体现。《基姆》中的印度地图成为虚构的"说谎"地图，成为殖民者的统治工具。通过虚构地图的"谎言"，印度的生命之河销声匿迹，成为一条永远无法被找到或许从来不存在的不在场符号。而且在这样"说谎"的地图中，城市虽然在场，但沦为无意义的符号。吉卜林对真实的印度地理采取地理移位和偷换地理概念的做法撕裂了印度地图，使得真实印度成为殖民主义构建中沉默的在场。吉卜林构建的虚构地图将印度置于他者性想象中，抹杀了殖民地印度的差异性，间接突出殖民者英国的权力主体地位。在维多利亚晚期，吉卜林通过小说《基姆》中虚构的印度地图，强化了殖民帝国的地位，唤醒了关于帝国的文化记忆。通过对地图的虚构，吉卜林对印度地理进行有选择的殖民主义式建构，择取了有利于建构帝国中心地位、维护帝国权力的地图要素，成为文化功能记忆建构的重要方式。功能记忆是对过去的有选择记忆，包含着选择、摘取、意义生成等建构过程。① 吉卜林选择性地绘制印度他者地图的过程本身就包含着对帝国黄金时期的选择性记忆。此时，帝国文化记忆巧妙地化成对他者印度的殖民记忆，这对于维多利亚晚期不安的国民心理具有重要的弥合作用。

吉卜林不仅通过地理移位撕裂了印度地图，而且通过基姆的向心式旅行路线重绘了印度的行政地图。基姆一出生时，他父亲就告诉他有朝一日，供奉绿野上的红牛的精锐部队就会来到他面前供他驱策。后来基姆因替英

---

① （德）阿莱达·阿斯曼，扬·阿斯曼. 陈玲玲，译. 昨日重现——媒介与社会记忆[A]//阿斯特莉特·埃尔，冯亚琳. 文化记忆理论读本[G]. 北京：北京大学出版社，2012：27.

第二章 帝国的回声：空间与文化记忆

军间谍护送重要情报，前往英国在乌姆贝拉的行政机构，却发现绿野上的红牛正是驻扎在乌姆贝拉的爱尔兰小牛军团的旗徽，接着他又在乌姆贝拉开始其间谍活动。基姆的空间活动线路总是围绕乌姆贝拉，形成了如下的向心式结构图（图 2-1）：

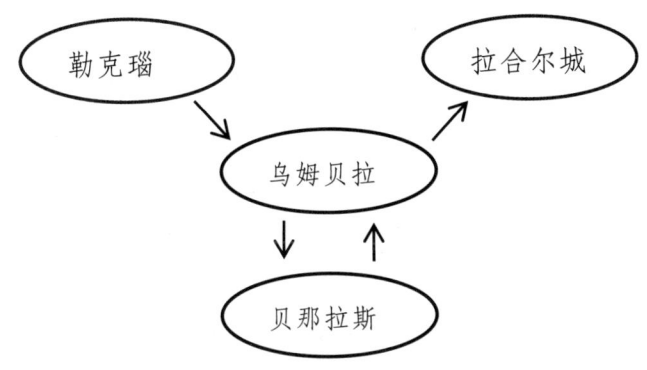

图 2-1 基姆空间活动线路图

从基姆的向心式旅行线路图来看，乌姆贝拉成为其旅程的中心。小说中乌姆贝拉正好位于英国殖民机构的中心，这里有军团、情报机构、宗教，具有几乎完整的殖民体系。乌姆贝拉承担着重要的行政职能，是帝国殖民事业的重要行政机构，通过乌姆贝拉，帝国训练出间谍和士兵。基姆的活动范围以乌姆贝拉为圆心，在拉合尔城时，他的目的地是乌姆贝拉，当他从事间谍活动时，最终也回到乌姆贝拉。在此意义上，乌姆贝拉承载着吉卜林关于帝国的重要记忆，是帝国殖民记忆的记忆之场。前文所述的承载帝国记忆的记忆之场已经变成吉卜林所绘地图的中心点——乌姆贝拉。小说中乌姆贝拉蕴含着基姆的身世之谜，又是基姆间谍事业的起点，是小说中英国殖民体系的枢纽城市。19 世纪末期，英属印度进行以自治为目的的改革，英国政府在印度的统治权力和公信力大不如前。但吉卜林在《基姆》中凭借英帝国全盛时期对印度的统治印象，刻画出集宗教、军事和行政为一体的城市乌姆贝拉，以彰显帝国实力和殖民事业的成就。更重要的是，乌姆贝拉是帝国殖民记忆的残留，保存着重要的帝国记忆。通过重绘乌姆贝拉在地图上的中心位置，小说唤起了读者对帝国鼎盛时期文化记忆的共鸣。吉卜林借基姆重绘以乌姆贝拉为中心的印度行政地图，凸显了作为记忆之场的乌姆贝拉的重要地位，最终巩固了关于帝国的文化记忆。

文学地图具有重要的建构作用。文学地图与文化记忆的重要联结在于两者都具有想象性和虚构性质。作者对文学地图的绘制很大程度上取决于他对某一段历史或事件的记忆和想象。吉卜林在《基姆》中绘制的印度地图包含着他对印度的想象以及对帝国的记忆。他对地图要素的选择性刻画、对恒河的地理移位、对城市地理差异性的抹杀创造出会"说谎"的印度地图，即虚构的想象地图。通过地图的"谎言"，印度的真实地理成为不在场，原有的地图被撕裂，取而代之的是被他者化的印度以及重绘的以乌姆贝拉为中心的印度地图。在基姆的旅行路线中，乌姆贝拉成为反复出现的地理符号，位于其旅行图的中心位置，是承载帝国殖民势力的记忆之场。吉卜林撕裂并重绘印度地图的行为包含着对过去的选择式重现，最终意图在于建构帝国文化功能记忆。然而，吉卜林在小说中不仅通过文学地图构建帝国文化记忆，他的文学地图也显示出他对帝国记忆的矛盾态度。

四、文学地图的矛盾性与文化身份

《基姆》中的文学地图具有重要的建构作用，乌姆贝拉在地图上的中心位置表明作者吉卜林意图构建帝国记忆之场的努力。但是，吉卜林对帝国文化记忆的矛盾性也恰恰表现在小说中地图的跳跃性和空间的流动性中。随着地图上空间的不断跳跃，英印文化的转换、主客体刻画上的矛盾都显露无遗，显示出吉卜林内心对英印文化的矛盾态度以及对英印群体文化身份确定性的忧虑。

主人公基姆在小说中的活动路线极其跳跃，地理场景变换频繁，依此而形成的文学地图呈现出一定矛盾性。基姆是一名没有家庭的流浪儿，他的地理活动变幻不定。"他整天在城里城外四处游荡,跟任何人都能打成一片,于是拉合尔街头的人们给他起了个诨名'世界之友'。"①"世界之友"的绰号显示出基姆见识之广,活动范围之大。在基姆的地理位移中,有拉合尔、乌姆贝拉、学校、西姆拉、印度山区等,基姆所处的种种地理空间成为他寻找圣河、寻找"绿野上的红牛"军团、参加勒克瑙的洋人学校、加入"大游戏"、粉碎俄军阴谋等地理实践的见证。当基姆辗转于不同的地理空间,他也遭遇了印度文化与白人文化的反复碰撞。在基姆的地图中,拉合尔城是兼具印度文化与英国殖民文化记忆的地理坐标符号,这里具有残留帝国殖民文化记忆的博物馆和"参参玛大炮",也有印度当地的风土人情,如印度大街上横冲直撞的"神牛"、敬畏神佛的店铺大娘以及大街上的北印度人,都是印度本土文化的重要元素。在去往乌姆贝拉的火车上,吉卜林透过基姆的视角展现出淳朴的印度底层人民的生活状态,也流露出他对东方温和的态度。但从进入火车站的场景起,吉卜林又展现出他对所谓东方的一系列偏见,如"对东方人来说,白天黑夜都一个样,即使是在深夜和凌晨时分也有列车进站出站"②和"在东方,雁过拔毛是古老而悠久的传统"③以及"在东方,由于乘客们总喜欢把车票藏在各种意想不到的地方,列车上的检票工作叫得花上很长时间"④。这种对东方刻板化的描述来自吉卜林对他者化的印度的想象和选择性记忆,从侧面突出吉卜林对英国文化的肯定以及维护帝国正面形象的决心。基姆乘坐火车完成了从拉合尔城到乌姆贝拉的地图绘制,然后又从乌姆贝拉到勒克瑙的圣芳济学校,再到贝那拉斯后来又回到乌姆贝拉,空间的流动性成为小说中地图绘制中

---

① (英)鲁德亚德·吉卜林. 基姆[M]. 梁颂宇,译. 南京:江苏凤凰文艺出版社,2018:3.
② (英)鲁德亚德·吉卜林. 基姆[M]. 梁颂宇,译. 南京:江苏凤凰文艺出版社,2018:31.
③ (英)鲁德亚德·吉卜林. 基姆[M]. 梁颂宇,译. 南京:江苏凤凰文艺出版社,2018:32.
④ (英)鲁德亚德·吉卜林. 基姆[M]. 梁颂宇,译. 南京:江苏凤凰文艺出版社,2018:35.

的重要特征。在流动的地图空间中,印度文化与英国文化不断变化,如在乌姆贝拉时,基姆接受的是白人教育,浸染在帝国文化氛围中,而在印度山区时,他受到印度本土文化氛围的感染。吉卜林在变化的地理空间中对帝国文化的态度并不是始终保持一致。当基姆在西姆拉的白人官员家中做客时,他看到印度小孩仆人将主人视为上帝般的存在,白人官员自己也认为"那孩子以为我是个人见人爱的宝贝,所有人都争着讨我的欢心"[①]。白人在印度当地人心中的地位极高,这与帝国的殖民势力密不可分。当基姆在山区搜集情报时,喇嘛意外受到俄国人的伤害,"看到洋人挥出那一拳,基姆血液中所蕴含的爱尔兰怒火突然被点燃了"[②]。此时,基姆身上的白人血液象征着白人的勇敢和帝国的男性气质。帝国的鼎盛时代具象为身处殖民地的男性殖民者形象。吉卜林对白人形象的正面描写显示出他对帝国的信心,但随着地理位置的变化,吉卜林对白人的态度也在发生改变。基姆成为"大游戏"中的一员之后,假装跟随喇嘛寻找圣河,但实际上是借喇嘛的名义掩人耳目。喇嘛无条件信任基姆,为基姆支付三年的学费,让他接受异教徒的教育,但是基姆接受白人的教育之后,转而利用喇嘛为他的间谍工作做掩护。他引诱喇嘛去贝那拉斯寻找圣河,后来需要在山区截获俄国人的秘密情报,又对喇嘛声称圣河也许在山区所在的方向。他的旅行地图貌似是寻河地图,实际是其间谍活动的路线图。因此,基姆的地图成为英国在印度的殖民事业的空间表征,构建了关于帝国殖民的记忆,但也成为基姆违背道德的见证。在这张地图上,基姆欺骗喇嘛,利用喇嘛的威信在印度当地实施间谍活动,在此意义上,地图隐喻着帝国殖民事业的不正当性。小说绘制出具有双面性的地图,一方面地图是殖民者巩固殖民体系,粉碎敌人阴谋的途径,另一方面地图见证了白人的龌龊勾当。吉卜

---

① (英)鲁德亚德·吉卜林.基姆[M].梁颂宇,译.南京:江苏凤凰文艺出版社,2018:182.
② (英)鲁德亚德·吉卜林.基姆[M].梁颂宇,译.南京:江苏凤凰文艺出版社,2018:284.

林借文学地图建构了关于帝国的文化记忆,也通过文学地图显示出对帝国殖民事业正当性的怀疑,此时,关于帝国文化记忆的危机便产生了。

文学地图虽然具有建构文化记忆的作用,但也对文化记忆的构建造成负面影响。帝国文化记忆危机的产生来自《基姆》中文学地图的矛盾性——正当性与非道德性并存,致使文化记忆具有两面性。吉卜林在《基姆》中对帝国文化记忆的态度一方面表现为积极的建构态度,另一方面又质疑着帝国殖民事业的破坏性,映射出帝国文化记忆遭遇的危机。这种帝国文化记忆危机直接表现为主人公基姆文化身份的不确定性。基姆在英印双重文化身份属性中不断游移。在基姆的文化身份摇摆过程中,文学地图仍然具有重大影响力。基姆在拉合尔城时,他还是一名流浪儿,是融入印度当地习俗的土生子,他"看上去和本土孩子没什么两样;他更喜欢用土话交谈,可讲起英语母语的时候却磕磕巴巴……"①基姆虽然是白人,但他的外貌以及所使用的语言属于印度。当基姆在拉合尔城时,他的身份更偏向属于印度当地人,因此拉合尔城维持着基姆身份中的印度属性。但随着基姆的地理位移,他的身份显示出双重属性。当基姆与喇嘛到乌姆贝拉时,他在平原上看到白人士兵以及"绿野上的红牛"旗标,意识到他父亲一语成谶,他即将回归于其白人身份。当基姆跟随士兵来到军团时,白人牧师发现基姆的身份证明文件、他的白人肤色以及会讲英语的事实,于是对基姆的身份便不再怀疑,计划将基姆送入共济会培养。在乌姆贝拉,基姆的白人身份得到认可,因此在基姆的地图中,乌姆贝拉成为他获得白人身份的重要地理见证。但是,随后基姆被送到勒甘瑙的白人学校时,基姆显示出与其他白人孩子所不同的身份特征:"基姆对当地人的漠然冷淡早就习以为常,可是身处白人之中的孤独感却让他坐立难安。"②与白人的格格不入显示出

---

① (英)鲁德亚德·吉卜林. 基姆[M]. 梁颂宇,译. 南京:江苏凤凰文艺出版社,2018:1.
② (英)鲁德亚德·吉卜林. 基姆[M]. 梁颂宇,译. 南京:江苏凤凰文艺出版社,2018:121.

基姆的印度身份属性，而且吉卜林还刻意突出其印度身份，如"他躺在光秃秃的小床上，像个本地人一样蜷成一团，渐渐进入梦乡"[1]。当基姆在白人群体中的习惯与行为更接近印度当地人时，此时基姆在白人身份和印度本地人身份中出现摇摆，一方面是白人身份并接受白人的教育，一方面又显示出印度当地人的身份特征。在完成学校的学习之后，基姆辗转于各地，如西姆拉、贝拉那斯、印度山区，在不同的地方，他显示出不同的身份特征。当他在西姆拉时，他与白人官员之间的共性远远多于他与印度小孩仆人的共通之处；但他在贝那拉斯时，他又融入当地人的习俗，借用神秘咒语医治印度人；当他在印度山区时，他的目的是粉碎俄军的阴谋，而且当喇嘛被俄国人攻击时，"看到洋人挥出那一拳，基姆血液中所蕴含的爱尔兰怒火突然被点燃了"[2]。此时基姆又认识到自身的白人身份。随着空间的流动，基姆的文化身份始终处于流动状态，白人身份和印度本土人的身份特征在基姆身上此消彼长。吉卜林的两种文化记忆处于博弈状态，随着基姆白人身份的凸显，帝国文化记忆的建构目的越发突出，但基姆身上所显示出的印度身份特征也表明吉卜林对印度本土文化的认可。因此，吉卜林对帝国文化记忆的建构始终处于矛盾状态，一方面出于维护帝国的荣誉，缅怀帝国鼎盛时期的殖民实力，另一方面又对印度文化持积极态度，在刻画印度时持矛盾态度。

《基姆》中的文学地图虽然对文化记忆具有建构作用，但也相应地表现出破坏性，即随着文学地图中地理空间的不断更迭，英国殖民事业的正当性受到质疑，吉卜林一心想要建构的帝国文化记忆出现危机，随之而来的表现就是基姆的身份不断出现摇摆。吉卜林作为英印文化群体成员之一，他借小说展现出的帝国文化记忆危机呈现出英印集体对于帝国的记忆的矛

---

[1] （英）鲁德亚德·吉卜林. 基姆[M]. 梁颂宇，译. 南京：江苏凤凰文艺出版社，2018：116.
[2] （英）鲁德亚德·吉卜林. 基姆[M]. 梁颂宇，译. 南京：江苏凤凰文艺出版社，2018：284.

盾态度，表现出个人文化身份的矛盾性，同时也隐喻了英印群体身份的矛盾性。

　　文化记忆是集体记忆的分支，是维护集体身份传统的重要因素。文化记忆的核心是所有成员分享的有关政治身份的传统，相关人群借助它确定和确立自我形象，基于它，该集体的成员们意识到他们共同的属性和与众不同之处。集体确立自身形象的同时也需要借助他者化的客体加以完成。异国他者的形象是西方社会建构和想象的产物，西方的形象需要依靠异国的他者形象得以明确。印度作为英帝国殖民事业中的重要一环，长期处于作为权力主体的英国的他者性想象和刻画中。吉卜林作为帝国的小说家，他的写作属于此范畴中。小说《基姆》通过绘制一幅关于印度的文学地图，显示出他者化印度的文学地图对帝国文化记忆的积极建构作用。印度长期处于英帝国殖民统治之下，始终被帝国话语所囊括，成为英帝国确立自身形象的重要地理和文化尺度。小说中英国对印度地图的绘制隐喻着印度处于帝国的权力建构话语之下。吉卜林在小说中通过地图刻画出他者化的印度，其中，他也建构出保留帝国文化的物质性记忆之场，如城市中的博物馆、大炮以及英国的政治军事机构等地标性建筑，这些位于地图上的各个地标性建筑成为在印度他者文化中凸显帝国文化的重要记忆之场。小说中基姆个人的活动路线成为吉卜林建构帝国文化记忆的重要途径。恒河与城市位置的有意错乱成为吉卜林虚构印度地图的表现，更成为他撕裂印度真实地理地图的重要标志，而根据基姆的空间位移绘制的以乌姆贝拉为中心的地图表现出吉卜林的帝国中心主义。但是，小说中的文学地图具有跳跃性。基姆常常辗转于几个城市，随着地理位置的变化，他对白人和当地人的态度也随之变化，映射出吉卜林维护帝国的重大决心以及通过描写白人的负面形象以及印度当地人的淳朴形象而对帝国殖民事业的质疑和对印度的赞美。吉卜林所建构的帝国文化记忆在白人中心主义的态度以及帝国殖民事业的非正当性中显现出矛盾性。这种矛盾性具象为基姆白人身份和印度生长背景的矛盾，两种文化身份随着文化记忆危机而产生。吉卜林作为英印文化群体的一员，他在维多利亚晚期借小说主人公基姆表现出对帝国文化的追忆，通过文学地图建构了帝国文化记忆的记忆之场，但是也对帝国的殖民事业正当性表示质疑。吉卜林通过文学地图表达出对帝国正当性的怀疑，最终产生了帝国文化记忆危机。伴随帝国文化危机而来的是他对个人的身份困惑，一方面对印度当地人持有白人至上态度，在小说中常出现"洋人""白人"等字眼，强化差异，但另一方面又表现出对白人的控诉，处于两种杂糅的文化之间的吉卜林在不同的文化身份之间反复游移，最终映射出吉卜林对英印群体身份归属问题的疑惑。

本章小结

阿斯曼夫妇的"文化记忆"概念脱胎于哈布瓦赫的"集体记忆"框架。与集体记忆相同，文化记忆的建构是在特定社会背景下进行的选择行为，而记忆的选择行为是在特定地理场所中进行的，因此，空间与文化记忆的联结就显现出来。本章从空间视角出发，研究19世纪两部英国重要作品《黑暗的心》与《基姆》中的帝国文化记忆，具体阐释时空体与文学地图对于文化记忆的建构作用。

值得注意的是，空间并不只作为媒介而存在，列斐伏尔的"空间辩证法"、苏贾的"第三空间认识论"、福柯的"权力空间"、布迪厄与迈克尔·克朗的"文化地理"、弗兰克的"空间叙事"等学说呈现出空间的社会、文化、权力、叙事属性，为空间相关理论的发展提供重要的支撑。在此背景下，空间研究延伸出了许多理论分支。其中，巴赫金的"时空体"融时间与空间一体，将时间的变迁具象为空间表征，使得空间向历史时间敞开。"时空体"将时间与空间的关系视为整体结构，最终目的是以空间为载体表征抽象时间。因此，巴赫金划分的沙龙客厅时空体、道路时空体、城堡时空体、门坎时空体等通过整合历史与个体、抽象与具象之间的关系，共同表征出以空间为载体而呈现的历史时间。在此意义上，"时空体"赋予空间以历史维度,并使时间具有空间参照物。对巴赫金而言,"时空体"的突破性意义在于对时空特征的整体性统一。与抽象时间类似,记忆这一抽象行为也可在具象空间形态中被感知,因为记忆总是在特定的空间场所中进行,并通过空间载体得以强化。可以说,记忆本身便具有空间性特质。本章将"时空体"与记忆研究进行结合,使记忆突破了纯粹的空间维度,在历史时间与历史空间的共同作用下呈现出复杂形态。在《黑暗的心》中,康拉德呈现了城市与非洲殖民地两种地理空间,它们承载着英帝国发展的历史轨迹,与历史时间相融合,在时空体意义中构建出帝国的文化记忆。历史记忆是抽象缥缈的,但是在具体的空间形态中得以显现。不仅在不同时空体中,记忆呈现出不同形态,而且在同一时空体中,记忆也倾向于多维复杂化。在《黑暗的心》中,马洛记忆中的城市是英国19世纪现代工业文明的发展结晶,象征帝国的崛起史,承载了帝国鼎盛时期所处的历史时间,但城市也以坟墓的形象呈现在马洛的记忆中,麻醉了白人殖民者的神经,使其陶醉在探险与征服的幻想中,最终走向真正的"白人坟墓"——非洲殖民地。在非洲殖民地空间中,白人殖民者大肆攫取资源,成为帝国殖民事业的代理人,但也因疾病和冲突断送了生命,在此意义上,殖民地空间一方面是帝国的征服对象,另一方面又因埋葬白人殖民者而隐喻着帝国的衰落。因此,不论是城市空间还是非洲,它们共同承载着帝国的兴衰历史,成为表征历史时间的时空体。更为重要的是,在城市时空体中,康拉德呈现出对帝国的怀旧心理,而在非洲殖民地时空体中,康拉德对白人的神化和对殖民者的暴力掠夺事实的讽刺表明其帝国怀旧的矛盾对立性。在19世纪末的时代背景下,康拉德对帝国的矛盾书写一方面再现了帝国的荣誉,另一方面揭露出帝国殖民事业中的血腥事实,使得国民对于帝国的文化记忆受到挑战,从而正视社会转型的现实。通过将帝国怀旧置于时空体中,康拉德对记忆进行了建构与解构,不仅呈现出记忆的空间维度,而且揭示出记忆的历史时间与未来时间维度。

如果说康拉德对帝国的记忆是以时空体的形式得以呈现,那么同时代的吉卜林则以文学地图形式书写帝国文化记忆。在《基姆》中，吉卜林借用文学地图建构出帝国的文化记忆，通过绘制主人公基姆在印度的旅行地图，他构建出承载帝国殖民史的记忆之场。文学地图学是空间转向下地图与文学结合的新兴研究范式，是空间研究的新变体。作为空间研究下的重要分支，文学地图以其特有的图示性特征呈现出整体空间形态。文学地图一方面呈现出小说中的空间分布特征，帮助我们从整体上把握空间所携带的作者意志与权力因素，另一方面揭示了叙事的内在结构与发展轨迹，叙事如同绘图，文学家就相当于制图者。文学地图与文化记忆的结合使得文化记忆在地图上表现为可视化的物质性记忆之场。因此，通过文学地图，文化记忆的建构过程变得清晰，文学作者选择性的绘图过程成为文化记忆建构的重要组成部分。对于吉卜林而言，《基姆》中的旅行地图线路不仅推动着小说的情节走向，而且通过空间分布呈现出其建构帝国文化记忆的过程。在可视化的空间中，文化记忆的建构过程也相应呈现出整体性特征，而不只是局限于某一特定地图空间。在英国殖民时期，印度沦为殖民者的言说对象，承载着领土权力的印度地图也任由英国白人绘制与装饰。小说一开始便借白人博物馆长在印度地图上写写画画的行为暗喻出英国的殖民权力与印度的他者化形象。随着小说情节的推进，吉卜林对帝国的记忆也随着地图的绘制而逐渐强化。主人公基姆在印度大地的游历看似呈现了印度的风土人情，实则是通过绘制想象性印度地图，以加强帝国对印度的掌控。其中，在基姆所绘制的殖民地图中，印度圣河——恒河与印度各城市地理位置与真实的印度地理发生错位，他们在殖民地图上成为沉默且无差异的符号，真实的印度地图因此被撕裂了，取而代之的是英帝国绘制的他者性的殖民地图。吉卜林借基姆对印度地图进行了选择性刻画，摘取了利于帝国的地理要素，抹杀了印度地图的真实性与差异性，建构了承载帝国殖民记忆的记忆之场——乌姆贝拉，这里集军团、情报机构、宗教为一体，是英国在印度的行政机构，也是主人公基姆所绘制地图的关键位置，他的路线都以此为中心而展开。因此，在吉卜林的地图中，印度真实的地理要素不仅被移位重置了,而且还特意突出了承载帝国记忆的记忆之场。不过,虽然基姆的地图对于文化记忆的建构具有重要作用,但是其绘图的过程与行为却极具跳跃性与紊乱性。在绘图过程中,基姆遭遇了印度文化与白人文化的碰撞,一方面他身为白人后裔对印度文化持鄙夷态度,另一方面他又在印度文化中找到身份归属感,反而疏离于白人文化,如此反差致使基姆产生身份归属危机,相应地体现在地图绘制中便是地理场所的频繁转换与空间位移的反复无常。作为帝国的吹鼓手,吉卜林一如既往地书写帝国,但作为长期生活在印度的白人,他对帝国与印度的态度是复杂的,他将印度经历投射于基姆身上,并在绘制地图的过程中,展现出以他为代表的游移于两种文化之间的英印群体的文化身份危机。吉卜林在《基姆》中借用文学地图建构了关于帝国的文化记忆,但是在创作《基姆》的年代,昔日的帝国已逐渐衰落,在建构帝国记忆的同时,他又对帝国持辩证态度,不只一味地赞美帝国殖民事业的正当性,而是对白人文化与印度文化进行了深刻的反思。

20世纪初期,"日不落"帝国经受了重重考验,昔日的帝国荣誉与现实的帝国走向在文学世界中得以再现。康拉德与吉卜林作为英帝国时期的重要小说家,他们见证了帝国的辉煌时期与帝国的衰落过程,同时在小说中再现了他们对帝国的记忆与矛盾态度。在维多利亚晚期,康拉德在《黑暗的心》中通过时空体建构了帝国的怀旧记忆,追溯了帝国的鼎盛历史以及积极向上的国民风貌,同时也将帝国的衰落与城市、殖民地空间相结合,使得帝国历史的兴衰表现在空间的兴衰变迁中,将帝国的文化记忆纳入对空间的考察中,并从时空体角度揭露帝国殖民的暴行,以重塑帝国的文化记忆。吉卜林在《基姆》中通过选择性地呈现地理空间与地理要素,绘制了关于印度的文学地图,以他者化的印度地图建构了关于帝国的文化记忆,但也相应呈现出他对帝国的矛盾态度以及对英印群体身份认同的担忧。帝国时代的作家见证了辉煌与荣誉,同时又不缺对帝国发展的反思,他们以文学留存了对帝国的记忆,同时又对帝国的现实处境展开深思。

参考文献

[1] 邓颖玲. 20世纪英美小说的空间诗学研究[M]. 北京:商务印书馆,2018.

[2] 龙迪勇. 空间叙事学[M]. 北京：生活·读书·新知三联书店，2015.

[3] JOSEPH F. Spatial Form in Modern Literature: An Essay in Two Parts[J]. The Sewanee Review, 1945(2): 221-240.

[4] JOSEPH F. Spatial Form in Modern Literature: An Essay in Three Parts[J]. The Sewanee Review, 1945(4): 643-653.

[5] 米哈伊尔·巴赫金. 巴赫金全集（第三卷）[M]. 白春仁，晓河，译. 石家庄：河北教育出版社，1998.

[6] 约瑟夫·康拉德. 黑暗的心[M]. 黄雨石，译. 北京：商务印书馆,2019.

[7] 汪民安. 身体、空间和后现代性[M]. 南京：江苏人民出版社，2005.

[8] 爱德华·苏贾. 后现代地理学[M]. 王文斌，译. 北京：商务印书馆，2004.

[9] 钱乘旦. 英国通史（第五卷）[M]. 南京：江苏人民出版社，2016.

[10] SVETLANA B. The Future of Nostalgia[M]. New York: Basic Books, 2001.

[11] 张德明. 从岛国到帝国：近现代英国旅行文学研究[M]. 北京：北京大学出版社，2014.

[12] EDWARD S. Culture and Imperialism[M]. New York: Vintage Books, 1994.

[13] 金寿福. 扬·阿斯曼的文化记忆理论[J], 外国语文, 2017（4）: 36-40.

[14] HARLEY J B. Deconstructing the Map[J]. Cartographica: The International Journal for Geographic Information and Geovisualization, 1989(2): 1-20.

[15] 皮埃尔·诺拉. 记忆与历史之间：场所问题[A]//皮埃尔·诺拉. 记忆之场[G]. 黄艳红，译. 南京：南京大学出版社，2015.

第三章

失落的文明：
神话与文化记忆

自古以来，神话一直是包括文学文化在内的人文学科的研究焦点，同时神话也是文化记忆研究范畴内一个重要的维度。亚里士多德、尼采、海德格尔、荣格、弗莱等学者都对神话、神话与文学文化、神话与人类的关系进行了精彩的论述。在扬·阿斯曼的文化记忆框架里，神话一方面是一个群体、民族对过去、历史和传统产生认同的关键机制，另一方面神话通过仪式展演的形式帮助一代又一代的群体成员进行自我定义和群体认同。19—20世纪的英国是神话复兴的时代，北欧神话、古希腊神话，以及本民族的神话等都成为了文学作品的经典母本。在这个西方文明转型的关键时期，英国的名作家们诸如詹姆斯·乔伊斯、T. S.艾略特、D. H. 劳伦斯、伊夫林·沃等纷纷转向神话。他们在自己的作品中借用神话隐喻自身所处时代，以期通过神话的奠基作用来建构普世价值，以对抗社会和道德的整体性衰退与败坏。伊夫林·沃的著作《一抔尘土》立足于本民族的历史，以亚瑟王和圆桌骑士的神话为蓝本，并将狄更斯的经典作品视为神话的变体。该小说通过并置神话故事演变而来的民族精神与殖民主义，讽刺了英国的殖民帝国主义，揭示了英国贵族阶级衰败的必然性。D. H. 劳伦斯在《恋爱中的女人》这一文本中借用希腊神话中的人物来隐喻自己创造的角色，他将自然文明的代表鲁伯特·伯基视为阿卡迪亚的保护神潘神，使酒神和日神共同存在于工业文明的代表杰拉德·克瑞奇身上，并使后者成为该隐式具有原罪的人。两个主人公之间的矛盾体现了劳伦斯所处时代英国自然文明和工业文明的矛盾，而作者更是通过杰拉德的死亡来揭露工业文明对人性的扭曲以及对社会的荼毒。

第一节 神话、文学与文化记忆

神话的研究历史渊源悠久，各个学科的理论家们和批评家们从各自的领域出发对其进行解读，而实际上对其的定义庞杂，并无明确定论。从古希腊亚里士多德时代起，历经基督教统治时代、启蒙运动时期、浪漫主义时期，再到尼采和海德格尔、弗雷泽、荣格、弗莱、理查德·蔡斯、约瑟夫·坎贝尔，神话的定义一直处于被深化和拓展的过程中。神话和文学的关系密切交错，因此这两者的关系也是批评家们关注的焦点。索绪尔在结构主义框架内，立足于语言学的角度，借用语言和言语的二分来研究神话和文学的关系；弗莱立足于神话-原型批评，将文学视为移位的文学；葛尔德认为作家们在文学中运用神话术，以此从本体论的维度讨论人类世界的存在状况。扬·阿斯曼是研究神话和文化记忆关系的大家，在他的文化记忆的研究框架内，神话和传统、神话和历史意识以及神话与自我定义的关系得到了深入的阐释。在阿斯曼的理论框架中，神话关乎民族或群体的过去和未来，以其奠基作用指导群体前进的方向，并帮助群体成员对过去、对集体产生认同。

一、何为神话

自古希腊哲学家亚里士多德和柏拉图以来，对神话的探讨就一直是人类学、文学、哲学、心理学、社会学等诸多领域的焦点，但是其来源过于神秘且定义过于复杂，因此学界各批评家尝试从不同的角度切入以期洞悉一二。哈斯克尔·M.布洛克的文化人类学神话研究、诺思洛普·弗莱的神话-原型批评、约瑟夫·坎贝尔的神话生物学、斯坦利·爱德加·海曼的神话意识观等都对神话研究作出了巨大的贡献，下文仅对神话的研究进行简单的介绍。学者叶舒宪在其著作《神话-原型批评》的导论中对神话研究进行了历史的梳理，从亚里士多德的神话观一直到弗莱的原型批评都包含在内。早在古希腊时期，神话就已经成为文艺研究的主要话题，亚里士多德在其著作《诗学》中将神话的意义简明扼要地阐释为"故事、叙述或情节"，在他看来神话与文学有着内在相似性；到了中世纪的基督教统治时代，神话不仅丧失了其在古希腊时期的崇高地位，更是被定义为与神的箴言相对抗的异端邪说，这种对神话的贬义理解一直持续到了17、18世纪的启蒙时代；直到浪漫主义时期，人们对人文主义精神的强调、对传统的怀旧，才使得神话的新含义逐渐取代了之前贬义的概念，这个时期神话被视为像诗一样的真理，或者说是一种相当于真理的东西，是对历史和科学维度的真理的补充；到了尼采和海德格尔，神话的地位得到了进一步提升，它成为比逻辑理念哲学更趋近真理的思维方式；弗雷泽从人类学的角度出发对神话进行了研究，他认为神话与巫术仪式有着密切关系，体现了一个民族或一种文化的基本价值观；荣格从心理学角度对神话的原型含义进行了阐释，认为无意识的心理活动产生了神话；对神话的原型批评在诺思洛普·弗莱那里被发扬光大，他认为神话是具有原型意义的叙述程式，是"一种与真实性或现实主义不完全相符的传统化或程式化的叙述"①，再具体而言，神话也可被理解为后世的叙事母本。

  理查德·蔡斯和约瑟夫·坎贝尔对神话的研究也作出了杰出的贡献。蔡斯反对将神话视为哲学抑或一种形而上学或象征的思维体系，于他而言，"神话是故事，神话是叙述性或诗性文学"②，神话是一种艺术，与科学相辅相成，各自满足不同的需要。蔡斯概括了神话的三种功能：1.神话起着教理的作用，关心的是其社会和道德功能；2.神话强调对事物的敏锐意识，给人以原始人一样精确、动态的注意力；3.神话具有宣泄的作用，使生活中的冲突与协调，在社会与大自然环境中戏剧化。③蔡斯还有一个重要的观点，即将诗比作神话。他认为诗持续、有效的想象力将人类精神结构移植到外部世界之中，诗的情感及其本身加上一定的控制和导向便会成

---

① 叶舒宪.神话-原型批评[M].西安：陕西师范大学出版社总社有限公司，2011：7-9.
② （美）约翰·维克雷.神话与文学[G].潘国庆等，译.上海：上海文艺出版社，1995：13.
③ （美）约翰·维克雷.神话与文学[G].潘国庆等，译.上海：上海文艺出版社，1995：17-19.

为神话。① 约瑟夫·坎贝尔从完全不同的角度切入对神话的研究,即生物与神话的关系。坎贝尔颇有建设性地将仪式以及支持仪式的神话比作第二子宫,认为神话是孕育出生后的"智人"(Homo sapiens)胚胎的母体②,因此神话对人的功能是完善人,使人获得再生,变得成熟。在此意义上,坎贝尔认为神话是人生各个阶段意识的文本,从而揭示了人类的整个本质及其命运③。

二、作为文学母本的神话

上文已简要提到了神话与文学密不可分的关系,自亚里士多德起,神话就被视为与文学相似的叙述程式,此后神话和文学不可分割的关系也是批评家们关注的焦点。索绪尔从结构主义语言学出发,借用语言学概念中"语言"和"言语"的二元对立对神话和文学的关系作出了独到的阐释,在他看来,原始时代的神话是最初的文学范本,其为后世的文学创作提供了数不尽的"言语",也正是这些"言语"构成了西方文学传统中永不消失同时又永远在寻求外在显现的"元模式"。④ 在弗莱看来,文学就是"移位的神话"⑤,具体而言,弗莱认为远古神话为后世文学提供了母本。文学是作家以特定历史时期的文化现象为出发点,对神话母题的改编。而葛尔德将这种自觉运用神话原型的技巧称为神话术(mythicity),它发掘利用

---

① (美)约翰·维克雷. 神话与文学[G]. 潘国庆等,译. 上海:上海文艺出版社,1995:21.
② (美)约翰·维克雷. 神话与文学[G]. 潘国庆等,译. 上海:上海文艺出版社,1995:69.
③ (美)约翰·维克雷. 神话与文学[G]. 潘国庆等,译. 上海:上海文艺出版社,1995:66.
④ 王苇. 神话隐喻与文化记忆:德拉布尔《七姐妹》的文化符号学解读[J]. 江苏师范大学学报(哲学社会科学版),2019,45(5):32.
⑤ (加)诺思洛普·弗莱. 文学的原型[A]//吴持哲. 诺思洛普·弗莱文论选集[G]. 北京:中国社会科学出版社,1997:89.

了语言的潜能，把本体论的意义带入日常生活①，作家们在自己的作品中通过神话术从本体论上来探讨人类。霍兰德以高度概括性的言语对古往今来的经典文学作品的原型模式进行了阐释：

> 从苏美尔到索尔·贝娄，从美拉尼西亚到马拉默德，大量的传说和文学，包括异教的、基督教的、亚瑟的、荷马的、红皮肤印第安人的或棕皮肤印第安人的传说和文学，都与这两大基本神话模式中的一个或两个契合一致。实际上，文学作品中的任何一个情节：宴请、婚假、旅行、奋斗、寻找圣杯或鲸鱼，都会与坎贝尔或康福德的神话基元中的某个情节相契合。实际上，任何男主人公——浮士德、唐璜、流浪汉、流氓、形形色色的昏君——人们都会感到是死而不生或死而再生的神。实际上，任何一个女主人公都可以在荣格那圣女、圣母和圣妪的神殿之中找到她的位置。②

这段论述体现了神话的关于全人类的无意识，无论什么肤色、宗教、年龄、身份，等等，远古的神话传说中包含了文学的所有结构。19—20世纪的英国文学也不例外，作家们诸如詹姆斯·乔伊斯、T. S. 艾略特、D. H. 劳伦斯、伊夫林·沃等在他们的写作中纷纷借用神话：乔伊斯的《尤利西斯》(*Ulysses*) 以荷马（Homer）的《奥德赛》(*Odyssey*) 为原型，刻画了主人公布鲁姆在都柏林游荡的一天，借此嘲讽了现代生活的无意义；艾略特的《荒原》(*Waste Land*) 借对古代生殖神话的讨论，塑造了战后欧洲的荒原形象；叶芝在他的作品中交织了凯尔特神话和他自己神秘的神话；劳伦斯则着迷于伊特鲁亚人（Etruscans）的神话。③ 实际上，在西方，尤其

---

① （美）约翰·维克雷. 神话与文学[G]. 潘国庆等，译. 上海：上海文艺出版社，1995：2.
② （美）约翰·维克雷. 神话与文学[G]. 潘国庆等，译. 上海：上海文艺出版社，1995：105.
③ Geoffrey Miles. Classical Mythology in English Literature[M]. London: Routledge, 1999:16-17.

是在英国，20世纪被视为神话复兴的时代，社会的无序状态和人类精神的空洞使得作家们转向神话的秩序，以期在那个传统文明衰落、社会道德崩坏的荒原年代的远古神话中找到意义，并通过他们的作品建构出新的普世价值。

三、神话与文化记忆

同神话一样，文化记忆的概念也庞杂到难以理解，阿斯曼对文化记忆下了这样一个定义：文化记忆是一个将传统、历史意识、"神话的动能"（Mythomotorik）和自我定义结合到一起的文化的范畴。[①] 由是观之，按照阿斯曼的定义，对文化记忆的理解需要从传统、历史意识、神话和自我定义这四个方面出发。值得注意的是，这四个方面不是四个平行的概念。从神话的角度进行统摄，在文化记忆的范畴里神话与传统和历史意识，以及神话与自我定义分别紧密联系，因此，对神话和文化记忆的关系可从这两组关系中窥探一二。

文化记忆关注的是过去中的某些焦点，阿斯曼认为对文化记忆的研究所关注的问题是"被忆起的过去都以哪些形式出现，对此的研究要将神话和历史不加区分地纳入进来"[②]，因此阿斯曼的过去是广泛意义上的过去，包含了传统、神话和历史，从这个意义上说，神话与传统、神话与历史意识的关系不可分割。在阿斯曼的理论中，无论是虚构的或真实的过去，它之所以能转变成神话，就在于被改写成具有奠基意义的历史，因此他又说道："神话是（主要以叙事形式出现的）对过去的指涉，来自那里的光辉可以将当下和未来照亮。"[③]神话对过去的指涉也对当下和未来产生作用，即

[①] （德）扬·阿斯曼. 文化记忆——早期高级文化中的文字、回忆和政治身份[M]. 金寿福，黄晓晨，译. 北京：北京大学出版社，2015：15.

[②] （德）扬·阿斯曼. 文化记忆——早期高级文化中的文字、回忆和政治身份[M]. 金寿福，黄晓晨，译. 北京：北京大学出版社，2015：72.

[③] （德）扬·阿斯曼. 文化记忆——早期高级文化中的文字、回忆和政治身份[M]. 金寿福，黄晓晨，译. 北京：北京大学出版社，2015：75.

奠基作用和对立作用。奠基作用将当下置于历史的视线下，这样的历史使当下充满意义、符合神的旨意、绝对必要和不可改变①，这体现在过去被凝结成为一些可供回忆附着的象征物。出埃及、穿越沙漠、流亡等都是这样的回忆形象，一旦成为了回忆形象，这些过去就可以在节日被礼拜或者其他仪式的方式展演。回忆形象具有宗教意义，在对它们进行展演的过程中，回忆着的群体通过忆起过去从而巩固自己对过去的认同，而这些回忆形象也会被纳入整个民族的文化记忆中去。神话的另一个作用，即与现实对立的作用，从对现实的不满经验出发，回忆起一个过去，这个过去"通常带有某些英雄时代的特征"②。对英雄时代的回忆凸显了现实中"缺席的、消逝的、丢失的东西"，让人意识到"从前"和"现在"之间的断裂。③奠基作用和与现实对立的作用是一个过渡和发展的顺序，神话动力的作用一旦从奠基转化为反对现实，就有可能产生革命性的力量。

　　从神话与过去的关系中已经可以管窥到神话与自我认同的关系，"通过自身历史的回忆、对起着巩固根基作用的回忆形象的现时化，群体确认自己的身份认同"④，但这过程需要再详细地介绍。阿斯曼将"通过指涉过去获得有关自我定义的各种因素并为未来的期望和行动目标找到支撑点"的回忆定义为神话，而神话"在群体中树立自我形象、成为其行为指导方面发挥了何种作用，以及对一个处于特定环境的群体来说，在指导其前进方向时"发挥的力量则被称为"神话动力"⑤。由此可见，神话对群体、对

---

① （德）扬·阿斯曼. 文化记忆——早期高级文化中的文字、回忆和政治身份[M]. 金寿福，黄晓晨，译. 北京：北京大学出版社，2015：75.
② （德）扬·阿斯曼. 文化记忆——早期高级文化中的文字、回忆和政治身份[M]. 金寿福，黄晓晨，译. 北京：北京大学出版社，2015：76.
③ （德）扬·阿斯曼. 文化记忆——早期高级文化中的文字、回忆和政治身份[M]. 金寿福，黄晓晨，译. 北京：北京大学出版社，2015：76.
④ （德）扬·阿斯曼. 文化记忆——早期高级文化中的文字、回忆和政治身份[M]. 金寿福，黄晓晨，译. 北京：北京大学出版社，2015：47.
⑤ （德）扬·阿斯曼. 文化记忆——早期高级文化中的文字、回忆和政治身份[M]. 金寿福，黄晓晨，译. 北京：北京大学出版社，2015：75-77.

民族的自我定义具有重要作用，神话需要在这自我定义的过程中回答"我们是谁""我们从哪里来"以及"我们去往哪里"。神话通过讲述一个群体或民族共同拥有的故事，传播并巩固着集体认同的知识并且促成了集体行动的一致，因此神话是与自我定义、群体认同紧密联系的，神话中保存和传承的神圣内容，是一个集体用来构筑其统一性和独特性的基石。①阿斯曼解答了神话是如何讲述共同的故事、传播集体认同的知识的，那就是通过仪式。他指出："仪式的作用就是要使集体的认同体系保持活跃不至于陷入停滞状态。仪式将那些与认同相关的知识传达给每个参与者。它们通过保持世界的活跃性的方式，构建和再生产了集体的认同。"②仪式使得远古神话一代一代不停地循环，在这循环的过程中同时保持了它的活力，从而使得群体中更新换代的成员对其保持认同，也即对本群体的过去保持认同。

第二节 历史的连续与断裂：《一抔尘土》中的神话叙事

20世纪初的英国因战争、殖民地独立运动、传统价值观和新兴资本主义价值的矛盾而处于一个重要的社会转型期。在这个时代背景中，英国社会出现了对民族神话的怀旧风潮，伊夫林·沃的《一抔尘土》以此为背景，对神话的民族动力以及英国历史的连续性和断裂本质进行了深思，审视了怀旧对象的虚妄性。贵族托尼·拉斯特继承了亚瑟王和圆桌骑士神话演变而来的民族精神，他对赫顿庄园纯粹性的迷恋、他恪守的骑士品格、他仪式化的生活习惯都是对英国历史的传承。狄更斯的经典作品在英国殖民扩张的过程中具有神话般的功能并服务于英国殖民事业。传教士后代混血土

---

① （德）扬·阿斯曼. 文化记忆——早期高级文化中的文字、回忆和政治身份[M]. 金寿福，黄晓晨，译. 北京：北京大学出版社，2015：148.
② （德）扬·阿斯曼. 文化记忆——早期高级文化中的文字、回忆和政治身份[M]. 金寿福，黄晓晨，译. 北京：北京大学出版社，2015：149.

著托德先生是英国殖民的产物,他对派-维伊族人的统治模拟了父亲的殖民行为,因此披露了英国选择遗忘的殖民历史。历史是被建构的,托尼象征着英国光辉历史的连续,而托德则象征着其断裂的本质,在连续和断裂的张力之间,伊夫林·沃通过殖民戏仿对位托尼和托德,再现了英国的殖民记忆。19世纪30年代的英国面临着本国历史的继承危机,它试图重现传统英国性话语,而伊夫林·沃则通过自己的书写抵抗英国对殖民历史的集体失忆,并试图重塑公众的文化记忆。

一、伊夫林·沃与《一抔尘土》

伊夫林·沃全名阿瑟·伊夫林·圣约翰·沃,是英国的著名作家,著有小说《衰落与瓦解》《一抔尘土》与《故园风雨后》(又译《旧地重游》)等20余部长篇小说;多部短篇小说集以及大量游记,他的"荣誉之剑"三部曲被批评家认为是他艺术成就最高的作品。《一抔尘土》是伊夫林·沃最重要的作品之一,在这部作品中,沃延续其辛辣的讽刺艺术,他的笔锋直指英国贵族虚伪的绅士品格,批判了英国的帝国殖民主义。主人公之一贵族托尼·拉斯特对其祖宅赫顿庄园的偏执性迷恋、他对妻子盲目的信心、他对仪式化生活的恪守都是沃对贵族的讽刺。而另一个主人公托德先生则是英国殖民主义生产出的一个怪物,他是英国传教士和丛林土著的后代,他在父亲去世之后延续了其在丛林的殖民统治。托德先生囚禁托尼并宣告他的死亡,这一结局是沃在这个小说中讽刺的巅峰,沃借此说明英国必然会承受其殖民主义的恶果。

伊夫林·沃是一位优秀的文体家,因其辛辣的文笔和高超的讽刺技艺而享誉评论界。英国评论家迈科尔·戈拉更是给予了伊夫林·沃至高的评价,他认为沃是"狄更斯以来英国乃至全世界最重要的戏剧艺术家。他创造了一种黑色幽默,一种狰狞的笑声,世界各国的艺术家都用这笑声对抗当代噩梦般的世界"①。伊夫林·沃是一位讽刺大师，他的作品透视了20世纪初至战后英国社会旧文明解体、道德秩序崩坏的现实。伊夫林·沃一生著述颇丰，理解他的作品则需要从以下三个方面切入：沃的宗教观、沃与贵族阶级终身的矛盾以及沃的旅游经历。

沃出生在一个严格的宗教家庭中，他的父亲阿瑟·沃是一位虔诚的英国圣公会教徒，阿瑟·沃对孩子的家庭教育严格遵守教徒的标准。沃的中学是一个圣公会教会学校，在这个学校里，每个学生都要恪守教会规矩，包括每天要做早晚两次礼拜。沃受其父的影响也是一名虔诚的教徒，因此对教会仪式的接受度颇高，据他本人所说，他并不觉得这种宗教仪式是令人有负担的。沃与前妻离婚之后，转而信奉了天主教。在文学创作的方面，宗教对伊夫林·沃的影响不可谓不大，实际上，他每一部重要的小说都涉及宗教题材。《一抔尘土》的主人公托尼·拉斯特从祖上开始就是虔诚的教徒，一直到托尼和他的小儿子仍遵守每周的礼拜仪式，甚至郊区牧师的生活也是由拉斯特家族来保障的；《故园风雨后》中的贵族马奇梅因侯爵虽一生流浪在外，但是在他的垂暮之年选择回到宗教，在牧师的祷词中离开人世，而他的两个女儿则成为神的使者，去往战地传播福音；《衰落与瓦解》的主人公保罗·潘尼费瑟是一个孤儿，同时也是牛津大学神学院的学生。从他被一帮堕落的贵族学生陷害以至被学校开除，到他与开妓院的贵族遗孀结合，再到他最后进入监狱又逃出监狱并隐姓埋名地生活，沃交叉了宗教和贵族两条线索，用宗教的崇高来讽刺贵族的败坏。宗教的痕迹在伊夫林·沃的作品中无处不在，也有学者认为沃在我国文学批评界并没有受到他应受到的重视，部分是因为受此影响。

伊夫林·沃跟英国贵族若即若离的"暧昧"关系也尽数体现在了他的

---

① （英）伊夫林·沃. 衰落与瓦解[M]. 高继海，译. 上海：上海译文出版社，2013：13.

大部分作品中。尽管伊夫林·沃对贵族无不讽刺，但实际上，他对待这个世袭阶级的态度是矛盾的：一方面沃在内心深处始终渴望跻身这个阶级；另一方面他无情地揭露和讽刺了这个阶级的颓败和堕落。① 伊夫林·沃的父亲阿瑟·沃是一名杰出的出版商和文学评论家，并且是查普曼&霍尔（Chapman&Hall）的常务理事，长期出版查尔斯·狄更斯的作品。虽然阿瑟·沃是一名成功的商人，但是由于英国贵族的世袭制度，属于中产阶级的沃的家族也无法跨越阶级壁垒成为贵族阶级。事实上，沃对贵族阶级的渴望是人们有目共睹的，他的多数作品都以贵族阶级的生活为背景。《衰落与瓦解》的主人公保罗·潘尼费瑟一度依靠着贵族玛格特·比斯特切温德太太实现了阶级跨越，从一个无名无权的老师成为上流社会的一员。《一抔尘土》讲述的本就是关于一名世袭的贵族以及他的家人的故事，故事主要发生地也是一座贵族庄园——赫顿庄园。《故园风雨后》除了探讨天主教的议题，更表达了对贵族时代的怀念。主人公查尔斯·赖德经好友贵族塞巴斯蒂安的介绍进入了对方的阶层，经历了一番贵族阶级声色犬马的生活。但是，在这三本小说中，伊夫林·沃同时传达出他对贵族阶级的讽刺。《衰落与瓦解》的第二部分辛辣地讽刺了英国上流社会的腐败堕落，潘尼费瑟进入到贵族阶级后发现了这个阶级的腐败。贵妇人玛格特·比斯特切温德被暗示毒死了自己的丈夫，她拥有一连串的情人，并在法国经营着一家妓院，靠着非法生意挣到的钱在国内继续过着奢靡的生活，她对道德价值不屑一顾。《一抔尘土》中的贵族拉斯特家族内里已经腐朽，贫穷、肤浅无知、落后都是这个家族的代名词。托尼·拉斯特对维多利亚建筑风格的祖宅的迷恋，贵族阶级的猎狐活动间接害死了拉斯特家族的小继承人约翰·拉斯特，托尼所受的贵族教育使得他对自己出轨的妻子盲目信任，都是沃对贵族阶级的讽刺，而在故事的最后托尼·拉斯特被土著囚禁在热带丛林并被宣告其死亡更是沃讽刺的顶端。《故园风雨后》里的马奇梅因家族表面风光，

---

① （英）伊夫林·沃. 衰落与瓦解[M]. 高继海, 译. 上海：上海译文出版社, 2013: 13.

内在却空洞败坏。马奇梅因侯爵抛妻弃子和情人长居国外,在临死前回归甚至带着情人一起回归家庭,侯爵夫人表面大方贤淑而私下则过着奢靡腐败的生活,他们的子女因生活在这样的家庭环境里,无不扭曲了自己的性格,他们的其中一个儿子,也是小说的主人公之一的塞巴斯蒂安终日酗酒,最终流落在国外过着凄惨的日子。

伊夫林·沃是一个具有丰富旅游经验的作家,他自己热爱旅游并且多次受到赞助以记者或作家的身份出游外国。他的几段重要的旅游经历深刻地影响了他对自己国家的认知,并对他的作品有着非同小可的影响,因此也是值得研究的焦点。沃的旅行主要集中在 20 世纪 30 年代:1930 年,沃代表多家报纸前往阿比西尼亚,随后穿越了英属东非殖民地和比利时刚果,这两段旅行经历随后被沃写成了游记《遥远的人》(Remote People)和漫画小说《黑色恶作剧》(Black Mischief);1932 年开始,他开始了前往南美洲的长途航行,并于 1932 年至 1933 年的冬天前往南美洲的英属圭亚那,以这次旅程为蓝本,沃写了游记《九十二天》(Ninety-two Days)和短篇小说《喜欢狄更斯的人》(The Man Who Liked Dickens),后者最后被扩展成了《一抔尘土》,并于《时尚芭莎》(Harper's Bazaar)上连载;1934 年夏天,沃前往北极的斯匹次卑尔根,之后写了一本重要的天主教传记;1935 年,意大利入侵阿比西尼亚时,他作为记者从那里发回了报道。伊夫林·沃旅游多在英国的殖民地,如非洲、南美洲等地,他在这些地方的见闻使得他对英国的帝国殖民主义有了更为直接的认识。在《一抔尘土》中,沃就对英国的殖民主义进行了深刻的讽刺。

《一抔尘土》(以下简称《一》)于 1934 年首次出版,起初这部小说并没有收到很多关注,但在出版后的近几年里名声却越来越大,被评论界认为是沃的最佳作品之一。"一抔尘土"取自 T. S.艾略特的诗《荒原》中的诗行:"……我要指点你一件事,它既不像/你早起的影子,在你背后迈步/也不像傍晚的影子,会站起身来迎接你/我要给你看的恐惧,在那一抔尘土里。"伊夫林·沃将这几句诗作为了《一》的题记,由此可见,在故事还未开始的时候，沃就设置了荒凉、空洞的精神荒原。而事实也是如此，在故事的一开始就出现了两个典型的人物，即约翰·比弗和他的母亲。约翰·比弗无所事事的漫游者形象以及比弗母亲拜金的论调都是战后英国精神荒原的直接体现。随着故事的发展，故事的每个人物无不背叛了传统的价值体系，包括布兰达·拉斯特、乔克·格兰特-孟席斯、马乔里等人在内，他们贪图享乐，纵情男女情色，藐视托尼·拉斯特恪守的传统旧道德。《一》的情节简单又荒诞，主要围绕着贵族托尼·拉斯特曲折而神奇的命运展开。托尼·拉斯特是一位贵族后代、乡村绅士，他与妻子布伦达和8岁的儿子约翰·安德鲁一起生活在家族的祖宅赫顿庄园中。托尼对自己的乡村生活很满足，赫顿庄园虽为维多利亚时代的伪哥特式建筑并被当地的旅游指南描述为"毫无兴趣"，但却是托尼引以为傲并愿意用一生来守护的东西，尽管他们的财产已不够用来维持一个庄园的生活，他也不愿意改变旧有的生活习惯。布伦达和偶然被托尼邀请来赫顿过夜的伦敦边缘人约翰·比弗陷入了婚外情，并暗自在伦敦租了房子和比弗生活在一起。托尼的小儿子约翰·安德鲁在一起猎狐活动中遭遇了骑马事故而丧生，儿子的死亡让布兰达意识到自己对比弗的爱以及抛弃旧生活的决心，因此在安德鲁的葬礼后，布伦达向托尼提出了离婚。托尼不能接受布伦达的骗局以及她的离婚要求，为了散心他离开了英国踏上了去南美冒险的旅程，他要和探险家梅辛格博士去亚马逊热带雨林寻找一座失落的城市。不幸的是，梅辛格与当地的土著向导产生了分歧，最终导致自己和托尼被抛弃在陌生的丛林里。托尼在丛林里病倒了，梅辛格乘着独木船离开去寻求帮助的时候被卷进瀑布而丧生。托尼因为发高烧而精神错乱，直到被当地的混血土著托德先生所救。托德先生的父亲是一位传教士以及淘金者，他在这片丛林里建立起了自己的殖民地，他去世后托德先生继承了他的位置，继续统治着当地土著。托德先生的父亲给他留下了查尔斯·狄更斯的全部作品，尽管不识字，他也将这些文集保护得很好，并将狄更斯视为自己的信仰。救活了托尼之后，托德先生就将托尼囚禁起来为自己念书，并偷偷将托尼的手表交予英国来的搜救队，以此对外宣告了托尼的死亡。在故事的最后，托尼永远地留在了这片丛林，而他心爱的赫顿庄园最终由其贫穷的表兄弟继承。

事实上，伊夫林·沃在该小说的情节中加入了几个自传元素，包括自己被出轨的妻子抛弃以及自己的南美之旅。伊夫林·沃和伊芙琳·加德纳（Evelyn Gardner）相爱后，加德纳的母亲并不看好沃，认为其品行配不上自己的女儿，但是这并没有影响这对情侣。1928年6月，沃和加德纳结婚成为夫妻，这对夫妇俩被朋友们戏称为"他-伊夫林"和"她-伊芙林"（He-Evelyn and She-Evelyn）。但是这段婚姻仅仅持续了一年多，因伊芙琳·加德纳和他们的共同好友约翰·海盖特的婚外情而告终，最终他们于1929年9月离婚。毫无疑问，托尼·拉斯特的妻子布伦达的婚外情影射了伊芙琳·加德纳的婚外情。沃通过塑造布伦达这个角色，表达了自己对前妻的愤恨，加德纳在他的笔下就如同布伦达一样是一个不忠且不幸的形象，布伦达最终还是被约翰·比弗抛弃，这无疑带有几分沃对前妻的"诅咒"。托尼·拉斯特去南美寻找一座失落的城的旅程也是沃的南美探险之旅，1932年12月2日，沃从蒂尔伯里启航并于12月23日抵达英属圭亚那，虽然沃并没有到达巴西丛林深处的大城市玛瑙斯，但于1933年2月4日到达了边境小镇博阿维斯塔。在抵达博阿维斯塔之后，沃通过写短篇小说消磨时间，他写的短篇小说《喜欢狄更斯的人》是《一》的故事原型。回到英国之后，沃因为资金短缺开始了写作任务，就此开始写作《一》这部小说。《一》最初在美国月刊时尚芭莎（*Haper's Bazaar*）连载，并且为了迎合消费市场，沃改编了故事的结局。在这个连载版本中，托尼·拉斯特没有被托德先生囚禁，反而乘坐着豪华游轮返回，受到了惩罚的布伦达向他要求和解，托尼同意了但是偷偷留下了布伦达在伦敦租的房子。托尼向比弗夫人继续租伦敦的房子这个结局，在有些学者看来是他决定背弃自己一直遵守的传统旧价值的开始：这套房子对布伦达来说具有什么功能，未来对于托尼来说也会具有同样的功能。

《一》在世界范围内的文学批评界激起了不小的火花，国内外学界就其中的人物、沃所处时代的道德崩坏、丛林奴隶主托德先生对英国殖民主义的再现以及《一》对狄更斯和康拉德作品的戏仿等角度对该文本进行了阐释。值得注意的是，在《一》这个文本中，英国贵族所承载的民族性和热带丛林的殖民主义之间的矛盾和张力体现了沃杰出的讽刺能力。拉斯特家族的祖宅赫顿庄园是文本中的一个重要意象，它与托尼·拉斯特的命运是紧紧相连的，具体而言，托尼的衰落和赫顿庄园的衰落是结合在一起的。米莫扎（Mimoza）注意到沃在《一》中对过去和传统的关注，他认为赫顿这座古老的建筑映射着托尼"对维多利亚时代价值观的敏感"①，诚然，赫顿庄园的维多利亚时期的建筑风格是托尼引以为傲并想要一直维持的，他本人仿佛就是这栋建筑的使用说明，他可以向每一个寄宿在赫顿庄园的客人详细介绍庄园的历史、每个房间的名字和使用功能以及庄园里的每一个藏品等。建筑的恒久性的确象征着历史传统的延续，而在麦基尔（Meckier）看来赫顿庄园是一个虚假的避难所，它所体现的传统跟托尼一样空洞，他认为赫顿没有任何辉煌的过去，因此托尼的表弟想让赫顿回到托尼在时的辉煌，"难免不是一个西西弗斯的困境"②。贵族的庄园是传统英国性的典型代表之一，因此苏（Su）从继承危机视角解读赫顿的价值，他认为与战后的其他小说一样，这座庄园是英国社会的怀旧对象，与连续性、传统和英国性有着长期的联系。③苏的论断无疑是正确的，赫顿不仅承载着拉斯特家族的历史，它作为贵族庄园也传承了英国贵族阶级的百年历史，因此它会向公众开放参观。艾斯提（Esty）从遗产话语视角来解读赫顿，但是与苏的角度不同，他认为赫顿这座庄园是沃"用来做一些对英

---

① Cemre Mimoza Bartu. The Doomed Struggle of Tony Last with the Society and the Individual in Evelyn Waugh's *A Handful of Dust*[J]. Gaziantep University Journal of Social Sciences, 2019(18): 2-4.

② Jerome Meckier. Why the Man Who Liked Dickens Reads Dickens Instead of Conrad: Waugh's *A Handful of Dust*[J]. Novel: A Forum on Fiction, 1980(2): 186.

③ John J. Su. Refiguring National Character: The Remains of the British Estate Novel[J]. Modern Fiction Studies, 2002(3): 553-554.

第三章 失落的文明：神话与文化记忆

国中心遗产和乡村别墅旅游的不太微妙的讽刺"①。艾斯提透视了英国怀旧话语的虚伪，他的解读直指英国政府为复兴民族神话而将希望寄托在贵族庄园以及维护英国性连续性的徒劳之上。《一》的前三章关注的是英国贵族所传承的民族性问题，而其后三章一改文风，辛辣地批判了英国的帝国殖民主义。伊夫林·沃对殖民主义的关注部分源自他的旅行，作为一名旅行作家，沃多年在非洲、南美等英属殖民地的旅游经历，使得他远离英国的帝国话语，近距离体会到了殖民主义的真实面貌，因此他小说通常都带有对英国殖民历史的讽刺。弗兰纳里（Flanery）就认为这篇小说充斥着"殖民焦虑"，萦绕着沃对殖民主义本质的恐惧。②混血土著托德先生是学界切入分析《一》中殖民主义焦虑的关键点，托德先生被学者解读为英国殖民历史的产物。③他不仅是其父亲殖民派维伊族人的遗留产物，同时还模拟了其父的殖民行为，对这片丛林进行了血缘的以及暴力的统治。实际上，《一》被学界看作对《黑暗之心》的戏仿，希斯（Heath）将托尼和托德的关系看作《黑暗之心》中马洛和库尔茨的关系④，只不过马洛逃脱了那片丛林，而托尼永远地被囚禁在了丛林里。将英国贵族囚禁在其所代表的国家的殖民历史里，是伊夫林·沃对殖民主义英国最深刻的讽刺。综上所述，从目前的研究现状来看，《一》中伊夫林·沃对英国传统的反思以及他对英国殖民历史的批判都是学界对该文本进行研究的焦点。但是《一》中暗含的英国悠久的光辉传统与其殖民历史之间的张力，更值得深思。托尼·拉斯特是英国光辉历史的继承者，在这条线索中，英国历史如同英国

---

① Jed Esty. A Shrinking Island: Modernism and National Culture in England[M]. Princeton: Princeton University Press, 2003: 221.
② Patrick Denman Flanery. Readership, Authority, and Identity: Some Competing Texts of Evelyn Waugh's "A Handful of Dust"[J]. The Paper of the Bibliographical Society of America, 2009(3): 340-343.
③ Patrick Denman Flanery. Readership, Authority, and Identity: Some Competing Texts of Evelyn Waugh's "A Handful of Dust"[J]. The Paper of the Bibliographical Society of America, 2009(3): 342.
④ Jeffrey Heath. The Picturesque Prison: Evelyn Waugh and His Writing[M]. Quebec: McGill-Queen's University Press, 1982: 119.

贵族的头衔一样在一代一代的世袭中从未断裂；托德则解密了英国邪恶的殖民历史，在这条线索中，英国不得不面对本民族光辉历史的虚妄。伊夫林·沃通过并置托尼和托德这两个人物，呈现出他对英国历史延续性的虚妄和其断裂本质的解读，以及他对战后英国期望重现民族神话的辛辣讽刺。

二、亚瑟王的传说：神话的民族动力

《大宪章》所宣言的民主与法治，绅士品格映射的骑士精神以及莎士比亚文学作品中的人文主义都是传统英国性的典范。伊夫林·沃无疑也关注着本国的传统，更具体而言，他在作品中制造了一种紧张关系：强烈的传统感和攻击它时的乐趣[1]，这也是学者对《一》批评的焦点。如上所述，阿斯曼将文化记忆视为一个将传统、历史意识、"神话的动能"（Mythomotorik）和自我定义结合到一起的文化的范畴，从文化记忆的角度切入《一抔尘土》这个文本，不仅要思考伊夫林·沃所要传达的传统和历史意味，"神话的动能"与传统和历史的关系也是不得不考虑的一个重要因素。神话的痕迹在《一》这个文本中无处不在，其中最主要的场所之一——赫顿庄园是基于亚瑟王和圆桌骑士的传说而建造的：

> 每间卧室的床架都是用黄铜制成的，且都镌刻了一圈哥特体文字的饰带，作为装饰；这些卧室是以马洛里、伊休特、伊莱恩、莫德雷德，还有梅林、高文以及贝德维尔、兰洛斯特、珀西瓦尔、崔斯特瑞姆、加拉哈德等等这些名字来命名的——他自己的更衣室叫做"仙女摩根"，布伦达的梳妆室则被称为"格尼维尔"。[2]

阿斯曼将神话视为一种特殊的回忆，它不是单纯地把过去作为产生时间层面上的、对社会进行定向和控制的工具，而且还通过指涉过去获得有

---

[1] Kathleen Emmet Darman. The World of Evelyn Waugh[J]. The Wilson Quarterly, 1978(2): 166.

[2] （英）伊夫林·沃. 一抔尘土[M]. 文泽尔, 译. 北京：人民文学出版社, 2018：16.

关自我定义的各种因素并为未来的期望和行动目标找到支撑点①，亚瑟王的传说无疑就是阿斯曼所定义的神话动力。这个公元5世纪左右出现的英国英雄人物和他的骑士们创建的行动法则为后世指明了前进的方向，亚瑟王传说中的骑士精神在历史发展中演化为英国的绅士品格，具有自我克制、无私、活力、治理才能、"支配和尊重"等相关特点，是英国民族文化的转喻②，托尼的行为举止就是对这种英国民族文化的见证和传承。托尼自小接受贵族家庭的骑士精神教育，他内化了骑士精神的生活法则，并以同样的准则教育自己的儿子约翰·拉斯特。他要求小约翰成为一个绅士，不能使用穷人们用来表达情绪的字眼，要学会"像一个拥有这么多财产的人那样去说话"，并且关心没有他那么幸运的人们，尤其是女人。③ 托尼是一个克制的绅士，当约翰被里彭小姐的马踢中不幸夭亡的时候，他的第一反应是"这对于那个姑娘而言，也太可怕了"④。在约翰的葬礼上，托尼没有流露任何私人感情，他没有流一滴泪，没有过分伤心，他最重视的是对来吊唁的人自己的礼节是否到位。除此之外，托尼和布伦达离婚的时候更是复刻了英国的绅士品格。作为在婚姻中被背叛的一方，托尼为了不让布伦达受到名誉上的伤害，宁愿将自己在公众面前刻画成不忠的形象，甚至面对布伦达提出的离婚要求，他也真正地认为她"所提的要求已经够好了"⑤。

神话是与个人的自我认同和群体的集体认同联系在一起的，神话讲述的故事以及传播的知识是一个集体用来构筑其统一性和独特性的基石。阿斯曼认为，规范性的智慧影响并建构了生活方式和习俗习惯，而定型性的

---

① （德）扬·阿斯曼. 文化记忆——早期高级文化中的文字、回忆和政治身份[M]. 金寿福，黄晓晨，译. 北京：北京大学出版社，2015：75.
② James Mangan. The Games Ethic and Imperialism[M]. Middlesex: Penguin, 1986: 180.
③ （英）伊夫林·沃. 一抔尘土[M]. 文泽尔，译. 北京：人民文学出版社，2018：27.
④ （英）伊夫林·沃. 一抔尘土[M]. 文泽尔，译. 北京：人民文学出版社，2018：149.
⑤ （英）伊夫林·沃. 一抔尘土[M]. 文泽尔，译. 北京：人民文学出版社，2018：182.

神话则影响和建构了对生活的阐释。①如阿斯曼所言，神话是集体认同感的重要来源，它解释了集体的过去是什么，同时又传承了集体中最核心的精神。小说中的托尼·拉斯特作为英国贵族的代表，他居住的城堡以及他自身的绅士品格是对亚瑟王和圆桌骑士神话的继承。哈布瓦赫认为，贵族通过代际传承从整体上延续了一个世代的传统和记忆，因此贵族阶级长期以来充当着集体记忆的首要维护者。②作为一个典型的英国贵族，托尼·拉斯特就是"过去的记忆的符号"③，他坚持住在有着数百年历史的祖宅赫顿"城堡"是基于传承家族传统、延续英国历史的责任感。赫顿庄园坐落在北约克（夏）郡④，约克郡拥有两千多年的悠久历史，英国国王乔治六世曾骄傲地说："约克的历史，就是英格兰的历史。"伊夫林·沃将拉斯特家族的历史安排在北约克郡发生，暗示了拉斯特家族见证了英格兰民族的历史。赫顿庄园因此也蕴含着"连续性、传统和英国性"⑤，建筑的物理恒久性对时间连续性的象征意味一目了然。故事的开篇，赫顿出现在比弗太太的口中，托尼一家把所有的一切都花在了那座房子上，照她想来那是个可怕的庞然大物。⑥在现代化的 19 世纪 30 年代，赫顿仍然维持着 1864 年被托尼的祖父全盘改建过后的哥特建筑风格，"如教堂般昏暗的大厅，它的天花板穹顶上，绘制了景色的菱形格纹……每间卧室的床架都是用黄铜制成的，且都镌刻了一圈哥特体文字的饰带，作为装饰"⑦。米莫扎在分析赫顿的建筑风格时指出，修道院的哥特式风格具有一种内涵，直指根基、

---

① （德）扬·阿斯曼. 文化记忆——早期高级文化中的文字、回忆和政治身份[M]. 金寿福，黄晓晨，译. 北京：北京大学出版社，2015：148.
② （法）莫里斯·哈布瓦赫. 论集体记忆[M]. 毕然，郭金华，译. 上海：上海世纪出版社，2002：216.
③ 王欣. 记忆和忘记：泰特《父亲们》中的历史意识[J]. 外国文学评论，2013（2）：96.
④ （英）伊夫林·沃. 一抔尘土[M]. 文泽尔，译. 北京：人民文学出版社，2018：6.
⑤ John J. Su. Refiguring National Character: The Remains of the British Estate Novel[J]. Modern Fiction Studies, 2002(3): 554.
⑥ （英）伊夫林·沃. 一抔尘土[M]. 文泽尔，译. 北京：人民文学出版社，2018：7.
⑦ （英）伊夫林·沃. 一抔尘土[M]. 文泽尔，译. 北京：人民文学出版社，2018：16.

第三章 失落的文明：神话与文化记忆

古老的传统和血统。① 诚然，托尼迷恋着赫顿庄园纯粹的英国性，于他而言"这座宅子绝对是英国式生活的一部分"，因此他一直隐居在赫顿乡村，与现代化的伦敦隔绝，不愿意去别人家里参加聚会，也不愿意将赫顿变成一间廉价旅社，让一堆不相干的人住进来，然后让这里充满闲言碎语。托尼倾尽所有财产维持着这个庄园，并且想要他的儿子约翰以后从他那里拿过接力棒，使赫顿一直保持着自他祖父以来的辉煌。

我们保存着对自己生活的各个时期的记忆，通过它们，就像是通过一种连续的关系，使我们的认同感得以长存。②个体层面上，托尼一辈子居住在赫顿庄园，他的房间像是"展现他少年时期各个阶段发展情况的画廊"：一幅放在相框里的无畏舰照片，他所上私立学校的一组照片，八年前他试着向布伦达求婚那段时间里布伦达的照片，洗礼仪式后布伦达和约翰的照片……③托尼的房间是储存他记忆的容器，在这里可视化地呈现了托尼各个成长时期的记忆。因此，住在这个房间里，托尼感到认同感和归属感。集体层面上，赫顿庄园仿佛是一个博物馆，不仅储存了拉斯特家族世代的记忆，还为大英帝国的文化记忆提供了场所。家庭小教堂，塔楼的大钟，珐琅器、象牙制品等收藏品，橡树画廊的每幅画，以及宅子最初的建筑蓝图、旧修道院的原始账本，还有托尼祖先的旅行日志④，无一不体现着拉斯特家族的历史连续性。

仪式当中许多步骤的顺序固定不变，而且它们各自具有一个特定的意义，所不同的是，这些意义源于遥远的神话，即一个绝对的过去，而不是

---

① Cemre Mimoza Bartu. The Doomed Struggle of Tony Last with the Society and the Individual in Evelyn Waugh's *A Handful of Dust*[J]. Gaziantep University Journal of Social Sciences, 2019(18): 4.
② （法）莫里斯·哈布瓦赫. 论集体记忆[M]. 毕然，郭金华，译. 上海：上海世纪出版社，2002：82.
③ （英）伊夫林·沃. 一抔尘土[M]. 文泽尔，译. 北京：人民文学出版社，2018：16.
④ （英）伊夫林·沃. 一抔尘土[M]. 文泽尔，译. 北京：人民文学出版社，2018：45.

源于自己的历史，或者说一个相对的过去。①除了恪守骑士精神，托尼仪式化的生活习惯也体现出了英国文化的历史连续性。阿斯曼指出记忆有"重复"（repetition）和"现时化"（presentation）两种不同的指涉方式，对应着两种关联模式：以重复为特征的"仪式性关联"，例如节日庆典仪式；以重构为特征的"文本性关联"，例如口述和文字书写。②托尼礼拜天的行程是一个颇为隆重的程序，这种程序，或多或少都是从父母在世时严格的仪式当中自发演变而来的。他每个礼拜天的上午都会身着庄重的服装（深色的西服套装和一件硬挺挺的白衬衫）来到教堂，礼拜仪式结束后，托尼会在门廊处跟牧师、牧师的姐姐以及村里的人们十分亲切地交流一会，然后从田间的小道回家。赫顿庄园每年都要举办圣诞的家庭聚会，家人聚在一起，在屋子里放圣诞树，戴圣诞帽，点燃室内烟火，挂格言横幅，这些年复一年的习惯对于托尼来说就是"这座宅子里的和睦与稳定"③。阿斯曼认为，仪式是储存知识的场所，只要一种仪式促使一个群体记住能够强化他们身份的知识，重复这个仪式实际上就是传承相关知识的过程。④因此，托尼重复仪式化的生活是传承英国文化的过程，于他而言，这种仪式化的生活习惯是要世代延续的，因此小约翰的日常生活完美地复刻了他的童年，起床、喝牛奶、吃饭、睡觉的时间都是规定好的，每周日去教堂也是固定的程序。由此可见，亚瑟王和圆桌骑士的神话以及由其演变而来的绅士品格规范了赫顿庄园里人们的生活范式。

---

① （德）扬·阿斯曼. 文化记忆——早期高级文化中的文字、回忆和政治身份[M]. 金寿福，黄晓晨，译. 北京：北京大学出版社，2015：89.
② 薛春霞. 文学作品对记忆的现时化——大屠杀文学的记忆重构、阐释与传递[J]. 国外文学，2019（4）：108.
③ （英）伊夫林·沃. 一抔尘土[M]. 文泽尔，译. 北京：人民文学出版社，2018：81.
④ （德）扬·阿斯曼. 文化记忆——早期高级文化中的文字、回忆和政治身份[M]. 金寿福，黄晓晨，译. 北京：北京大学出版社，2015：86-87.

三、丛林中的狄更斯：神话变体

亚瑟王和圆桌骑士作为远古神话是英国民族精神发展的神话动力，而出现在丛林里的"狄更斯"是维多利亚时期奠定的神话基础，抑或远古神话的变体，也是英国民族发展的动力。为什么狄更斯的作品可以被视为神话的变体呢？如阿斯曼所言，文化记忆关注的是民族和群体的过去和传统。但是即使是在文化记忆中，过去也不能被全盘保留，过去在这里通常是被凝结成了一些可供回忆附着的象征物。我们也可以这么说，在文化记忆中，基于事实的历史被转化为回忆中的历史，从而变成了神话。神话是具有奠基意义的历史，这段历史被讲述，是因为可以以起源时期为依据对当下进行阐释。出埃及是以色列人的起源神话，这与它是否具有历史真实性毫无关系：在逾越节上它被当作起源神话，它已进入这个民族的文化记忆之中。[①]亚瑟王和圆桌骑士的神话是英国所宣扬的绅士品格的神话动力，而狄更斯的经典作品则是英国全盛时期维多利亚时代奠定的另一神话。前者是对大英民族精神起源的叙述，是历史的；而后者是大英帝国扩张的文化动力，是现时的。

小说主人公托尼·拉斯特将传承赫顿精神，抑或以传统英国性为己任，因此当赫顿衰落了之后（约翰死了，布伦达有了外遇因而跟他离婚），他选择动身去巴西寻找一座城市。在他的幻想里，那座城市就是赫顿的完美复刻：……地毯和雨篷，织锦和丝绒，吊闸和堡垒，护城河上的水鸟和河边的金凤花，带着华丽尾巴的孔雀走过草地，如蓝宝石和天鹅绒般的天幕辉映下，白色大理石建造的塔楼里，那高高在上的银铃，正发出悦耳的奏鸣声。托尼希望在巴西能够重构他热爱的传统英国性，而讽刺的是，他在巴西丛林里遭遇了托德先生，一个"典型的殖民产物"[②]，并成为了他的囚

---

① （德）扬·阿斯曼. 文化记忆——早期高级文化中的文字、回忆和政治身份[M]. 金寿福，黄晓晨，译. 北京：北京大学出版社，2015：46.
② Patrick Denman Flanery. Readership, Authority, and Identity: Some Competing Texts of Evelyn Waugh's "A Handful of Dust"[J]. The Paper of the Bibliographical Society of America, 2009(3): 342.

徒。托德的父亲是英国人，曾在圭亚那传教，后来又娶了托德的母亲，一个巴西土著女人。因此，托德是一个殖民和被殖民的矛盾集合体，既具有英国记忆又拥有巴西丛林记忆。

小说中有两个传教士，一个是赫顿庄园里的教堂牧师，滕德里先生，另外一个就是托德没有名字的父亲。滕得里牧师拿着年久泛黄的笔记本，念着维多利亚时代写就的布道词：

> ……当我们在一周的这个庄严时刻，脱去帽子，站在这教堂里的时候，让我们铭记仁慈的女王陛下，此时此刻，我们在这里，祈祷她使我们长期免除不用去履行人世间最极端部分的责任，让我们铭记那些以陛下之名远离家乡的亲人。让我们铭记，即使广阔荒芜的大陆和宽广无边的大洋把我们重重隔开，我们也从未像这个星期天上午一样，与他们如此亲近。因为，我们对女王的忠诚，和她给予我们的福荫，使我们能够穿越沙丘，翻过高山，与他们紧密相连。我们和他们，都是陛下权杖和皇冠下的子民。①

这一段充满了殖民色彩的布道词，是滕得里牧师在卫戍部队教堂时组织编写的。他直接服务于大英帝国的军队，为殖民区的英国军人传播宗教和女王的福荫。而托德没有名字的父亲则通过文学作品在"野蛮"地区传播英国文化。托德有狄更斯全部的作品，当然都是他的父亲留下的。萨义德指出，帝国势力通过作家的作品向外扩张，艺术和科学是帝国的基础，是没有功利目的的保护色。②如同赫顿塔楼的那座钟在无形中规范了庄园的生活模式，丛林里的"狄更斯"也"颠覆社会关系，文化结构，并改变构成知识的本质"③。无数没有名字的传教士以文明开化的名义入侵土著

---

① （英）伊夫林·沃. 一抔尘土[M]. 文泽尔，译. 北京：人民文学出版社，2018：40-41.
② 爱德华·W. 萨义德. 文化与帝国主义[M]. 李琨，译. 上海：生活·读书·新知三联书店，2004：14-15.
③ Brian Richardson. The Trope of the Book in the Jungle: Colonial and Postcolonial Avatars[J]. The Conradian, 2011(1): 3.

第三章 失落的文明：神话与文化记忆

民族，因此在理查德森看来，文学，特别是维多利亚时代的经典英国小说，不是一种启蒙或救赎的手段，而是建立强制奴役的动机。[①] 用文学作品对土著民族进行奴役，其途径就是对当地人的思维方式进行限制，圈禁在殖民国的话语模式里。阿尔琼·阿帕杜赖研究了"本土"（native）一词的构造，他发现这个词在概念上与监禁的概念联系在一起。或言之，他认为"意识形态的限制和地方（place）的观念之间的联系是，限制当地人的思维方式本身是以某种方式被限制的，以某种方式与地方的周围环境联系在一起"[②]。托德父亲用狄更斯的作品对这片丛林的派-维伊族人进行驯化，同时也驯化了自己有着土著血统的儿子。但是值得注意的是，托德的意识形态并不像他父亲一样纯粹的英国化。

在这片丛林里，托德的父亲自小就给他读狄更斯的作品，因此托德既接受了维多利亚时代的绅士品味的教育又受到丛林野蛮人的伦理影响。[③] 身处于这两种完全不同的文化里，托德要怎样进行自我认同呢？阿斯曼认为，集体作为"我们"的认同先于个体作为"我"的认同而存在，认同是一种社会现象，是"与社会相互依存的"[④]。个体的身份认同是在社会框架下进行的，英国作为一个"集体"的形象投射在托德父亲身上，投射在狄更斯的作品中，因此当父亲死了之后，只会说英语但是不识字的托德和英国之间的连接就断开了。个体认同的形成必须经过与他人的交往和互动，一个人要在与他人的交往中构建个体的认同，就必须要和这些人生活在共同的"象征体系"，亦即共同语言、共同知识和共同回忆编码形成的文化意

---

① Brian Richardson. The Trope of the Book in the Jungle: Colonial and Postcolonial Avatars[J]. The Conradian, 2011(1): 3.
② Arjun Appadurai. Putting Hierarchy in Its Place[J]. Cultural Anthropology, 2000(3): 38.
③ Jerome Meckier. Why the Man Who Liked Dickens Reads Dickens Instead of Conrad: Waugh's A Handful of Dust[J]. Novel: A Forum on Fiction, 1980(2): 175.
④ （德）扬·阿斯曼. 文化记忆——早期高级文化中的文字、回忆和政治身份[M]. 金寿福，黄晓晨，译. 北京：北京大学出版社，2015：134.

义之中，包括共同的价值、经验、期望和理解。①一辈子生活在巴西丛林的托德是没办法在英国文化的框架下进行个体的自我认同的，因此他与狄更斯作品中宣扬的维多利亚时期的文化和价值始终是有距离的。当托尼给他阅读狄更斯的作品时，托德只能对故事情节和人物提出简单的评价，例如"我认为，戴德洛是个骄傲的人"或者"杰利比太太对孩子们照顾得不够"②，而与故事背景相关的问题，比如大法官的法庭程序，或是那个时代的社会习俗，托德是不会进行思考的。虽然托德喜欢听人朗读狄更斯的书，但是他对狄更斯的阅读是高度脱离语境的，他对狄更斯的兴趣源于自己的殖民欲望。

托德只能在派-维伊印第安族的集体记忆框架下进行个体的自我认同，更确切地说，是他父亲作为殖民者统治这片丛林的集体记忆。"父亲"作为记忆符号，选择它、再现它都意味着接受并记住过去的指令。③在父亲死后，托德模拟了他的殖民行为。托德利用自己在丛林中的黑白混血儿的地位，在荒野中建立了一个小帝国。④在这片丛林里他娶了很多派-维伊女人，派-维伊印第安族的男人和女人，大多都是他的孩子，这就如同滕得里牧师的那篇布道词所说，所有英国人都是女王的子民。托德先生不仅从血缘上统治这片土地，还有一个原因就是他有枪，因此草原上的人都会听他的话。用现代武器征服一个土著民族，这是典型的帝国军事殖民行为。托尼无意之间闯入了托德的"帝国"，被他囚禁，最终被他宣告了死亡。托德把托尼一直佩戴的手表作为死亡的证据交给了英国搜索队，后者就进入了永恒的

---

① （德）扬·阿斯曼. 文化记忆——早期高级文化中的文字、回忆和政治身份[M]. 金寿福，黄晓晨，译. 北京：北京大学出版社，2015：139-145.
② （英）伊夫林·沃. 一抔尘土[M]. 文泽尔，译. 北京：人民文学出版社，2018：297.
③ 王欣. 记忆和忘记：泰特《父亲们》中的历史意识[J]. 外国文学评论，2013（2）：101.
④ Cemre Mimoza Bartu. The Doomed Struggle of Tony Last with the Society and the Individual in Evelyn Waugh's A Handful of Dust[J]. Gaziantep University Journal of Social Sciences, 2019(18): 9.

存在。①自此，托尼的时间成为了丛林的时间，在这里没有光辉的、连续的英国历史，有的只是其背面，一段断裂的、邪恶的历史。托尼无疑对时间是敏感的，在丛林经历了一番冒险后，他在意识模糊之间说道："我可以告诉你们我在森林里学到的东西，就是时间是不一样的。"②赫顿庄园的时间是程序化的、重复的、连续的，托尼在赫顿形成的时间意识象征着英国历史和文化的连续性。具体而言，他在赫顿庄园的建筑风格中体验到的是家族和国家的历史连续感，他的骑士精神是数千年来国民身体力行的行为准则，而他仪式化的生活习惯是对历史不断的重复。而托尼在丛林体验到时间感则是对立的，这里的时间是脱离英国文化的。他在丛林揭开了英国社会选择遗忘的殖民历史，也因此打破了英国历史的连续性，赫顿庄园纯粹的英国性、骑士精神、英国传统都呈现为一个骗局。

四、殖民戏仿：重塑文化记忆

亚瑟王和圆桌骑士的传说是光辉的英国神话，它所传承的英国文化记忆是绅士的，它所蕴含的英国历史是连续的。而丛林中的狄更斯作为神话的变体，它所传承的英国文化记忆是殖民的，它所暗示的英国历史是断裂的。在连续和断裂的张力间，伊夫林·沃通过殖民戏仿的书写直面英国社会对殖民历史的集体失忆，并试图重塑英国的文化记忆。阿斯曼已指出书写是一种使记忆现时化的有效手段，伊夫林·沃的作品直指英国怀旧话语中的虚伪，他使代表英国文化的贵族托尼·拉斯特被殖民产物托德所囚禁，讽刺地再现了这段殖民历史。在哈布瓦赫眼中，过去是在现在的基础上被重新建构的。③而英国政府面对一个日益衰落的英国，尝试通过"修复型

---

① John Cunningham. "A Handful of Dust" Reconsidered[J]. The Sewanee Review, 1993(1): 119.
② （英）伊夫林·沃. 一抔尘土[M]. 文泽尔，译. 北京：人民文学出版社，2018：292.
③ （法）莫里斯·哈布瓦赫. 论集体记忆[M]. 毕然，郭金华，译. 上海：上海世纪出版社，2002：71.

的怀旧话语"①,即再现帝国历史,重建一个连续的、高尚的英国;而沃面对道德上麻木的英国,尝试通过书写再现一个真实的、暴力的英国。

在英国历史中,庄园一直是文学作品书写的对象。16世纪,英国文学以庄园为诗歌的抒情对象和小说故事的场景,塑造特有的庄园形象;17世纪的诗人开始极力赞颂庄园,呈现出田园牧歌式的美好景象;18世纪到19世纪前期,奥斯丁、哈代等小说家既描绘庄园的辉煌盛世,同时其作品中又弥漫着一种幻灭气息;19世纪中后期到20世纪时期,包括伊夫林·沃在内的现代作家开始解构庄园意识形态。② 由此可见,庄园在文学作品中的兴衰也见证了英国社会的兴衰。乡村庄园一直是"民族认同和国家秩序的象征力量"③,其作为传统英国性的代表,实际上就是阿斯曼所指出的集体认同的形象:集体构建了一种自我形象,其成员对这个形象进行身份认同。20世纪30年代,面对一个被一战所创,经济大萧条,传统日益被现代化的社会,英国政府提出了复兴"乡村英国"(Rural England)神话④,把庄园打造成社会缅怀的对象。沃的书写模拟了当时的庄园怀旧,因此他对赫顿庄园的直接描写以北约克郡的《导览手册》为开端,指出赫顿庄园的花园是向公众开放的,并且提交了书面申请的人可以参观庄园的建筑。从游览手册切入,沃暗示了赫顿庄园的公众性,这座贵族庄园不仅是拉斯特家族居住的房子,更是公众体验贵族文化,见证英国历史连续性的媒介。

沃的小说大多讽刺了英国期望"返回民族象征和神话",以实行民族复兴的修复型怀旧。他的第一部长篇小说《衰落与瓦解》就已经触及到英国贵族传统的崩溃⑤,他最负盛名的小说《旧地重游》(1945)在二战的背景

---

① (美)斯维特兰娜·博伊姆.怀旧的未来[M].杨德友,译.南京:译林出版社,2010:46.
② 叶少晖.伊夫林·沃小说《旧地重游》中的庄园形象[J].文教资料,2018(18):15.
③ 叶少晖.从讽刺到挽歌——论伊夫林·沃小说中的庄园书写[J].文化学刊,2019(2):124.
④ 曾魁."乡村英国"神话的祛魅——伍尔夫的《幕间》解读[J].南京师范大学文学院学报,2020(3):121.
⑤ 在这部小说中,庄园被改建为现代化建筑,其主人更是道德败坏的老鸨。

下思考了传统英国性灭亡的必然性①，而在《一抔尘土》中，沃对位贵族托尼和土著托德的殖民戏仿，更是辛辣地讽刺了英国修复型的怀旧。英国的殖民思维其实已经渗入到了公众的日常叙事中：在滕得里牧师念完那一篇称颂维多利亚女王，充满了殖民色彩的布道词（见本文第二部分）之后，有村民这么跟托尼说：“这位滕得里牧师对女王的评价很高嘛”；代表东方文化的珍妮·阿布杜尔·阿尔克出现在赫顿庄园激发了这个庄园的种族意识，托尼很不喜欢这个东方王妃，她充满了异域色彩的行为举止和气味都是他不能忍受的，同样的还有约翰的保姆，她对珍妮嗤之以鼻，并认为珍妮的气味把整个房间都熏臭了；天真的小约翰的话也反映出了贵族教育背后的种族意识——本说土著人根本就不是人类，本说犹太人比土著人更糟糕，这些殖民话语都暗示了英国文化的殖民基因，进而呈现出英国怀旧对象的虚妄性。

虽然大英帝国在20世纪20年代和30年代规模最大，但同一时期也是帝国权威消亡的开始。第一次世界大战之后的这几十年见证了印度独立运动、爱尔兰自由州的建立以及整个非洲的大规模劳工罢工②，伊夫林·沃处于这一时期，他从英国殖民扩张的过去出发，思考帝国怀旧的内核。伊夫林·沃为了探索英国前进的方向，派遣托尼去往南美③，这个肩负使命的贵族模拟了大英帝国的殖民路径。托尼·拉斯特和梅辛杰医生如同英国历史上无数的"探险家"，经海路来到了巴西丛林。值得注意的是，梅辛杰（Messinger）是对"信使"（"messenger"）的戏仿，如同托德没有父亲的名字，这个探险家自负着为土著民族带去文明的使命。而他最后惨死在雨林的河流里，是沃对这种帝国使命的讽刺。托德救活并囚禁了托尼，让后者日复一日地为他读狄更斯的作品。狄更斯是维多利亚时期的经典作家，

---

① 在这部小说中，贵族庄园衰败为军队的驻扎基地。
② Praseeda Gopinath. An Orphaned Manliness: The Pukka Sahib and the End of Empire in "A passage to India" and "Burmese Days"[J]. Studies in the Novel, 2009(2): 202.
③ Foster Kevin. Lost World: Latin America and the Imagining of Empire[M]. London: Pluto Press, 2009: 100.

沃使托尼重复阅读狄更斯的作品，实际上就是让他不停地审视那个时期英国文化的价值观念。博默指出，具有讽刺意味的是，托尼·拉斯特"发现自己是欧洲叙事的俘虏，被自己文化创作的经典小说所囚禁"①。诚然，托尼在丛林里阅读行为的重复，是对他在赫顿庄园中重复的仪式化生活的戏仿。托尼沉浸在贵族文化所代表的连续的、光辉的历史中，同样地，他被囚禁在英国社会一直选择遗忘的殖民历史里无法脱身。在故事的最后，托尼成为了赫顿庄园里的一座墓碑，暗示着他揭开的那一段殖民历史被永远地嵌进了英国历史里。因此，只要赫顿庄园是传统英国文化的代表，它仍然是英国怀旧的象征，那么这个国家就不得不正视这一段殖民历史。

小说家亨利·格林曾写信给伊夫林·沃，传达他对《一》结局的困惑："……结尾太棒了，但是跟小说其余的部分在一起是不协调的。你不是把两种东西混在一起了吗？书的第一部分刻画了一个人们可能遇到的真实的人……然后让托尼被一个疯子拘禁了，这引入了一个全新的音符，让我们立刻陷入了幻想。"②而对于沃来说，不仅英国贵族托尼·拉斯特是真实存在的人，野蛮人托德先生也是"人们遇到过，随时可能再次见面的人"③，这两个真实的人分别代表了英国历史的对立面。文化记忆有一部分可以被称作传统或传承，但这样的概念忽视了这个现象中"接受"以及越过"中断"而对过去进行的继承或延续的一面，也忽略了其消极的一面：遗忘和压抑。④通过殖民戏仿，沃并置了英国选择记住并想要传承的历史和这个国家选择遗忘、丢弃的历史。他的书写呈现了英国历史中被人为中断的那一部

---

① Patrick Denman Flanery. Readership, Authority, and Identity: Some Competing Texts of Evelyn Waugh's "A Handful of Dust"[J]. The Paper of the Bibliographical Society of America, 2009(3): 344.
② Edward Lobb. Waugh Among the Modernists: Allusion and Theme in *A Handful of Dust*[J]. Connotations. 2003/2004(13):134.
③ Edward Lobb. Waugh Among the Modernists: Allusion and Theme in *A Handful of Dust*[J]. Connotations. 2003/2004(13):134.
④ （德）扬·阿斯曼. 文化记忆——早期高级文化中的文字、回忆和政治身份[M]. 金寿福，黄晓晨，译. 北京：北京大学出版社，2015：27.

分,并挑战了英国文化记忆的现有模式。

伊夫林·沃是一位传统意识很强的作家,但是不同于他所处的英国社会,沃对自己国家的传统和历史是审视的、批判的。与他同时代的其他作家一样,沃发现20世纪30年代的英国已经不是理想之地了,他花了大量时间去旅行,主要目的地是非洲和南美那些原始未开化的地方①,《一抔尘土》就是改写于他的英属圭亚那游记。沃的旅游经历使他能够用旁观者的视角看待自己国家,也使得他与英国文化记忆之间产生距离。他的作品通常具有殖民叙事,暗示英国殖民扩张的历史,揭露英国伪装下的殖民霸权话语。《一抔尘土》在传统英国性衰落的历史背景下,对社会怀旧风潮的内核进行了思考。小说通过英国贵族托尼·拉斯特对赫顿庄园纯粹英国性的迷恋,对仪式化的生活的向往,以及他对英国骑士精神的恪守再现了英国对连续的、光辉的历史的继承,同时通过托德先生这个殖民产物披露了英国选择遗忘的殖民历史。通过殖民戏仿的书写,沃对位了托尼和托德,亦即英国历史的两个对立面。沃还试图还原英国邪恶历史的那个维度,挑战英国的怀旧话语,重塑公众的文化记忆。历史是一个建构的概念,它可以被延续,也可以被遗忘,延续和遗忘的动力以及两者之间的张力值得深思。

第三节　杰拉德之死:《恋爱中的女人》的神话隐喻和文化记忆

如同伊夫林·沃一样,D. H. 劳伦斯也是一个擅长使用"神话术"的作家,他的作品大多有着丰富的神话意象,《恋爱中的女人》也不例外。在这个文本中,劳伦斯通过用神话人物来隐喻其中的各个人物,尤其是两位男主人公鲁伯特·伯基和杰拉德·克瑞奇,作者利用他们之间错综复杂的

---

① Kathleen Emmet Darman. The World of Evelyn Waugh[J]. The Wilson Quarterly, 1978(2):166.

关系来影射 20 世纪初处于转型时期的英国的内在矛盾。伯基被批评家们解读为阿卡迪亚的保护神——潘神，而杰拉德是一个更为复杂的意象，他被解读为酒神狄奥尼索斯和日神阿波罗的集合体，同时该人物还具有该隐式的原罪。伯基，抑或潘神，代表的是劳伦斯向往的自然文明，而杰拉德代表的是工业文明，这两个人物之间的暧昧和博弈象征着 20 世纪初英国社会工业文明对自然文明的入侵。故事的结局杰拉德悲惨死去，劳伦斯以此来批判工业文明，并为之建构了一个必然死亡的命运。

一、D. H. 劳伦斯与《恋爱中的女人》

D. H. 劳伦斯是 20 世纪英国著名小说家、批评家、诗人和画家，他被批评界认为是 20 世纪英国最有成就，同时也是最有争议的作家之一。劳伦斯一生著述颇丰，包括 10 部长篇小说、11 部短篇小说集、4 部戏剧、10 部诗集、4 部散文集、5 部理论论著、3 部游记和大量的书信，其中代表作有《儿子与情人》《虹》《恋爱中的女人》和《查泰莱夫人的情人》等。《恋爱中的女人》讲述了两对情侣——鲁伯特·伯基和欧秀拉，以及杰拉德·克瑞奇和古迪兰——之间的爱情故事，通过他们的对话和思想，劳伦斯探讨了爱与自由、自然文明和工业文明的矛盾等议题。伯基和欧秀拉代表了积极正面的思想，他们为自然文明着迷，致力于打破旧思想的禁锢并寻找精神自由。而杰拉德和古迪兰则是他们的反面，杰拉德着迷于自己的机器王国，坚持非人的机器秩序，古迪兰则是自我的代表，她向往的是艺术家般的绝对自由，尽管这会造成牺牲。

劳伦斯出生于英国中部诺丁汉郡伊舍伍德镇的矿工家庭，他的父亲是矿工、酒鬼，不识几个字，而他的母亲是小学教师，具有一定的文化水平。劳伦斯父母文化水平具有差异，对孩子的教育风格也大相径庭，因此劳伦斯与父亲的关系比较僵硬疏远，与母亲的关系则非常密切。劳伦斯一生的工作经历和情感经历都很曲折丰富，工作上他当过屠夫、厂商雇员和小学教师。在私生活上，劳伦斯先与几个女人来往，后与妻子到处流浪，先后在几个国家和地区游历短住，包括澳大利亚、意大利、斯里兰卡、北非、墨西哥、法国。劳伦斯这样曲折动荡的人生经历导致他对现实持批判和否定的态度，同时也直接影响了他的写作主题和艺术手法。

人与社会、人与自然、人与人这三组关系一向是劳伦斯的写作关注的主题，其中人物之间的"性"（无论是男女、男男或女女之间的性和爱）以及由此隐喻的西方工业社会文明与自然文明的关系是他写作的拿手好戏，不过这也使得他饱受争议。在他著名的作品《儿子与情人》《虹》《恋爱中的女人》以及《查泰莱夫人的情人》中多次出现了大段的性爱场面，这样的创作手法大胆地突破当时社会的禁区，也挑战了英国文学的传统。对于劳伦斯来说，性不应该被压抑、被丑化，他认为性是生物最天然的欲望。劳伦斯将这种最天然的欲望视为人类寻求救赎的途径，通过淋漓尽致的性爱描写，劳伦斯展示了性的美及其重要性，展现了他对爱的赞颂，同时他也对使爱欲压抑、扭曲、异化的西方工业文明进行了有力的抨击。劳伦斯的创作方法基本属于现实主义范畴，他在书中对情感和性爱的描绘非常直白，毫不隐讳。因此，他本人以及他的作品在同时代饱受争议，甚至他的多部作品一度被列为禁书。《虹》曾经因为书中包含的女同性恋情节而被禁，《儿子与情人》被一位出版商称为最淫秽的书，而《查泰莱夫人的情人》更是在英国引发了一场淫秽丑闻，英国法院还因其中露骨的性爱场面以"猥亵罪"为名立案审查。

除了对性爱的描写，贯穿劳伦斯作品的另一主线是阶级意识。劳伦斯作品中常出现这样的情节，即来自两个不同阶级的男女结合在一起，这个主题显而易见主要来源于劳伦斯父母亲的结合。劳伦斯的父亲一辈子都是个矿工，他十二岁就下井干活，一直干到了七十岁左右。据劳伦斯自己所说，父亲的文化水平十分有限，他只能十分费劲地写一封短信。他的父亲也会浏览本地的报纸专栏文章，但这对他来说也不是一件容易的事情，他几乎弄不懂上面说的是什么，只能反复地询问妻子。劳伦斯坦白地说，对于父亲而言，报纸上的内容并不重要，重要的是这些矿工们在酒馆里闲扯这些政治和报纸上的事，拿这些东西胡编乱造一番。矿工的工资并不高，尽管如此，父亲总是在兜里藏点私房钱供自己下酒馆。与父亲相反，劳伦斯的母亲算是个中产阶级，她能说一口标准的英语，写一手好字并且能把字母写出花样儿来，除此之外，她还喜欢阅读乔治·艾略特和乔治·梅瑞迪斯的小说。出生并生活在这样一个由迥然不同的阶级结合起来的家庭中，劳伦斯的阶级意识是非常敏感的。劳伦斯的成长时期在无产阶级和中产阶级之间徘徊，因此他的阶级态度不是一成不变的，他不同时期的作品体现了他对中产阶级的态度变化以及自身的阶级认同的变化。劳伦斯曾说自己不属于任何一个阶级，并且因为阶级自己永远身处边缘，他进不到中产阶级的世界去，同时又脱离了劳动阶级。虽然劳伦斯声称对自己不属于任何一个阶级而感到满足，但实际上他的作品仍体现了他对中产阶级的关注，《儿子与情人》《虹》以及《查泰莱夫人的情人》等小说无不体现了他的阶级意识。

　　同性情感无疑也是劳伦斯作品关注的一个焦点，他在诸多小说中用大量的篇幅描绘了男人与男人、女人与女人之间细腻的暧昧场景，其中有直接的肉体描写，也不乏晦涩的精神联动。《恋爱中的女人》中主人公杰拉德和他的好兄弟伯基之间亦朋友亦恋人的感情神秘莫测，《虹》中也包含了同性恋情节。值得注意的是，劳伦斯作品中的同性情节远不是与异性恋对应的世俗情感，他赋予了同性情感尤其是男人与男人之间的情感以神秘的氛围。劳伦斯作品中常带有神秘主义的色彩，他对这种神秘而不可言说的精神的痴迷来源于他的旅行经历。他曾与妻子周游列国，到过非洲和墨西哥等远离西方文明的国度。这些国家崇尚的关于生命本源的知识不同于欧洲"文明社会"的科学知识，这些"未文明开化"的国度和人民（比如墨西哥的印第安人）向往自然，将生命直接与自然联系起来，并从中汲取生命的力量。劳伦斯在他们身上透视了生命的真谛，这种说不清道不明的力量，即人与自然晦暗而又真实的联系被劳伦斯倾注于男人与男人之间神秘的情感之中。劳伦斯习惯用自然的神秘主义来深化作品的主题,也正是因为这样的神秘主义让劳伦斯的作品晦涩难懂。他生前曾抱怨,三百年内无人能理解他的作品。但20世纪60年代以来,劳伦斯的作品解禁之后,便成为西方研究最多的作家之一,他也成为了中国读者最熟悉与喜爱的西方作家之一。①

《恋爱中的女人》是《虹》的续集,首次出版于1920年,学界普遍认为该作品代表了劳伦斯文学创作的最高成就。小说围绕着两对恋人——欧秀拉和伯基,古迪兰和杰拉德——的恋爱故事展开,对两性关系、工业文明与自然文明的冲突、人的存在问题、英国性的继承和英国民族文化记忆等话题进行了深刻的探讨。该小说用现实主义的手法写就,因此其故事的情节发展十分简单明了。欧秀拉在自己生活的小镇上当一名小学老师,她爱上了学校督查员鲁伯特·伯基,两人经历了几番感情上的你来我往最终有情人终成眷属。欧秀拉的妹妹古迪兰是生活在伦敦的艺术家,她爱上了工厂主杰拉德,两人之间有不少观念上的争执,最终以杰拉德惨死在雪山上告终。欧秀拉、古迪兰、伯基和杰拉德四个角色性格各异,下面对他们四个人物进行简单的介绍。

不同于同时代习惯相夫教子、照顾家庭的传统女性,欧秀拉是一个执着于追求自由和新世界的新女性。这首先体现在她的爱情观上,她要求对方必须尊重自己,将自己视为一个独立的个体。在与伯基确定恋爱关系并决定要结婚后,欧秀拉因父亲的反对曾离家出走过一段时间,这种离去的行为是她决心与一切旧事物决裂的象征,她想表明自己不是父权制的附庸,她的婚姻和人生只听从自己的内心,绝不会屈服于父亲的安排。与欧秀拉这个勤勤恳恳的小学教书匠不同,她的妹妹古迪兰早早地远离小镇到伦敦去追求自己的梦想。古迪兰是一个向往艺术家生活的女性,事实也是如此,她凭借着自己的艺术天赋涉足于伦敦上层社会,并以智慧和艺术才能获得

---

① (英)D. H. 劳伦斯. 恋爱中的女人[M]. 李政, 译. 北京:中国社会科学出版社, 2004: 13.

了上流圈子的认可。欧秀拉在恋爱过程中一步步发现自我，而古迪兰天生就具有张扬的自我和独立的个性，她丰富的社会阅历让她跟小镇上的传统女性截然不同。她不屑于名利，也不需要嫁一个有钱的丈夫来跨越阶级。古迪兰虽然年纪轻轻，但她早已看破世界的本质，因此她与杰拉德的恋爱注定失败。伯基是一个向往自然文明的生活方式、想要逃离社会现实的人，用两个词来概括他的生存状态，那就是独立和孤独。他反对社会现实的存在，于他而言，最理想的生活方式便是与自然融为一体。伯基被前女友赫曼尼失手打伤之后几乎丧失了意识，在无意识间他走进了寂静的山丘，摆脱衣物的束缚与身边的植物融为一体。对他来说，此时此刻与外界失去联系，在这个没有人世纷扰只有大自然和自我的时刻是最纯粹的时刻。杰拉德与伯基相反，伯基是自然主义的代表，杰拉德则是工业文明的代表，他象征着现代工业的冷酷和社会达尔文主义。杰拉德的代言词就是征服，他对待爱情如同对待工作，他想要女人臣服于自己。杰拉德是机器秩序的代表，于他而言工人是没有生命的，他们纯粹是为他所用的工具。同样地，杰拉德对古迪兰的冲动是欲望驱使的，因此他和古迪兰的爱情注定是失败的，他的个人悲剧影射了那个时代的悲剧。

  D. H. 劳伦斯的小说一向以其丰富的神话隐喻著称，《恋爱中的女人》也不例外，神话是国内外学界对该文本研究的一大焦点。学者冯季庆认为杰拉德小时候失手杀死了自己的兄弟，这"有意无意地出演了该隐的故事"[①]，因此杰拉德注定具有该隐式的原罪，同时也是该隐式的悲剧人物。与此同时，有学者将杰拉德视为希腊神话中酒神狄奥尼索斯的化身，而间接地害死杰拉德的勒尔克则是北欧神话中的邪神洛基，劳伦斯对酒神和洛基邪神的生动再现贴切地表现了小说主题，揭示了资本主义机械文明对人性的摧残，透过这些对应的神话人物，读者可以更清晰地洞察人物心灵深

---

① 冯季庆. 反现代性的修辞——D. H. 劳伦斯《恋爱中的女人》的情调[J]. 外国文学研究，2010（6）：83.

处的点滴,谙悉人物性格的复杂。①除此之外,王中心还将伯基视为森林之神潘神,酒神和潘神之间特别友好的关系与伯基同杰拉德之间的特殊感情形成了呼应②,杰拉德和伯基亦好友亦恋人的暧昧关系被蒙上了神话般的神秘主义色彩。同样地,该小说中的女性角色也被劳伦斯赋予了神话色彩,徐敬珍认为在这部作品中,劳伦斯借用了希腊神话中命运三女神的典故,将其与北欧神话糅杂在一起,以其作为神话原型,利用集体无意识来唤起读者的兴趣和共鸣,表达自己内心深处的感悟,从而完成他的主要创作意图并借此推广他的价值取向和世界观。③具体而言,她认为杰拉德的悲剧命运被操作在母亲——编织命运的洛索,妓女——计算生命长度的拉凯西斯以及古迪兰——剪断生命之线的阿特洛波斯手中。④国外学者唐纳德·伊茨曼(Donald R. Eastman)同样也关注该小说的神话意蕴,他认为劳伦斯在小说中隐藏的众多神话的暗示反映出他对历史脱节的担忧,而他那些具有神话色彩的角色具有连接过去和现在的功能⑤,这其实已经将《恋爱中的女人》的神话与同时期的英国文化记忆联系在了一起。由此观之,学者们在对该小说进行研究时,都发现了这样一个现象:20世纪的英国由于工业文明的发展而日益凸显出社会矛盾,理想的坍塌、信仰的瓦解、道德的败坏让劳伦斯深刻体会到了历史的断裂感,因此他借用神话隐喻失落的文明。但是,该小说中神话与英国性继承的问题,以及神话如何影射英国的文化记忆这一问题却少有人探究。基于此,笔者将神话置于文化记忆的框架之中,对两位男主角——伯基和杰拉德——各自所寓的神话意义以

---

① 王中心. 神话原型视域下的《恋爱中的女人》[J]. 南昌教育学院学报,2012(5):39.
② 王中心. 小说《恋爱中的女人》角色的希腊神话原型解读[J]. 南昌教育学院学报,2012(6):52.
③ 徐敬珍.《恋爱中的女人》之原型分析:命运三女神[J]. 甘肃社会科学,2010(3):28.
④ 徐敬珍.《恋爱中的女人》之原型分析:命运三女神[J]. 甘肃社会科学,2010(3):28.
⑤ Donald R. Eastman. Myth and Fate in The Characters of Women in Love[J]. The D. H. Lawrence Review, 1976, 9(2): 177-178.

及他们之间扑朔迷离的关系进行阐释，从而对该小说中体现出来的英国的文化记忆问题稍作探讨。

二、阿卡狄亚保护神：潘神伯基

由于伯基的形象与潘十分相似，国内外学者认为伯基象征着希腊神话中的潘神。在希腊神话中，潘的头上长着一对山羊角，下半身长着一条羊尾巴与两条羊腿，半人半兽的牧神潘是创造力、音乐、诗歌与性爱的象征。传说中潘是神使赫尔墨斯的儿子，他也是牧神、山林之神，一切荒野、丛林、森林、群山都是他的故乡，人类对潘神的崇拜起源于阿卡迪亚（arcadia）。历史上阿卡迪亚人是古老的原住民，在公元前12世纪多利安人开始入侵之前他们就生活在那里，世世代代过着与世隔绝的田园生活。从词源意义上来讲，阿卡迪亚（arkadia①）中的"ark"原意为"躲避"，后来又有了"方舟"的意思；"-adia"则指"阎王"；二者结合就是指躲避灾难的意思，因此阿卡迪亚的引申意义就是"世外桃源"。历史上，阿卡迪亚是一个独特又近乎封闭的地区，"阿卡迪亚幽闭、宁静的空间环境在催生出独特生产方式和生活习惯的同时，也衍生出独特的神话体系；这些神话又反过来影响了世世代代的阿卡迪亚人，使得他们坚信自己群体的生产、生活方式的神圣与不可替代性"②。而在关于阿卡迪亚的所有神话故事中，最能体现和解释阿卡迪亚人与自然和谐关系的就是潘神崇拜。③ 由此可见，劳伦斯将伯基视为潘神的象征，赋予了这个角色以阿卡迪亚保护神的形象。更具体来说，劳伦斯将工业文明发展之前的英国视为阿卡迪亚，而伯基传承的就是阿卡迪亚英国的自然文明和精神文明。

---

① arkadia 翻译自希腊原文，后经演变为 arcadia，现在多用后者。
② 曹波，姜承希. 阿卡迪亚与牧歌起源[J]. 河南师范大学学报（哲学社会科学版），2019，46（4）：146.
③ 曹波，姜承希. 阿卡迪亚与牧歌起源[J]. 河南师范大学学报（哲学社会科学版），2019，46（4）：147.

第三章 失落的文明：神话与文化记忆

小说伊始，劳伦斯精要地塑造了伯基的外貌，"伯基和克瑞奇一样瘦削，苍白的脸上露出些许病容。他身架窄小，但体形很不错。走起路来腿有些故意地拖沓。他的衣着很得体，但天生的气质却使他穿上这身衣服显得很滑稽"①。伯基看起来瘦小、苍白，面带病容，甚至有些滑稽，但是劳伦斯笔下的伯基并不是一个滑稽的小丑。劳伦斯又进一步对伯基的心理状态进行了阐释，"他习惯于装作一个普通人的样子，装得惟妙惟肖。他善于观察周围的气氛，并很快使自己适应周围的人和环境，表现得与其他凡夫俗子毫无区别。所以他经常能获得别人的好感，从而免遭攻讦"②。由此可见，伯基其实是一个聪明的人，在这个场景里看起来滑稽只不过是因为他不适应这种讲究礼节的正式场面，可还是不得不违心地去迎合世俗的观念。事实上，这段开场就已经奠定了伯基这个角色的基本形象——超俗的、不平凡的。伯基的首次出场是在当地名门望族克瑞奇家的女儿，同时也是他的好友杰拉德的妹妹的婚礼上。由于新娘的特殊身份，这场婚礼实际也是社交场。伯基碍于好友的身份，也穿上了体面的衣服，但他的性格让他不适应参与这样的场合，因此得体的衣服在他身上看起来滑稽。婚礼结束后，伯基参加了宴会，可他觉得杰拉德那奇怪、融入不进去集体的母亲才是他的同类，他感到自己和她一起成了两位叛逆者，成了众人的敌人。

如同阿卡迪亚的保护神潘神一样，伯基向往超越俗世的自然生活。他热爱动物、了解植物、了解自然，渴望与自然之间毫无保留地同在。婚礼宴会之后，几个男人散步到花园里。在劳伦斯的笔下，这个花园宛若阿卡迪亚，"这儿有一片草坪和几块花坛。花园边上是一排栅栏，将这一小块土地隔绝开来。这里景色迷人，一条林荫公路沿着山下的一坛浅湖蜿蜒而至。在明媚的春光里，湖面荡起微波。湖对面的树林里泛着淡紫色的光，充满

---

① （英）D. H. 劳伦斯. 恋爱中的女人[M]. 李政，译. 北京：中国社会科学出版社，2004：16.
② （英）D. H. 劳伦斯. 恋爱中的女人[M]. 李政，译. 北京：中国社会科学出版社，2004：17.

了勃勃生气。一群可爱的泽西乳牛来到栅栏旁，柔软的鼻孔里长满绒毛……"①，伯基斜靠在栅栏上，一头母牛正往他手上呼气。母牛是充满了生产性的意象，它与伯基的互动影射了后者作为阿卡迪亚保护神的形象，赋予了伯基自然的生命力。除了与动物的亲密互动，伯基对植物也很了解。伯基是小学的督学，在一次欧秀拉的基础植物学课堂，他为大家展示了如何画植物——雌花上有长而尖的红蕾头；在下垂着的黄色雄穗上，黄色的花粉从一处飞向另一处——于他而言，了解这些植物微小的特点，就如同了解小孩子的脸有两只眼睛，一个鼻子，嘴巴和牙齿一样自然。伯基对动物和植物的热爱最终来源于他对自然的渴望，在被赫曼尼失手打伤之后，伯基在失去理智懵懵懂懂的时候凭借着自己的原始冲动来到了荒凉的山谷里，并与山谷进行了毫无保留的交流：

> ……他想要某种东西。他感到很幸福，在这被灌木和花丛遮掩着的山坡上。他想触摸这一切，把自己消融在触摸中。于是他脱掉衣服，赤裸着，坐在樱草中间，双脚在草丛中慢慢移动。然后扬起双臂躺下，让花草抚摸着他的腹部和胸膛……他躺下来，在密密的清凉的洋水仙中打滚，他平卧在那里，柔软湿漉的青草覆盖身上，那草儿像一股气息，比任何女人的触摸都更温存、细腻、美妙。然后他把大腿放在黑黑的树枝刺毛上，接着他用大腿去碰粗硬的树枝，用肩膀去感受着树枝的抽打和撕咬。他紧紧抓住白色的杨树枝，把它贴在胸口，它们光滑、坚硬，长满了果实和疙瘩——这一切真是太好了、太好了，太让人心旷神怡，这是任何别的东西都不能代替的。只有这凉爽，这植物在人的血液中的奇特的渗透，才能使他满足。他多么幸福，因为有这些可爱、细腻、有灵性的青草在等待着他，正如他等待着他们一样……现在他知道自己属于哪儿。这儿才是他的地方，是他要融入其中的

---

① （英）D. H. 劳伦斯. 恋爱中的女人[M]. 李政，译. 北京：中国社会科学出版社，2004：28.

一个地方，而尘世对他来说并不重要。①

于伯基而言，自然中的一切都是有生命的，甚至植物的生命比人更有灵性，它们具有的生命才是真实的。灌木和花丛的触摸，树枝的撕咬，青草的可爱，这些都比人能让伯基觉得幸福和满足。

一方面，伯基对自然的渴望象征着潘神无拘无束的自然和乡村生活；另一方面，伯基与女人的交往则影射着潘神的肉欲，抑或原始冲动。伯基与赫曼尼对生命的见解有根本的区别，导致他们的关系从开始到结束一直具有张力。赫曼尼是米德兰地区最引人注目的女性，她的父亲是德比郡的旧派男爵，而她自己则是新学校出来的摩登女郎。赫曼尼的贵族背景以及自身接受的新式教育让她不同于该地区的其他女性，她有思想，有自我意识，是一个充满了占有欲和侵略性的人。因此，她与向往自然的伯基必然充满了冲突。在故事的开篇，伯基就看透了赫曼尼的本质，他认为赫曼尼"没有一具真正的躯体，一具黑暗、富有肉感的生命之躯"，她"没有肉欲，只有她的意志，以及对权势和知识的欲望"②。怎样才能拯救赫曼尼呢？伯基给出了他的药方，那就是打破想要征服一切事物的欲望，不再臣服于那善于思考的精神，唯有这样，赫曼尼才能成为一个有本能冲动和激情的女人，一个具有真正肉欲的女人。在伯基的哲学理念中，人类赤裸裸的动物行为才是纯意识的，纯精神的。伯基和赫曼尼对生命冲动的理解存在着根本的分歧，因此他们的关系一开始就注定会分裂。而欧秀拉的出现加速了他们关系的结束，伯基不得不向她承认他和赫曼尼的关系是一个完全的失败，除此之外，没有别的。

欧秀拉的名字是罗马女神戴安娜的名字，象征着"伟大的自然女神"，

---

① （英）D. H. 劳伦斯. 恋爱中的女人[M]. 李政, 译. 北京：中国社会科学出版社，2004：104-108.

② （英）D. H. 劳伦斯. 恋爱中的女人[M]. 李政, 译. 北京：中国社会科学出版社，2004：39.

这揭示了她在小说中的象征地位①，以及她和伯基结合的必然性。劳伦斯使用神话将故事中的人物按亲疏关系结合起来，暗示了一种共同的统治激情和一种相应的隐含的命运。②在伯基的启发下，欧秀拉内心的自然女神逐渐觉醒。伯基在欧秀拉面前阐发了他对人类的看法：

> 整个意识已经死了。人类本身已经腐烂，真的，无数的人体挂在树枝上，他们看上去还不错，面色红润，是些健康的青年男女，但他们其实是索德姆城的苹果，死海之果，或苦胆果。③

面对欧秀拉世界上还有好人的抗议，伯基继续说道："今天的生活看来还不错，但整个人类是一株爬满苦果的死树。"④劳伦斯借伯基之口，用形象的比喻再次道出了人类的腐朽。在上文中，伯基将青草、树枝和灌木拟人化，他们的触摸和撕咬让他感觉到了真实的生命。在这里，他又将人类比喻成挂在生命之树的果实，于他而言，生命不是人的主观能动，不是人的意识主导，而仅仅是受到了自然的给养。面对伯基的生命观，欧秀拉与赫曼尼的态度截然相反。赫曼尼与伯基据理力争她对文明、对知识的崇拜，而欧秀拉则觉得伯基的这番话太形象，太一针见血了。与伯基在一起，自然女神欧秀拉被自身的生命之火点燃，就如同一个神奇的超自然的女皇，而伯基也完全被她吸引，情不自禁地向她靠拢。

如果人类确曾有过天人合一的时代，那么阿卡迪亚人对此应该最有发言权。⑤在阿卡迪亚这个乌托邦，人们长期保持原始的生活方式，他们的生命的认知完全来自自然。而阿卡迪亚的保护者潘神更是自然的代表，传

---

① Donald R. Eastman. Myth and Fate in The Characters of Women in Love[J]. The D. H. Lawrence Review, 1976, 9 (2): 183.
② Donald R. Eastman. Myth and Fate in The Characters of Women in Love[J]. The D. H. Lawrence Review, 1976, 9 (2): 183.
③ （英）D. H. 劳伦斯. 恋爱中的女人[M]. 李政，译. 北京：中国社会科学出版社，2004：122.
④ （英）D. H. 劳伦斯. 恋爱中的女人[M]. 李政，译. 北京：中国社会科学出版社，2004：122.
⑤ 曹波，姜承希. 阿卡迪亚与牧歌起源[J]. 河南师范大学学报（哲学社会科学版），2019, 46（4）：146.

说中它半人半兽的外形足以说明阿卡迪亚人与自然合而为一的存在观。在人类的历史进程中，神话一直是文学书写的源泉之一。为什么劳伦斯选择将潘神以及阿卡迪亚作为阐释英国文化记忆的"回忆形象"①呢？对这个问题的回答需要结合劳伦斯所处的时代背景，英国19世纪末兴起的煤矿开采业破坏了劳伦斯家乡——伊斯特伍德镇——的生态环境，在这里他目睹了小镇的自然风貌一步步被工业文明破坏，人性在机械化下逐渐异化。②由此观之，劳伦斯塑造一个迷恋自然的角色伯基，刻画他在工业文明背景下的永恒孤独，并在他身上蕴藏关于阿卡迪亚英国的想象，是对工业文明无限制入侵自然文明的控诉。与伯基这个角色相对，另一个主角杰拉德则是工业文明的启示，而这两个角色之间暧昧不清的关系也值得探讨。

三、工业文明的启示：杰拉德

F. R. 利维斯曾说过："我认为对杰拉德的处理，是劳伦斯作品中最典型的通过一个人的心理的分析反映整个社会甚至文明的病态。"③ 诚然，杰拉德这个角色与伯基这个崇尚自然文明的角色处于对立的位置，他代表工业文明入侵下生命的退化、道德的衰败和社会的堕落。从神话的角度切入分析杰拉德，不难发现这个人物隐喻了不止一个神话传说。他不仅让欧秀拉"想起了酒神狄奥尼索斯"，他还"被清楚地描述为一个理性的阿波罗实业家"④，同时他还是圣经故事中残杀手足的"该隐"⑤。不同于伯基这个潘神的代表，抑或欧秀拉这个伟大的自然女神那般具有清晰的神话意蕴，

---

① （德）扬·阿斯曼. 文化记忆——早期高级文化中的文字、回忆和政治身份[M]. 金寿福，黄晓晨，译. 北京：北京大学出版社，2015：46.
② 仲苏. 论《恋爱中的女人》地理空间建构[J]. 名作欣赏，2022（6）：153.
③ 程悦. 整合与新生——《恋爱中的女人》中的个人主义思想分析[J]. 沈阳大学学报（社会科学版）. 2017. 19（2）：231.
④ Donald R. Eastman. Myth and Fate in The Characters of Women in Love[J]. The D. H. Lawrence Review, 1976, 9(2): 179.
⑤ Donald R. Eastman. Myth and Fate in The Characters of Women in Love[J]. The D. H. Lawrence Review, 1976, 9(2): 179.

劳伦斯赋予杰拉德的神话色彩是多层次的、复杂的。设立规则与打破规则，理性与非理性，表象与真实这些二元对立都集中在了杰拉德这个角色中，并最终使得他成为一个该隐式具有原罪的人。神话探讨的是人性的永恒话题，将神话传说与英国文化结合起来看，杰拉德又代表了19世纪末英国社会转型时期贵族阶级到资产阶级的过渡，因此他同时象征着这两个阶级，沾染着这两个阶级的弊病。

在古希腊神话中，酒神狄奥尼索斯是奥林匹斯的十二主神之一，他推动了古代社会文明的发展并确立了法则维护着世界的和平，同时又代表着人本能的、非理性的、狂欢性的力量。杰拉德无疑拥有这样的非理性的动物性力量，因为他金黄的头发，丰满的身躯都在狂欢之中。从外貌上看，杰拉德"皮肤被晒得黝黑……身材略高，相当匀称，穿着十分考究得体……在那北方人纯净的肌肤和金色的头发之中，闪烁着阳光透过水晶折射出来的光芒。他看上去那么富于朝气、光洁无瑕，纯洁得像是一只北极熊"①。杰拉德英俊高大的外表给人感觉充满了生气，拥有巨大的力量。他风采照人，男子气十足，在古迪兰看来他就像是一只脾气温和、不时微笑着的幼狼，他的图腾也许是狼，古迪兰心想。当杰拉德和赫曼尼、乔舒亚以及伯爵夫人一起游泳时，古迪兰又觉得他们像一群海豹。由此可见，在杰拉德命中注定的爱人眼里，他身上不时体现出原始的动物性。不仅如此，杰拉德的行为举止也是张扬的，非理性的，他可以我行我素丝毫不受他人的影响：宴会时为了召集大家入座，他从书架上顺手拿起一个大螺号，旁若无人地吹起来，刺耳的尖响震慑人心。杰拉德的非理性本能促使他在两性关系中处于征服的位置，无论是对普通女性角色，抑或有过一夜情的米纳特，还是跟他有情感纠葛的古迪兰。杰拉德天生的狼性让周围的女人很自然地靠近他，在和赫曼尼等人一起游泳的那个场景里，伯爵夫人、乔舒亚、赫

---

① （英）D. H. 劳伦斯. 恋爱中的女人[M]. 李政，译. 北京：中国社会科学出版社，2004：11.

曼尼、布雷德利小姐等女性角色像猫一样游过去找杰拉德,与他在阳光下说说笑笑。赫曼尼更是一动不动地将身子靠向杰拉德,后者一边享受来自赫曼尼的依靠,还不时将身子转向其他女人,享受来自女性的崇拜、痴迷的眼神和注视。

  这个场景是杰拉德和女性角色们在一起时的缩影,无论何时,只要杰拉德和女性站在一起,他就是核心人物,令所有女人都面向他、靠近他。而他也知道自己的魅力,肆无忌惮地在女性面前散发着自己野性的魅力,并心安理得地接受女人们的崇拜。与杰拉德有过一夜情的米纳特更是他狩猎的明确目标。经由伯基认识米纳特之后,杰拉德想要她投入自己的怀抱,"无知得像奴隶一样"。杰拉德对米纳特的冲动不是出于理性的爱,而是奴隶主对奴隶的占有欲。他想要女人臣服于自己,事实也是如此,他只要坐在那里,被太阳晒得黑黑的手臂散发出野性的味道,轻易就折服了米纳特。杰拉德跟女性的关系形象地蕴藏在他与那匹母马对峙的场景中,当他的马因经过的火车受到惊吓不受控制的时候,杰拉德没有远离火车,反而与它进行搏斗,驯服它:

  ……杰拉德的表情坚毅,他利刃般地紧贴住马背,并迫使它原地打转。马喘着粗气咆哮着,鼻孔像两个冒着热气的洞,嘴巴张得大大的,眼睛圆睁。但杰拉德不为所动,依旧是毫不手软地控制着它,就像一把剑刺入了它的胸膛。人和马都因对抗而大汗淋漓,但他看上去仍然很泰然自若,就像一束冷漠的阳光一样……那男人不可征服般骑在那马的身上,强有力的大腿紧紧夹住那受惊吓的马,完全控制了它,那胯部、大腿和小腿肚,似乎有种白色的柔和的磁力,左右着它,使它完全屈服。①

  在杰拉德的心目中,在两性关系中必须占据绝对的主动,女性在这一

---

① (英)D. H. 劳伦斯. 恋爱中的女人[M]. 李政,译. 北京:中国社会科学出版社,2004:108-110.

关系中仅仅像这匹被驯服的母马一样，只能妥协和降服。①古迪兰目睹了杰拉德驯服这匹母马的全过程，即使马的前蹄差点踏到自己，她也不害怕，反而像一个巫婆似的训斥杰拉德这样对马匹是太傲慢了。古迪兰尖锐地指出杰拉德对待他的马是一种欺负弱者的欲望，一种真正的权力意志。事实上，她是杰拉德唯一没有被驯服的目标，也因为她，杰拉德最终惨死在雪山上。

酒神狄奥尼索斯和阿波罗神之间的二元关系一直是哲学界关注的焦点之一，在《悲剧的诞生中》，尼采把狄奥尼索斯和阿波罗看作是希腊艺术文化的源头，并将希腊悲剧视为"阿波罗和狄奥尼索斯二元性"的结果。②所谓二元性，具体而言，阿波罗是个体化的本能，是设立界限的本能，由它产生了包括奥林匹斯诸神的神话在内的一个美的表象世界，使得人的存在和继续存在成为可能，其代价是与真实世界的分离；而狄奥尼索斯是原始世界的象征，以其醉与疯狂，打破和超越了基于阿波罗而建立的表象世界和一切规则限制。③酒神狄奥尼索斯是非理性的、狂欢的代表，而阿波罗神则是理性和秩序的象征。杰拉德身上不仅有酒神的影子，他还是一个明晰的阿波罗式的实干家，是工业文明秩序的代表。在第十七章《工业大亨》这章，劳伦斯花了大量笔墨来刻画杰拉德资本家的形象。他继承了父亲的位置，打造了自己的工业帝国，修建了矿山铁道，每节车厢上都印着白色的缩写字母："C·B公司"（克瑞奇公司），在这些字母上他看到了权力。杰拉德打破了父亲旧秩序的藩篱，赋予自己的商业帝国以新的秩序：

> 他十分严格而无情地去检查每一个细节，那里没有任何能够隐瞒的秘密，他逐一检查每一项旧的规定，过问每一个白发的老

---

① 刘洁.《恋爱中的女人》中的文化意蕴与动物形象[J]. 湖北工程学院学报，2020，40（1）：79.
② 王展伟. 狄奥尼索斯形象与尼采、叔本华的意志学说[J]. 安徽师范大学学报（人文社会科学版），2017，45（3）：344.
③ 王展伟. 狄奥尼索斯形象与尼采、叔本华的意志学说[J]. 安徽师范大学学报（人文社会科学版），2017，45（3）：344.

管理员、老职员和那些行动不便、领取养老金的人，然后像驱散垃圾一样把他们赶出去……他安排了他认为必要的抚养金，然后寻找一些能干的人来代替老职工，让这些老职工退休了事……杰拉德渐渐掌握了一切，然后开始了他的重大改革……一切都按照最准确、精细的科学方法运行，每个部门都被受过教育的有技术的人所控制着，矿工们沦为单纯的机器和工具……现在有了新的世界，新的秩序——它严格，可怕，非人，但其破坏性是令人满意的……他成功了，他使企业更新了面貌，变得异常单纯。煤产量超过了以往任何时候的纪录，他的绝妙、精细的制度实行得很完美……①

在劳伦斯的刻画中，杰拉德的阿波罗精神被赋予了非人的机器秩序精神，而他本人也成为了"机器的上帝"。杰拉德一代替他的父亲上任，旧的体系就产生了毁灭性的改变，他看透了自己的企业，并且立马意识到自己应该干什么。对于父亲一生中奠定的秩序基础，杰拉德不屑一顾地废除，他需要的就是让一切都服从于他的意志，无论是地下无生命的物质，还是地上为他工作的活生生的人。杰拉德变成了权力的化身，他自身就代表着完美的机器和制度，一种纯粹的机械重复。父亲奉行的人道主义政策被杰拉德视为一个笑话，父亲对待企业对待员工的处事原则以及他的信仰都被杰拉德践踏，所有人道主义色彩在杰拉德的政策中都不存在，他的准则只有一个，那就是"纯粹机器化"。

酒神狄奥尼索斯和日神阿波罗的二元性集中在杰拉德身上，使得他成为一个原生矛盾的人，理性和非理性、本能的和智性的都是他的代言词。杰拉德同时具有酒神狂欢特质所蕴含的反等级秩序力量，以及阿波罗神秩序精神体现的非人化。在劳伦斯的笔下，这样的双重性和矛盾性使杰拉德成为一个具有原罪的人物，他甚至用圣经故事里的该隐来隐喻这个人物。

---

① （英）D. H. 劳伦斯. 恋爱中的女人[M]. 李政, 译. 北京：中国社会科学出版社，2004：222-224.

从欧秀拉和古迪兰的谈话中,劳伦斯透露出杰拉德小时候杀死自己亲弟弟的隐情,"他和弟弟一起玩一支枪,他让弟弟看着子弹上了膛的枪管,他开枪了,结果他弟弟的头被打开了花……那是一支在马厩里放了很久的老枪了。没人会想到枪会走火,更没人想象得到枪里还有子弹"①。古迪兰将这悲剧事件定性为"纯属偶然事故",而欧秀拉的一番话却点出了劳伦斯设置这一情节的动机,"说不定在它背后有一种藏在潜意识里的动机……其中或许隐藏着一种原始的杀人冲动……我是不会去扣扳机的……凭直觉人们就不会做的——也不可能这么做"②。诚然,杰拉德杀死弟弟不是因为男孩子的淘气,而是劳伦斯给他命定的原罪。杰拉德是一个注定要毁灭的存在,以该隐为标志,他的命运是不可避免的灾难。从神话和文化记忆的同构性角度切入,杰拉德的二元性矛盾不仅体现于他该隐式的命运,同时也体现在他对英国文化的认同障碍。一方面,杰拉德是一个贵族后代,他的身份、他所受的教育以及他践行的生活习惯仍带有英国传统贵族的骑士准则;另一方面,他非人的机器工业思维切断了他与传统英国性的联系,这样的矛盾使得他产生了认同障碍。神话是与认同联系在一起的,神话对"我们"是谁以及"我们从哪里来"和"我们所处何处"这些问题给出了答案③,劳伦斯借助神话对以杰拉德为代表的英国社会转型时期的人们的认同问题作出了探讨。

四、注定毁灭的该隐:杰拉德之死

19 世纪末英国社会的巨大转变,庄园和矿区、自然文明和工业文明、贵族传统和资产阶级道德观等矛盾致使杰拉德成为一个注定毁灭的"该

---

① (英)D.H.劳伦斯.恋爱中的女人[M].李政,译.北京:中国社会科学出版社,2004:46.
② (英)D.H.劳伦斯.恋爱中的女人[M].李政,译.北京:中国社会科学出版社,2004:46-47.
③ (德)扬·阿斯曼.文化记忆——早期高级文化中的文字、回忆和政治身份[M].金寿福,黄晓晨,译.北京:北京大学出版,2015:148.

隐"。神话传说从来就是建构民族认同的古老资源，在近代以来，尤其是19世纪的欧洲更是得到了空前的重视。① 劳伦斯在《恋爱中的女人》中大量移用了神话传说，阿卡迪亚的保护神潘的传说、自然女神欧秀拉的故事、酒神和日神二元性的悲剧呈现以及注定毁灭的该隐式隐喻。结合劳伦斯的所处时代，不难发现其写作目的是以神话隐喻自己的国家和民族。19世纪末20世纪初的英国失去了现代文明的早期活力，宗教、道德、教育、民主的理念遭到了空前的质疑，传统文明的消解与机械工业制度的肆虐导致人类的主体性零落，原本和谐的生命被权力意志控制，人沦落为了机器。劳伦斯利用神话的凝聚性结构诘问英国、英国性和英国传统的未来，批判工业文明的非人秩序。

英国社会转型期最明显的变化是景观的变化，在《恋爱中的女人》中并置了两种景观，一是杰拉德日常生活中的肖特兰兹庄园，其明显特征是美丽、和谐的自然风光，与之对应的是贝尔多弗煤矿小镇，这里处处扬灰，肮脏不堪。工业的发展以及因此而兴起的煤矿开采业给贝尔多弗地区造成了严重的环境污染，这里的田野是黑暗肮脏的，山坡远远望去像是蒙着一块黑纱，黑色的空气里徐徐升起灰色的烟柱。值得注意的是，往上冒着黑烟的矿井的不远处是肖特兰兹，杰拉德的宅邸就在这里。坐落在窄小的威利湖上方的坡顶上，那里有长长的一排房屋，对面有一片舒缓下斜的草坪，很像是个公园，而在窄小的湖面那边，是一座树木葱茏的小山，有几棵参天大树耸立着。小说中另一个贵族角色赫曼尼的布雷多利庄园同样也有迷人的景色。这是"一座有着乔治王时代的建筑，里面有古希腊柯林斯式的圆形柱子，它坐落在德比郡平缓、翠绿的山谷中，屋前有一块草坪和一些树木，再下面是空旷幽静的公园……再往后是一片森林"②。哈布瓦赫认

---

① 黄悦. 传奇的颠覆与重建——《被掩埋的巨人》中的神话与记忆[J]. 长江大学学报（社会科学版），2020，43（5）：28.
② （英）D. H. 劳伦斯. 恋爱中的女人[M]. 李政，译. 北京：中国社会科学出版社，2004：80.

为代际传承从整体上维持了一个世代绵延的传统与记忆，因此较为稳固的贵族阶级长期以来充当着集体记忆的首要维护者。① 正如他所言，贵族的庄园首先就体现出了该阶级对英国性的继承，不同于现代文明影响下的城市景观，庄园的建筑维持着数百年前的样子，因此蕴藏了贵族的、英国的历史。劳伦斯赋予杰拉德的第一个原罪就是英国贵族传统与新兴资产阶级的冲突，这也体现在他与父亲的矛盾上。在故事的伊始，劳伦斯就埋下了这对父子矛盾的伏笔。在婚宴开始时，妹妹责怪杰拉德把父亲忘记了，而杰拉德则不屑地说父亲已经休息了。随着故事的发展，这矛盾背后的原因也逐渐被解开了。父亲严格遵守英国的骑士准则，这一由亚瑟王和圆桌骑士的传说演化而来的绅士品格，具体而言就是自我克制、无私、活力、治理才能、"支配和尊重"等相关特点，这也是英国民族文化的转喻。② 与之对比，杰拉德则完全抛弃了英国传统的绅士品格，反而沾染上了资产阶级的自私自利的弊病。父亲一生正直、善良，对他人常怀怜悯，他用怜悯代替了仇恨，怜悯成了他的保护伞，成了他的常胜武器；他乐善好施，爱邻如宾，甚至爱邻胜过爱自己，他雇佣了很多劳动力，同自己的工人们同心同德，他崇拜工人们身上体现出来的最崇高的、伟大的、同情人类的品德。杰拉德是反对乐善好施的，他对一切都出奇冷漠。与父亲对待工人善良真诚的态度不同，杰拉德以作用来衡量一个矿工的价值，对他来说，一个好的矿工就是发挥了他的作用。他将所有员工视为自己企业帝国里的纯粹的工具，而个人的痛苦和感情根本不算什么。就算是对待动物，杰拉德和父亲的态度也截然不同。杰拉德为了征服一匹马而不惜伤害它，他的父亲则永远不会那样对待动物。

杰拉德第二个该隐式的原罪体现在他身上的自然文明和工业文明的矛

---

① （法）莫里斯·哈布瓦赫. 论集体记忆[M]. 毕然，郭金华，译. 上海：上海世纪出版社，2002：216.

② James Mangan. The Games Ethic and Imperialism[M]. Middlesex: Penguin, 1986: 180.

盾，这集中体现在他与伯基的关系中。如上文所述，伯基是自然文明的保护神，他和杰拉德之间若即若离的关系贯穿了整个故事。在故事的伊始，杰拉德和伯基之间就有一种暧昧感，"交谈总是让他俩产生一种可怕的亲密的关系，既不是恨也不是爱，或者兼而有之……他们的表情显得很冷淡，好像这只是微不足道的事，可他们燃烧的心相互映照着"①。在故事的后半段，劳伦斯用更暧昧的文字呈现了杰拉德和伯基赤身肉搏的场景：

> 他们开始正式摔斗。他们几乎使自己的雪白的身体非常紧密地挤靠在一起，仿佛是想融为一体……他似乎穿透到杰拉德那结实而魁伟的身体内，将自己的身体和对方的身体融合在一起，以便能够神奇地降服它……两个白皙的身影越扭越紧，越扭越近，斗成一团……这一团紧紧缠绕在一起的肉体在古褐色的书墙之间默默地搏斗着，不时传出急促的喘息和叹气……最后，杰拉德终于无力地躺倒在地毯上，胸脯由于喘着粗气而大起大伏。伯基则跪在他身边，身体压在他身上，几乎没有知觉……②

在这个场景中，劳伦斯用杰拉德和伯基的肉搏影射自然文明和工业文明之间的搏斗，而伯基最后累倒在杰拉德身上，正是劳伦斯同时代工业文明最终入侵和压制了自然文明的呈现。在故事的最后，杰拉德惨死在雪山上，劳伦斯也解开了这两个男人之间的爱情之谜，那就是伯基一直爱着杰拉德。杰拉德和伯基两人从若即若离的暧昧，到肌肤相亲的赤身搏斗，再到杰拉德之死让伯基审视了自己对他的爱，实际上，这一过程也是劳伦斯面对自然文明和工业文明的冲突时的态度。阿斯曼认为，神话反对现实，才有可能进一步发展为革命性的神话动力。③ 具体而言，神话可以对人类

---

① （英）D. H. 劳伦斯. 恋爱中的女人[M]. 李政，译. 北京：中国社会科学出版社，2004：31.
② （英）D. H. 劳伦斯. 恋爱中的女人[M]. 李政，译. 北京：中国社会科学出版社，2004：265-266.
③ （德）扬·阿斯曼. 文化记忆——早期高级文化中的文字、回忆和政治身份[M]. 金寿福，黄晓晨，译. 北京：北京大学出版社，2015：77.

生活中的文化和个人面对的危机作出回应,通过文化传统来赋予生活中的危机以意义。劳伦斯用神话传说对社会危机作出了回应,对传统英国性和自然文明何去何从的问题给出了自己的答案。劳伦斯曾说过自己不属于任何一个阶级,他的这个观点也体现在了该小说中。作为传统英国贵族代表的杰拉德的父亲逐渐让位于杰拉德,并且病死在了床榻上,这代表着英国的贵族阶级最终将会消失在历史长河里,让位于新兴的资产阶级。而杰拉德所代表的新兴资产阶级最终因为自己的傲慢惨死在了雪山上,劳伦斯借此抨击伪善的、自私自利的资本家,于他而言,这个阶级的出现和发展使得自然文明被摧残,人和自然的和谐被打破,因此也会因果自受、最终消亡。伯基代表的自然文明和杰拉德代表的工业文明几经纠缠,纵然自然文明一度被工业文明所打败,但是劳伦斯始终相信最后的结果会是自然文明的胜利。通过神话的隐喻,劳伦斯想要表达这样一个信念:纵然英国文明一度被传统贵族精神所代表,并且正被资本主义工业所摧残,但它的未来是属于自然文明的。

本章小结

本章通过分析伊夫林·沃的《一抔尘土》和 D. H. 劳伦斯的《恋爱中的女人》集中探讨了神话和文化记忆的关系。神话自古以来就是一个重要的议题,它涉及了人类生活的方方面面,包括人类学、哲学、文学、仪式、生物学、社会学和心理学等领域。在古希腊时代,亚里士多德将神话阐释为故事、叙述或情节,而此后神话被视为与基督教义相悖的异端邪说,它的含义在历史中一直处于贬抑地位,一直到尼采和海德格尔为其正名,将之视为趋近真理的思维方式,此后荣格将神话与人类无意识联系起来。弗莱的神话–原型批评将神话引入文学批评的范畴,认为文学是神话的移位,至此,神话成为了文学和文化研究领域里一个重要的维度。神话不仅在文学领域里得到了重视,并且成为文化研究的有效工具。在扬·阿斯曼的文

第三章 失落的文明：神话与文化记忆

化记忆框架内，神话与传统、历史意识和自我的定义结合了起来。在他看来，神话指涉过去，它对历史上英雄时代的回忆凸显了现实中已经失落的东西，而同时它提供的可供群体回忆的象征物以及以此为基础的仪式的展演又使得过去的记忆一直保持着鲜活的状态。神话这样的双重属性体现了它的两个作用，即奠基作用与现实对立的作用，这两个作用直接作用于神话与群体认同的关系。群体通过对自身历史的回忆、对起着巩固根基作用的回忆形象的现时化来确认自己的身份认同，并为指导群体前进、树立自我形象的过程中提供神话动力。总而言之，神话与自我定义、身份认同有着紧密的联系，回答了群体关于"我们是谁"的问题。《一抔尘土》和《恋爱中的女人》正是借用神话隐喻同时代失落的英国文明，并基于神话和文化记忆的关系来回答20世纪初的"英国性是什么""英国性由谁继承"以及"英国该何去何从"的问题。

伊夫林·沃在《一抔尘土》中沿用了其辛辣的笔锋，讽刺了20世纪初英国社会对民族神话的怀旧风潮，并揭露了帝国殖民主义的真实面貌。贵族托尼·拉斯特继承了由亚瑟王和圆桌骑士神话演变而来的民族精神和绅士品格，他一生以保有家族百年来的荣誉为目标，因此对祖宅赫顿庄园和仪式化的生活习惯持有偏执性的迷恋，他这个人成为英国历史的传承载体。狄更斯的经典作品是热带丛林里的神话，这些作品是混血土著托德先生的精神寄托和行为准则，他对丛林土著的统治模拟了其父亲——一个英国传教士——的殖民行为，沃通过塑造这样一个形象再现了英国的殖民历史。历史是一个建构的概念，在《一抔尘土》中，托尼和他的贵族家族象征着英国引以为傲的光辉历史以及传统英国性的延续，而殖民者托德则象征着这个国家选择遗忘的历史，他披露的是英国邪恶的殖民主义以及传统英国性的断裂。在连续和断裂之间，沃通过殖民戏仿对位托尼和托德，再现了英国的殖民记忆。20世纪初的英国不得不面对本国历史的继承危机，它试图通过重现传统英国性话语，如对贵族庄园的开发，来延续传统英国性。伊夫林·沃是一位传统意识很强的作家，但是不同于其国家，沃对英民族的传统和历史持有审视的和批判的态度。他的作品通常暗含反殖民主义叙事，在暗示英国殖民扩张历史的同时揭露其戴着伪装面具的殖民霸权话语。文化记忆的概念中有一部分是传统和传承，但这同时也意味着记忆主体忽视了传统可能出现的中断，以及记忆主体主动的遗忘和压抑。20 世纪 30 年代英国社会的怀旧风潮，正是"忽视中断"和"对殖民记忆的遗忘和压抑"的表现。面对着英国政府掀起的民族神话的怀旧风潮，沃通过自己的书写揭示传统英国性的虚妄，并试图抵抗英国对殖民历史的集体失忆。

《恋爱中的女人》的写作背景同样是一战后面临着转型危机的英国，与伊夫林·沃关注的英国的帝国殖民主义不同，D. H. 劳伦斯则更多关注于英国工业文明对自然文明的入侵，对人类精神的扭曲。20 世纪初的英国经历了工业大发展，资本主义的兴起使得西方传统价值加速崩塌、信仰瓦解、道德败坏，出生于矿工家庭，从小生活在矿区的劳伦斯对此更是体会深刻。在该小说中，他借用神话隐喻了西方失落的文明。自然文明和工业文明的冲突集中体现在两个男主人公——伯基和杰拉德——身上，前者象征着阿卡迪亚的保护神潘神，而后者更复杂地隐喻了酒神、日神和该隐。伯基如同潘神一样，是自然文明的保护神，充满自然力。杰拉德不仅拥有酒神一样的非理性的狂放，还是如同日神阿波罗那样的实干家，同时还是具有原罪的该隐。杰拉德具有的第一个原罪是英国贵族与新兴资产阶级的矛盾，他既是一个传统贵族，又是一个工厂主。杰拉德英国贵族的气质随着其父亲的死亡、他本人的高度机械化而逐渐消亡，这说明了在劳伦斯看来英国贵族阶级的统治地位在历史的长河里必然会让位于资产阶级。杰拉德的第二个原罪则是自然文明和工业文明的矛盾，这体现在他与伯基暧昧的博弈中。伯基代表的自然文明和杰拉德代表的工业文明几经纠缠，最终以杰拉德惨死告终。由此观之，劳伦斯是倾向于自然文明的，于他而言，传统英国性是属于自然文明这个维度的。无论是对殖民主义的反思，抑或是对工业文明的鞭笞，伊夫林·沃和 D. H. 劳伦斯都试图以文学作品的形式帮助他们的国家和人民进行记忆。

参考文献

[1] 约翰·维克雷. 神话与文学[G]. 潘国庆, 等, 译. 上海: 上海文艺出版社, 1995.

[2] 诺思洛普·弗莱. 文学的原型[A]//吴持哲. 诺思洛普·弗莱文论选集[G]. 北京: 中国社会科学出版社, 1997.

[3] 扬·阿斯曼. 文化记忆——早期高级文化中的文字、回忆和政治身份[M]. 金寿福, 黄晓晨, 译. 北京: 北京大学出版社, 2015.

[4] JED E. A Shrinking Island: Modernism and National Culture in England[M]. Princeton: Princeton University Press, 2003.

[5] JEFFREY H. The Picturesque Prison: Evelyn Waugh and His Writing[M]. Quebec: McGill-Queen's University Press, 1982.

[6] JAMES M. The Games Ethic and Imperialism[M]. Middlesex: Penguin, 1986.

[7] 莫里斯·哈布瓦赫. 论集体记忆[M]. 毕然, 郭金华, 译. 上海: 上海世纪出版社, 2002.

[8] 斯维特兰娜·博伊姆. 怀旧的未来[M]. 杨德友, 译. 南京: 译林出版社, 2010.

[9] FOSTER K. Lost World: Latin America and the Imagining of Empire[M]. London: Pluto Press, 2009.

[10] 保罗·康纳顿. 社会如何记忆[M]. 纳日碧力戈, 译. 上海: 上海人民出版社, 2000.

[11] 皮埃尔·诺拉. 记忆之场[M]. 黄艳红, 等, 译. 南京: 南京大学出版社, 2015.

PART

―――
第四章

民族性的操演：
身体与文化记忆

FOUR

在 19 世纪至 20 世纪初的英国文学中，身体作为英国民族性文化记忆的建构媒介具有举足轻重的地位。身体在西方哲学中长期处于被动或被忽略的地位，但在 19 世纪末，身体一跃成为各思想领域的关键词。英国在这一时期处于现代转型的阶段，人们的身体观随着城市现代化发展、时空观变革和社会转型等历史文化变迁产生了重要转变，身体的经验本身受到人们的关注。该时期的许多作家，如福特·马多克斯·福特、E. M.福斯特（E. M. Forster）和詹姆斯·乔伊斯、劳伦斯等，都十分关注文学对身体的呈现。与此同时，现代时间观解构了人们传统的记忆观念，记忆不再是对过去事件的客观复述，记忆的建构性、复写性和矛盾性逐渐被暴露。在这一时期，记忆不再被视为对过去的精准再现，古老的客观记忆被记忆建构观所取代。此外，记忆研究开始具有社会维度，个人记忆的集体框架被发现，由此引发了对文化记忆、集体记忆、社会记忆的探讨。身体姿态、技术和各种实践作为记忆的媒介不仅指涉了个体的私人记忆，还在文化记忆层面上成为过去事件的符号。在 19 世纪至 20 世纪初，面对美国的兴起和殖民主义的式微，英国面临民族身份传承危机，作为殖民地的爱尔兰也面临民族性建构的挑战，英国处于内忧外患的至暗时刻。该时期文学作品中的身体作为文化记忆的媒介为读者再现了英国性身份认同的困境和爱尔兰民族遭受压迫的境况。

第一节　记忆的身体媒介

记忆的产生与传承需要媒介作为物质载体，不论是早期的岩壁画、象形文字还是后来发展形成的表音书写文字和现代绘画，它们都是记忆的外在媒介。除此以外，记忆的媒介还包括场所、身体、物件等，记忆的载体形式多样，对记忆储存的时间也各不相同。然而，虽然从古典时期至今，宗教仪式、身体手势、服饰、身体仪态都是文化传承必不可少的元素，但身体作为记忆的载体被学界关注则是较为晚近的事件，因为身体作为重要概念进入学术视野经历了漫长的过程。而身体作为文化记忆媒介被纳入文化记忆研究范畴始于保罗·康纳顿的《社会如何记忆》(*How Societies Remember*)，自此，仪式、手势、身体属性等身体的记忆方式得到相关学者的重视，身体操演与集体身份认同等话题进而引起记忆研究学者和相关领域理论家的关注。当然，在进入文化记忆的身体维度讨论之前，有必要了解身体这一主题如何从古典被抑制的状态转变为今天西方人文学科的主流话题。

一、西方哲学中的"身体转向"

身体（body）这一概念在西方哲学史上经历了多次转变，从柏拉图的古典哲学到中世纪的经院哲学再到笛卡尔（René Descartes）的理性主义、福柯的权力-话语理论、梅洛-庞蒂（Maurice Merleau-Ponty）的身体现象学、舒斯特曼（Richard Shusterman）的身体美学，身体作为哲学、社会学、人类学、文学等研究领域的术语愈加受到关注。在将身体概念作为记忆媒介运用到文学文本批评中时，有必要梳理身体在西方哲学史上内涵的嬗变。

柏拉图将身体视为污染灵魂的堕落之物，而亚里士多德则肯定身体经验对人类认知的积极作用。柏拉图将无形的理念（idea）世界作为完美精神世界的存在形式，他将身体这一有形的物体视为污染灵魂的堕落之源，灵魂和身体的二元划分在柏拉图处就被建构为哲学思想的基础。身体这一物质肉体会随着时间而衰老、腐朽、消亡，但永恒的、无形的灵魂是完美的，它不受时间与空间的制约而能得以永生。身体在柏拉图哲学中成为灵魂的附属物品，身体仅仅是灵魂的载体，它并不对人产生任何能动作用与影响，在肉身腐败后，永恒的灵魂会进入理念世界。但柏拉图的弟子亚里士多德则肯定了身体经验对人类认识、理解和体悟世界所起的积极作用。他将身体感官作为知识的来源，认为人类关于世界的一切认识始于身体的感官经验，身体并非一无是处的低级存在。二者关于身体的对立看法实则与其哲学基本思想具有很大关联，柏拉图视无形的灵魂为至上的完美理念，但亚里士多德更加强调灵魂与身体的有机统一，肯定了身体在存在本质上的核心地位。

而后在严苛的中世纪宗教背景之下，身体被视为灵魂堕落的一切根源，对身体的贬抑在笛卡尔哲学中达到顶峰。中世纪的各类经院哲学都将身体视为诱使信徒灵魂堕落的根源，该时期被视为"贬低身体的时代"[①]。许多基督教信徒采用严苛的方式约束自己的身体感官与欲望，极端者甚至对自己的身体施以酷刑，以此来显示灵魂制约身体的坚韧力量，他们试图用疼痛来战胜身体的诱惑。身体产生的各种世俗欲望是需要被约束的，而灵魂能否控制和驯服身体决定了基督教信徒的心灵是否纯净。然而，虽然各类宗教都对身体表示出负面的贬低态度，但这一拒斥同时也说明了身体在宗教哲学中不可或缺的地位。身体成为中世纪哲学思想中在场的"他者"。随后到了16世纪的笛卡尔哲学，身体被明确地贬低于人的理性之下。笛卡尔将身体感官的一切经验视为"魔鬼的幻觉"，他将怀疑论推向极致，以至于得出"我思故我在"的理性至上观点，身体的感官经验成为具有欺骗性的、需要加以排除的部分。笛卡尔哲学完全将身体视为理性意识的统摄物，身体失去了自身的主体性和能动性，理性主义从此成为西方哲学中的核心思想，而这一局面直到尼采（Nietzsche）的出现才得以改变。

19世纪下半叶，尼采呼吁所有思想领域重估一切旧的价值，他打破了自笛卡尔以来的极端理性主义而重新赋予身体以主体地位，这对而后福柯与梅洛-庞蒂等人的思想具有重要启示。尼采对理性的反拨和对身体的重视与笛卡尔式哲学相悖。福柯受到尼采的谱系学启发，他运用所谓知识考古学的方法追溯了性这一话题在各个领域被权力建构的历史。而在福柯的权

[①] Bill Burgwinkle. Medieval Somatics[A]//David Hillman, Ulrika Maude. The Cambridge Companion to the Body in Literature[G]. Cambridge: Cambridge University Press 2015: 11.

力-话语理论中，人的肉体是作为权力的微观政治直接运作的场所和目标，权力所操控、监管与驯化的首先是个体的身体。不论是被视为疯癫者的麻风病人还是被全景监狱监视的个体，他们的身体都被权力-话语打上烙印，或是成为权力主体凝视的他者。然而，虽然福柯同样给予身体特殊的关注，但他仍然将身体视为被动的客体，身体仅仅是权力-话语运作的媒介和场域，他并没有彻底反驳自笛卡尔以来的身心二元对立论。而梅洛-庞蒂则有所不同，他在胡塞尔（Edmund Husserl）现象学的基础上将身体提升至与意识相同的主体地位，甚至提出"具身-主体"（embodied subject）[①]这一概念，认为人之存在的根本在于肉身的身体。梅洛-庞蒂彻底颠覆了笛卡尔的理性至上原则，将身体视为世界与人的联结和存在之媒介。

身体的概念在20世纪中期进入各学科领域，对现象学、社会学、文学、美学等领域产生了重要影响。西方各领域学者从传统的理性主义视角逐渐转而关注身体或肉体（flesh）等概念如何颠覆了人们的传统观念。桑内特（Richard Sennett）的《肉体与石头》、勒布雷东（David Le Breton）的《人类身体史和现代性》、特纳（Bryan Turner）的《身体与社会》等专著相继问世，学者们从身体视角考察了城市文明发展、人类现代历史和社会文化形成等各学科的关键问题。身体成为了20世纪西方人文社会科学的理论关键词，并引领了相关领域研究范式的转变。其中，记忆研究领域也受到"身体转向"的影响，身体作为记忆的媒介引发学界的热切关注。

二、身体的记忆性

记忆不单纯是人抽象的心理或思想活动，身体是记忆众多的媒介形式之一。虽然记忆的储存与再现最常见的形式是语言或文本，但个体是通过身体去经历过去的事件，并且那些事件会在身体上刻写下相应的痕迹。伊

[①] Maurice Merleau-Ponty. Phenomenology of Perception[M]. Trans. Donald A. Landes. New York: Routledge, 2012: 53.

莱恩·斯卡里（Elaine Scarry）在《痛苦的躯壳：世界的建构与毁灭》(*The Body in Pain: The Making and Unmaking of the World*)一书中指出，身体感受到的疼痛经验拒斥语言的再现，疼痛的记忆和感知只能由身体自身作为能指来呈现。[①]身体是疼痛记忆的唯一真实的载体。此外，近年来不断发展的认知科学证实了人类具身认知（embodied cognition）这一认知方式的存在，人是通过身体去体验和认知世界，进而建构出一套抽象的思维体系。文学作品中对身体的再现不仅起到刻画人物外貌的简单作用，而且身体的再现时常表征了人物的过往记忆，是情节发展的象征符号。丹尼尔·庞代（Daniel Punday）从文学作品中的身体再现切入，构建了一套"身体叙事学"，而身体的叙事功能正是体现在身体作为记忆的载体在小说中对特定事件或人物心理的指涉。

  作者对人物身体伤痕、印记等特定符号的刻画让身体成为记忆的能指。依照福柯的思想，身体是各种历史、社会、文化合力作用的场域，身体作为权力话语中被约束的客体，它不断被权力打上独特的烙印。由此可见，身体的印痕成为人物特定记忆的能指，身体的记忆指涉功能在战争文学、奴隶叙事、创伤文学中尤为常见。例如，美国作家托尼·莫里森（Toni Morrison）的《宠儿》(*Beloved*)刻画了前奴隶塞思背后樱桃树般的伤痕，这一身体的符号承载了塞思作为奴隶时被鞭打的痛苦记忆，成为塞思无法摆脱的过去。身体的伤痕成为主人公创伤记忆的言说能指，它同时也是整个黑人族群经历奴隶制的集体文化记忆的指涉符号。而在海明威的《太阳照常升起》(*The Sun Also Rises*)中，主人公杰克·巴恩斯因战争失去性功能，这一伤残的身体是其战争记忆的能指，同时也标志了这一人物及其所代表的"迷惘的一代"的悲剧性和象征性。因此，人物的特定记忆不仅见诸作者的闪回式描写等文字再现，而且人物身体的特定印记表征了记忆和这段记忆所造成的持续影响。身体作为记忆的能指在文学创作中对人物刻

[①] Elaine Scarry. The Body in Pain: The Making and Unmaking of the World[M]. New York: Oxford University Press, 1985: 5.

画、主题表达和情节建构都起到了十分重要的作用。

身体除了通过展示伤痕而成为过去记忆的能指符号之外，身体实践本身就是记忆建构和传承的媒介。在探究社会如何作为整体延续其集体记忆时，保罗·康纳顿指出，社会依靠仪式操演等以身体为媒介的方式传承其集体记忆，并把这种记忆方式称为"体化实践"（incorporating practice）[①]。身体的姿势、属性和仪式操演成为社会延续其文化记忆的媒介，身体不仅能作为记忆的能指符号，而其本身就是建构记忆的媒介。康纳顿还列举了宗教仪式、国家庆典、公共刑罚等众多形式化的仪式操演，将身体作为集体记忆传承的重要媒介。虽然人们倾向于关注以文本或图像为载体的记忆形式，如私人的日记、公共影像资料等，但身体作为习惯记忆的载体已经完全融入人们的日常生活中，每日的餐桌礼仪、社交习俗和身体仪态等无不承载着特定社会群体共享的集体记忆。身体作为记忆的媒介在日常生活和文学作品中随处可见，身体实践在文学作品中的再现常象征了人物所在阶层的集体身份。

身体作为记忆的载体体现了人之存在的主体性和独立性，身体的记忆性是具身-主体的前提。记忆关乎个人的自我认同、集体身份和社会归属感，而身体感官是记忆的来源，身体是记忆的媒介。因此，个人的身体是否充分发挥自身的主体性决定了其作为自我的身份认同是否稳定以及其作为集体的一分子是否形成固定的集体身份。身体首先需要成为切实的具身-主体，即个体充分意识到自身身体的能动性、认知功能和主题性，身体才能成为记忆的载体，进而助力塑造个人身份与集体认同。在众多文学作品中，个体自身的身心观影响了人物的形象与主题表达。例如在玛丽·雪莱（Mary Shelley）的经典作品《弗兰肯斯坦》中，因为怪物是被死者尸体拼接而成的生物，他的身体无法成为个人身份认同的基础，其身体感官也并不能与其意识有机融合而承载私人的记忆。怪物的身体不能形成对其过去

[①] （美）保罗·康纳顿. 社会如何记忆[M]. 纳日碧力戈, 译. 上海：上海人民出版社，2000：91.

自我的连贯叙述,个人记忆的破碎性导致了其身份建构和社会认同的失败。因此,身体的主体性是个人记忆稳定建构的关键,其关乎了个体内在的身份认同以及个体与集体的相互关系。

三、身体记忆与民族认同

记忆不是个体的私人经历,个人的记忆关乎个体在集体中的身份认同,这在民族国家中表现得尤为明显。哈布瓦赫论述了个人记忆的社会建构性和社会框架,而诺拉尤其强调了民族国家对建构共享的集体记忆的强烈需求。诺拉指出,现代社会形成的"记忆的民族"将一切都赋予过去的色彩,进而在这一阐释空间中塑造各种不同的身份,记忆什么和如何记忆变得尤为重要。[①] 任何社会群体的发展都建构于身份认同之上,而身份认同依靠共享的记忆与传统创造出的历史连续性,身份由此得以传承。

身体记忆与民族认同关系尤为紧密,仪式操演、身体属性决定了民族性的纯粹性和历史性。身体作为集体记忆媒介形成了每个民族不同的仪式,意大利各地民族的言说手势、西班牙民族特定的弗拉门戈舞蹈与斗牛仪式、苏格兰民族独特的乐器演奏、中华民族各节日的不同礼仪习俗等决定了该民族人民的文化记忆传承与民族身份的延续。文学作品对身体记忆的再现往往也体现出该民族传承记忆的方式,而这一文学文本本身同时也成为构建集体记忆的载体,因为作家的书写行为也是一种认同该文化的刻写实践(inscribing practice)。文学作品不仅再现了身体作为记忆媒介如何传承民族文化,而且文学书写本身就是一种具有社会与历史维度的身体记忆,作家在书写的同时也是对该民族文化的操演。文学中体现的身体记忆具有多样化、多元化和多维度的特征。书写文学作品这一身体实践从文化记忆维度体现了文学的社会文化参与功能,文学具有社会建构特征。

---

① (法)皮埃尔·诺拉. 记忆之场[M]. 黄艳红等, 译. 南京: 南京大学出版社, 2015: 65.

第四章　民族性的操演：身体与文化记忆

在 19 世纪末至 20 世纪初的英国，随着大英帝国殖民扩张，民族性成为该时期的关键词。该语境下的民族性不仅指英国内部的英国性的延续危机，同时也指涉英国殖民地爱尔兰、苏格兰等地日渐兴起的民族复兴热潮对帝国的冲击。维多利亚时期强盛的帝国已经日渐式微，英格兰民族的纯粹性因帝国扩张和移民涌入而不断被稀释，与此同时，爱尔兰等地的民族主义甚嚣尘上。英国的历史、文化、民族性面临内忧外患。该时期的英国文学多呈现出上流社会绅士的日常身体操演，英国身份作为一种仪式操演被广泛地书写，例如狄更斯（Charles Dickens）的《远大前程》、福斯特的《霍华德庄园》、福特的《好兵》等。此外，乔伊斯作为爱尔兰作家，也在该时期笔耕不辍地书写爱尔兰民族的独特品格。这些文学作品中充斥着身体作为仪式操演、手势语言、社会属性等集体记忆方式的描写，从身体记忆视角切入该时期的英国文学，可见英国性、爱尔兰性（Irishness）等民族性的传承与文化记忆的身体媒介紧密相关。

第二节　运动与仪式：《好兵》中的英国性记忆

福特·马多克斯·福特是英国现代主义流派的代表作家，其与好友康拉德提倡的印象主义式（impressionist）文学创作在英国现代文学史上留下深远影响。《好兵》（*The Good Soldier*，1915）是福特印象主义创作的代表作品，该小说刻画了爱德华这位英国上流绅士与美国富翁道威尔夫妇之间的爱恨纠葛，展现了爱德华时期英国的贵族阶层形象和整体的社会风貌。小说中对英国性的刻画尤其表现在英国绅士的传统运动习俗和相关仪式操演上，英国性成为一种以身体为媒介的文化记忆。小说中体化式的英国性身份在 19 世纪末至 20 世纪初英国殖民扩张时期具有关键意义，这是帝国将被殖民的他者纳入自身内部的操演模式，但同时也让本土纯粹的英国身份危如累卵。

一、福特·马多克斯·福特与《好兵》

福特出生于 1873 年,原名福特·马多克斯·休弗(Ford Madox Hueffer),父亲是名为弗朗西斯·休弗(Francis Hueffer)的德国人,而母亲则是英国人,名叫凯瑟琳·马多克斯·布朗(Catherine Madox Brown)。福特是家中长子,其父亲原是《时代周刊》(Times)的乐评人,母亲的家族是艺术名门,福特的名字正是沿袭其外公福特·马多克斯·布朗(Ford Madox Brown)。福特的外公是前拉斐尔画派的著名画家,这使得福特一生都极其崇拜他的外公,并在外公过世之后为其著写了传记。福特在 1894 年和女友埃尔希·马丁达尔(Elsie Martindale)私奔,并在英国的文化圈中结识了一众好友,福特与康拉德、亨利·詹姆斯(Henry James)、斯蒂芬·克莱恩(Stephen Crane)等具有良好的友谊关系。1909 年,他离开了已经和他育有两女的妻子,而和伊泽贝尔·维奥莱特·亨特(Isobel Violet Hunt)共同生活。这一时期福特并未与埃尔希离婚,但当时的某家报纸直接以"福特太太"称呼伊泽贝尔,由此引发了一桩著名的离婚公案。第一次世界大战之后,福特十分憎恨德国纳粹的行径并以自己的德国血统为耻,他愤然改名为福特·马多克斯·福特,意图深埋自己姓氏中的德国元素。福特而后与比自己小 20 岁的澳大利亚女作家斯黛拉·鲍温(Stella Bowen)共同生活并育有一女。从道德伦理的角度来说,福特的私生活十分不检点,但是他丰富的个人生活也成为其文学创作的灵感来源。1939 年 6 月,福特于法国多维尔因病去世,享年 65 岁。

福特是英国现代主义文学史上颇为重要的作家,其一生创作了多部长篇小说、专著、散文,并先后在英国和法国创立了《英国评论》(The English Review)和《大西洋彼岸评论》(The Transatlantic Review)杂志,他还提携了庞德(Ezra Pound)、劳伦斯、艾略特等人,并与叶芝(William Butler Yeats)、高尔斯华绥(John Galsworthy)、海明威(Ernest Hemingway)等作家相交甚笃。福特成为英美现代主义文学举足轻重的人物,并为现代文学的发展做出卓越贡献。海明威的长篇小说成名作《太阳照常升起》中幽默而颇具人缘的布拉多克斯先生（Mr. Braddocks）正是以福特本人为原型。

此外，福特提倡的印象主义式创作手法对后世作家产生了深刻影响。印象主义式创作手法主要受到印象主义画派的启发，因福特本人出生于艺术世家，其将绘画手法运用于文学创作中展现了其丰富的艺术思维和跨艺术媒介的联想能力。文学印象主义意在用文学作品捕捉作家生活经验中的意象和印象，它注重呈现作家的不稳定的记忆，因而印象主义文学常具有模糊、含混、朦胧的特征，印象主义文学表现了作者本人对世界经验的中介作用，具有表现主义倾向。此外，印象主义创作注重呈现视觉印象，强调文学作品的表现与反映功能。福特及其好友康拉德是英国印象主义文学的先驱，他们合著的小说《继承人》（The Inheritors）、《浪漫》（Romance）和《犯罪的本质》（The Nature of a Crime）不无推动着印象主义的发展。印象主义后发展到高潮时期而自称为"漩涡主义"（Vorticism），由象征主义诗人庞德命名。

福特一生创作了数十部小说，但其中最负盛名的当属1915年出版的长篇小说《好兵》与系列小说《队列之末》（Parade's End，1924—1928）。福特的小说笔触细腻，多聚焦人物的内心活动，从人物心理内部向外透视，将维多利亚晚期和爱德华时期的社会风貌付诸笔端。此外，福特剖析英国人品格的"英格兰与英国人"三部曲（England and the English Trilogy）包括《伦敦的灵魂》（The Soul of London，1905）、《国家的心灵》（The Heart of the Country，1906）和《民族的精神》（The Spirit of the People，1907），是福特反思英国人独特民族品性的犀利之作。福特积极参加当时的政治活动，他十分关心当时英国社会面临的多重挑战的危机境况，例如爱尔兰复兴运动浪潮对帝国统治带来的动摇以及美国的日渐强大对英国国际地位的负面影响。福特是个托利党人，他支持爱尔兰独立法案（the Irish Home Rule），认为爱尔兰民族应拥有独立的统治权，这反映出他对民族性身份的拥护。在"英格兰与英国人"三部曲中，福特从英国的城市、英国人的举止等视角切入，剖析了英国人这一集体身份的内涵。但是让读者出乎意料的是，福特并没有归纳出英国性的准确定义，他反而认为任何涉足于英国这片土地上的人都有可能取得英国性这一身份，英国性这一民族身份成为可被复制和移置的模式。福特的作品虽然注重刻画人物内部的精神世界，但其中对英国社会问题的再现同样也反映于字里行间。

　　福特的代表作《好兵》成书于1915年，与此同时，福特正着手写作《民族的精神》一书，福特在该时期尤其关注英国人与英格兰民族的民族特性。福特在《民族的精神》一书中指出，他的目的是想用文字刻画"成千上万英国人的心灵群像"①。作者在这本书中分别从历史、信仰、习俗等方面概括了英国人的独特品行，他认为英国人的身份认同是由传统、历史和某些特定规范行为所塑造的，其根源并不在于民族血统的纯净，而是在于外在的行为规范。其中，书中提到了关于《好兵》一书灵感来源的一件轶事：福特的绅士好友拜托他护送一位年轻的女子离开英国，而这位女子似乎与该名绅士有染，福特在车站看见这位绅士迈着坚定的步伐头也不回地离开，心灵受到了巨大的冲击。这一真实事件后来成为《好兵》中爱德华请求道威尔送走南希的桥段。由此可见，福特对英国僵化的绅士行为传统与人内心的腐朽堕落之间的张力感触颇深，而《好兵》一书正是福特利用虚构的笔触探寻英国人心灵最深处品质的一次尝试。福特是英国作家中首先关注到英国性这一民族特性的先驱之一，他的三部曲可谓剖析英国品格的经典之作。而正是由于《好兵》与这三部曲具有一定关联，评论家们对这部小说中的英国性描写才格外关注。

　　《好兵》以第一人称叙述者道威尔的视角回溯了他和妻子弗洛伦斯与英国上流社会绅士爱德华及其妻子利奥诺拉十多年的友谊历程，小说重点在于暴露爱德华这一典型的英国绅士内心的肮脏和不检点的婚姻生活。两对夫妇结识于德国温泉小镇瑙海姆，因弗洛伦斯和爱德华都传说患有"心

---

① Ford Madox Ford. The Spirit of the People[M]. London: Alston Rivers, 1907: 13.

脏病",两对夫妇每年会去该地疗养。最初,四人的关系默契亲近,常约好一起参加音乐会、运动项目、舞会、旅行等各种团体活动。然而,作为美国新贵族阶级的弗洛伦斯一心想攀附欧洲贵族并趁机跻身上流社会,她便逐渐与爱德华发展出婚外情,最后因婚外情暴露而服毒自杀。爱德华的妻子本是来自爱尔兰没落贵族,再加上爱德华本人荒淫挥霍,其妻子利奥诺拉逐渐侵占了其家业布兰肖庄园,并将爱德华的祖传物品变卖得所剩无几。在情感生活方面,爱德华十几年来不断与多名女子发生婚外情,利奥诺拉却视若无睹。最终,在比爱德华小一辈的南希爱上了他时,爱德华选择了割喉自杀。《好兵》的叙事手法不同于一般的小说,道威尔全程以第一人称的视角进行叙述,但其中穿插了许多视角越界的情节,向读者展现了道威尔根本不可能经历的场景。此外,由于弗洛伦斯的出轨和自杀给道威尔造成了巨大冲击,他内心的创伤使其无法对整件事情形成完整、流畅、一致的叙述,因此,叙事中充斥着倒错的时序、矛盾的情节和叙述者自己的反省。由此,该小说展现了道威尔不稳定的个人记忆,完美体现了福特等人倡导的印象主义式写作手法。

该小说集中探讨了英国绅士的内在道德堕落及其外在行为之间的矛盾,以道威尔这一美国旁观者错乱的记忆书写了英国性身份认同面临的危机。道威尔的叙述文本极具特点,他的叙述因为其心灵的不稳定状态而呈现出前后倒错甚至矛盾的情节,例如他时而指出爱德华具有心脏病但实际上爱德华是因为心爱的女人而装病。道威尔由于在写作中自身状态的变化,其叙述也会具有多重视角。学界长期关注道威尔不稳定的个人记忆,第一人称回忆叙述产生的经验自我(experiencing-I)和叙述自我(narrating-I)两种视角是道威尔不可靠叙述的核心所在。1969 年,约翰逊(Ann S. Johnson)指出道威尔兼具人物和叙述者的双重功能,其对同一情节的描述常分为事件发生时和回溯时两种视角。[1] 20 世纪 70—80 年代,评论界开

---

[1] Ann Johnson S. Narrative Form in The Good Soldier[J]. Critique: Studies in Contemporary Fiction, 1969, 11(2): 71.

始关注道威尔双重视角产生的修辞效果。莫泽尔（Thomas C. Moser）谈及《好兵》与《黑暗之心》中两位叙述者的双重性，认为福特将"年老的、智慧的道威尔和年轻的、天真的道威尔"并置，以突显叙述者不同时期对同一事件的认知差异。[1]随着叙述学与记忆理论的发展，21世纪初的评论家们认识到，回忆模式是产生双重视角的原因。然而，评论家们倾向于关注道威尔记忆的个人特征，却忽略了个人记忆的社会维度。道威尔的记忆是关于英国人与英国性的记忆，其记忆与英国性作为民族认同的延续紧密相关。因此，道威尔关于英国人的个人记忆实则具有集体与文化的维度，从道威尔记忆中探寻英国性身份是值得尝试的视角。

道威尔的个人记忆再现了爱德华的绅士操演及其象征的英国性，而英国性作为一种文化记忆建构的身份正是被身体所铭记和传承的。小说对爱德华赛马、马球、看望佃户等运动与仪式的描写揭示了英国性作为体化实践的本质。英国性不是一种由血缘等生物因素决定的身份，而是一种以身体操演为媒介的文化记忆所建构的集体认同，英国性以身体为媒介在英国人群体中得到继承与延续。英国性作为一种由身体传承的记忆体现在哪些方面？这一可复制的操演模式给英国性本质带来了怎样的挑战？这一民族特征在帝国殖民扩张时期又与殖民主义产生了怎样的张力？从身体作为记忆的媒介这一视角切入《好兵》，可见英国性这一身体记忆建构的集体认同在19世纪末至20世纪初面临的危机。

二、英国性作为体化记忆

《好兵》刻画了19世纪末至20世纪初英国绅士爱德华的典范生活，爱德华象征着英国传统绅士形象，而他的身体所体现的英国性反映出英国民族性强调一种以身体为媒介的记忆方式。叙述者道威尔将爱德华夫妇刻

---

[1] Thomas Moser C. The Life in the Fiction of Ford Madox Ford[M]. Princeton: Princeton University Press, 1980: 156.

画为不善言辞的、沉默的但颇为体面的英国上流社会典范,其象征的英国性完全是通过某些行为举止来体现的。康纳顿认为社会的集体记忆和身份认同正是通过这种无言的身体实践来传承的,他将这种记忆方式概括为"体化实践"(incorporating practice),即通过现时在场的身体姿态、手势和属性来传达信息,这些信息可以被拥有相同集体记忆的人所接收并理解。① 身体作为实践主体的同时也是展现和传承文化记忆的主体,沉默行事的身体和有声的语言形成对比。道威尔指出,爱德华从不和他人倾诉,他总是保持着上流绅士具有的体面行为,而道威尔将这种英国人特有的通过行为来行事而保有沉默的方式称为"体面人传统的缄默"②。在英国这样的民族国家中,社会在延续民族身份相关记忆时十分注重特定的行为规范,以此来保证延续的英国性记忆的准确性。因此,当爱德华向道威尔滔滔不绝地倾诉时,道威尔认为爱德华将他作为女人看待,因为传统英国绅士之间的交往应该保持应有的沉默。沉默的身体而非言说是英国性延续的媒介。

然而,英国性这一身份也对英国人的日常生活产生了许多约束,英国绅士正是通过践行日常身体实践来建构其自身的英国身份,这是一种对身体如何记忆和行事的规范。例如,身体的英国记忆体现在服饰衣着上。道威尔在想象中描写有教养的英国绅士是"优雅无比的裤子长长的缝线从腰部延伸到靴跟"③。道威尔这一美国人在尽力模仿英国人的行为规范以此融入英国上流社会,他指出,有教养的人理应认为牛肉应该嫩一点但却不太嫩,而两对夫妇中的男人理应喜欢喝白兰地,女人理应喜欢喝清淡的莱茵酒。④ 诸如此类的生活习惯在英国上流贵族的生活中是非常严苛的准

---

① (美)保罗·康纳顿. 社会如何记忆[M]. 纳日碧力戈, 译. 上海: 上海人民出版社, 2000: 91.
② (英)福特·麦多克斯·福特. 好兵[M]. 杨向荣, 译. 北京: 北京十月文艺出版社, 2018: 116.
③ (英)福特·麦多克斯·福特. 好兵[M]. 杨向荣, 译. 北京: 北京十月文艺出版社, 2018: 27.
④ (英)福特·麦多克斯·福特. 好兵[M]. 杨向荣, 译. 北京: 北京十月文艺出版社, 2018: 26.

则。这些日常身体实践延续了英国自古以来的优雅传统,在人们用自身身体践行这些规范的同时,他就是在用身体这一媒介延续、传承以及传播英国的独特民族身份。这也解释了为何英国绅士这一形象在世界范围内广为人知,已经成为了一个典型化的人物类型,因为英国性品质的传承和展示需要身体实践作为其记忆的媒介。在该小说中,道威尔的妻子弗洛伦斯是一位一心趋炎附势的美国新贵,她为了让自己被英国上流社会认同,进而学习爱德华夫妇每天订阅伦敦的报纸。她的行为正是用自身的身体作为实践英国性记忆的媒介,以此让自己也能共享英国性这一身份认同。

  叙述者道威尔是小说中的隐性主人公,这一美国富翁无时无刻不在试图通过身体这一媒介延续英国性记忆,进而建构自己的绅士身份。道威尔了解英国上流社会特有的缄默,并且对自己的身体具有严格的约束,他不仅在空余时间练习瑞典体操来强化身体的功能,而且"养成了算步子的习惯",即在任何时间任何地点都严格控制着自己的身体。道威尔承认,他虽然有时想喝"热热的、甜甜的库梅尔酒"①,但是他不得不遵循英国人的传统习惯去喝白兰地。道威尔作为一个美国新兴贵族阶级,他自身的家族并没有传承下来的文化记忆,因此当他面临英国人严格的社会规范时,他想要融入英国社会并分享英国人的文化认同,他就不得不让自己的身体遵循英国人的习惯。在文化记忆的理论框架下,道威尔是在用身体这一媒介建构自己的英国身份认同,通过共享英国性的身体习惯来延续英国性记忆。道威尔在叙述中承认,自己"对那种毫不张扬的古老习惯洋溢的宁静充满信任"②。道威尔迷信英国这一身份,因此他不得不通过身体实践来建构自己的社会认同感和归属感。

  由此看来,英国性及其建构的文化身份十分强调体化实践对文化记忆

---

① (英)福特·麦多克斯·福特. 好兵[M]. 杨向荣,译. 北京:北京十月文艺出版社,2018:38.
② (英)福特·麦多克斯·福特. 好兵[M]. 杨向荣,译. 北京:北京十月文艺出版社,2018:214.

的传承作用，作为体化实践式的英国民族身份具有僵化不变的特征。康纳顿在论述身体作为社会记忆的方式时特别指出，以文字为媒介的文本性记忆会在代际传递中产生不必要的意义增殖，进而侵蚀原有的记忆原型和原意，这样一来，诸如神话等意义源头就不断产生不必要的剩余意义，致使记忆的一致性受到损害。①文本性记忆在传递过程中不可避免地会受到新的历史文化语境的影响，但是以身体为媒介的记忆具有更高的重复性和准确性，且不容易在记忆传递的过程中产生意义增殖。英国性作为一种民族身份通过身体操演被铭记和传递正是具有了高度的重复性和一致性。福特在《民族的精神》一书中指出，19 世纪末至 20 世纪初的英国人相较于维多利亚早期的英国人并无大的变化，而美国人则不会如此，这是依靠英国固有的历史传统。②关于英国的神话，如亚瑟王传说等，会在不同社会语境下被赋予不同的意义，其承载的英国骑士的品质象征会受到不同阐释的影响。但是以身体为媒介的习惯记忆则会跨越时空，较完整地传承和保留下来。

然而，虽然身体作为文化记忆的媒介为英国性的传承做出了重要贡献，但是身体实践的可模仿性和可移置性造成了英国性内在的意义空洞。道威尔虽然不得已需要用身体来构建自己对英国上流社会的身份认同，但他内心已经洞悉了社会传承集体记忆的方式。因为该小说采用第一人称叙述，叙述者在叙事过程中产生了心理变化，其变化也可以同时体现在其叙述的内容中。例如，道威尔一开始回忆自己之前对身体的严格要求，是为了操演英国性身份进而被社会认同。但在小说结尾处，道威尔开始反思英国社会对身体的僵化的要求以及由此产生的对人内心的压抑。道威尔明白，社会对身体实践的要求是严苛而无情的，这一切都是身体政治(body politic)，社会会随时淘汰或清理掉不符合其规范的人。英国性作为一种由身体传承

---

① （美）保罗·康纳顿. 社会如何记忆[M]. 纳日碧力戈，译. 上海：上海人民出版社，2000：65.
② Ford Madox Ford. The Spirit of the People[M]. London: Alston Rivers, 1907: 49.

的文化身份，它不取决于种族的纯净，而是将身体习惯作为一种可复制的程式。因此，道威尔指出，任何人只要遵循吃嫩牛肉到和白兰地的传统，他就理所当然地成为一名英国绅士。如此一来，英国性的真实含义遭遇了质疑。如果说身体实践就能体现英国民族身份，那么英国性，即英国民族的独特品性到底为何？英国人身份的难以探测也成为小说的主题之一，道威尔一再重复"我也不曾探测过英国人心灵的深度。我只知道些肤浅的表面现象"。由此，英国性作为一种体化记忆的优势和劣势在小说中得到充分体现。

三、习惯记忆：英国绅士的运动身体

英国的运动传统在绅士生活中扮演了重要的角色，英国传统运动的延续和发扬是该民族独特品性的象征，英国人的运动身体成为英国传统运动和男性气质的载体。康纳顿在论述社会的记忆方式时区分了三种不同的记忆，一种是与个人经历紧密相关的个人记忆，另一种是关于理解世界的认知记忆，还有一种经常被研究者所忽略，即运用身体进行记忆的习惯记忆。[①]运动是一种由身体习得的习惯记忆，它是基于某一套严密规则之下的身体活动。习得一门运动并不意味着熟记该运动的相关规则，而熟练掌握一门运动却意味着要忘掉规则而用身体记忆功能去参与运动。英国社会在工业革命之前就已经发展出了属于每个城市不同的运动类型，每个阶层也形成了特有的运动习惯。各阶层的运动习惯往往象征着该阶层独特的社会地位和文化身份，运动的种类和身体的社会属性紧密相连。贵族的集体运动是促进该阶层相互交流的社交活动，运动是绅士必须掌握的社交礼仪。对某一项运动的习得和传承在贵族家庭内部象征着对家族荣誉记忆和贵族阶级社会地位的沿袭和发扬。因此，运动在英国绅士的生活中不仅是强身健体

---

① （美）保罗·康纳顿. 社会如何记忆[M]. 纳日碧力戈，译. 上海：上海人民出版社，2000：19-20.

的消遣，它已经成为延续英国身份的独特的身体记忆方式。

在《好兵》中，爱德华作为家族历史悠久的贵族绅士，其英国人的身份与传统记忆也体现在他对运动的爱好和坚持上。据道威尔的描述，爱德华时常和勒洛菲尔大公一起打马球，爱德华本人也对养马和马的品种十分精通。爱德华还时常参加曲棍球、马术比赛、跳舞、钓鱼等或动态或静态的运动。在道威尔第一次描述爱德华所谓的心脏病时，他认为爱德华的病或许和他早年剧烈的体育运动有关。身体社会学家罗德·吉布赖特指出，"运动是一种世俗的宗教"①，在运动中身体仿佛作为一种手段让灵魂得以净化。在爱德华这一英国绅士的运动经验中，运动自身作为一种仪式让参与者都成为集体记忆传承的媒介。马球、曲棍球和马术等运动在当时甚至现代社会背景之下属于上流阶级才能参与的运动，爱德华在用身体现时参与这些运动的时候体现了其承载的贵族身份和阶级属性。爱德华的身体已经将这些运动作为习惯记忆精确掌握了，与此同时，当他的身体不自觉地操演这些习惯记忆时，他的身体就成为了延续英国绅士这一文化身份的记忆媒介。

爱德华这一人物的运动身体作为一种媒介延续了英国身份中传统的男性气质。许多学者在分析小说中马的意象时都注意到骑马及其性暗示的含义，如巴恩斯坦（Jo-Ann Baernstein）将爱德华骑马和将马送人分别视为其男性气质和绅士形象丧失的象征。② 道威尔每每谈及爱德华骑马的英姿，他总是流露出艳羡的语气，对于道威尔这一被妻子欺骗的鳏夫来说，拥有像爱德华一般的男性气质是其实现自我认同的途径。爱德华运动的身体成为完美英国传统绅士形象的象征，它作为被刻写的记忆符号被道威尔再现于自己的叙述中，身体成为延续英国性的媒介。康纳顿指出，个人的

---

① Rod Giblett. The Body of Nature and Culture[M]. London: Palgrave Macmillan, 2008: 126.
② Jo-Ann Baernstein. Image, Identity, and Insight in The Good Soldier[J]. Critique: Studies in Contemporary Fiction, 1996, 9(1): 26.

记忆叙述总是和其所在的群体相关，关于个人记忆的再现总是"被镶嵌在个人从中获得身份的群体故事中"①。因此，道威尔关于爱德华运动身体的个人记忆叙述不仅塑造了爱德华个人形象，爱德华的运动身体还是英国绅士群体的象征。运动中的男性身体成为英国性所象征的男性气质的能指。

爱德华的身体不仅是英国男性气质的符号，其运动中的身体本身就是在传承英国传统运动的相关记忆，其精确性是其他文本性记忆难以实现的。康纳顿在谈论仪式操演等相关体化实践时的记忆时指出，身体承载的形式化的语言具有极强的重复性，因而在保留和传递文化记忆时具有较强的稳定性。②在众多以身体为媒介的记忆传递中，运动又是一门更为精确的实践。在马术、马球、曲棍球等爱德华参与的运动中，取胜的关键不全在于身体力量的强健与否，更重要的是这些技术性的运动严格规定了身体在每个瞬间的动作。吉布赖特指出，运动对身体有准确的时间和空间的要求。③因此，运动中的身体姿态被严格规定。每当道威尔看到爱德华潇洒的运动身体时，都不禁联想到英国绅士的优雅和骁勇，这也是因为英国性在技术性运动中被完美地传承和表达。道威尔指出："如果他既打马球又是个出色的跳舞高手，那么打马球是为了练塑性，跳舞是因为置身舞场显示自己是一种社交义务。"④ 在道威尔眼中，跳舞成为爱德华社交的方式。爱德华的身体姿态成为英国上流社会交际的符号。但是身体成为交流语言的前提是所有人都共享同一套社交准则，因此，爱德华的身体更是延续了英国贵族阶级承载的共同的文化记忆。

爱德华的运动身体承载着英国传统绅士象征的男性气质，其运动身体

---

① （美）保罗·康纳顿. 社会如何记忆[M]. 纳日碧力戈，译. 上海：上海人民出版社，2000：18.

② （美）保罗·康纳顿. 社会如何记忆[M]. 纳日碧力戈，译. 上海：上海人民出版社，2000：68.

③ Rod Giblett. The Body of Nature and Culture[M]. London: Palgrave Macmillan, 2008: 128.

④ （英）福特·麦多克斯·福特. 好兵[M]. 杨向荣，译. 北京：北京十月文艺出版社，2018：168-169.

对战争的意指在 19 世纪末期的英国殖民扩张时期还具有重要意义。运动自古以来被认为是战争的练习和操演，运动作为一种广义的叙述，其最终指涉的对象是可能发生的战争。此外，运动对身体的规训和锻炼是为了塑造更能适应战争的身体，从而实现军事上的胜利。爱德华的马术、马球、曲棍球等运动都属于竞技类运动，竞技运动对于技巧和谋略的要求象征着军事领域的战略规划。运动对身体的训练致使身体形成一种习惯记忆，这种对时间和空间的准确掌握力是在战场上必备的能力。爱德华是一位出色的英国士兵，曾多次获得军队的奖章，他的身体在运动的状态下实际上指涉了其军事领域的身体素质。爱德华的运动身体不仅承载着绅士传统运动的习惯记忆及其背后的文化内涵，在大英帝国的扩张时期，运动身体还承载了英国殖民扩张的历史记忆。据道威尔描述，爱德华是一位尽职尽责的出色士兵，他还专心研究新型的军用马镫，并把这一发明上报给战争办公室。由此可见，爱德华在骑马打球或是参加马术比赛的过程中，其身体已经进入作战状态。爱德华的运动身体记录了他在战场上的习惯和偏好，是对自身战争记忆和英国殖民历史的指涉。

爱德华的运动身体展现了身体作为习惯记忆的媒介及其背后的民族性意涵，也是英国传统男性气质的象征，其每一次运动实践都是英国性记忆的体现。此外，运动身体对军事活动的指涉揭示了爱德华作为一名优秀士兵对民族领土完整的守护和对英国殖民扩张的拥护。运动身体作为英国文化记忆的载体，不仅上溯至亚瑟王时期的骑士神话，并且对 19 世纪末至 20 世纪初社会变革时期的英国具有指涉意涵。运动身体是对记忆本身的操演和再现，其蕴含的勇敢和忠诚是对英国骑士形象与记忆的继承。

四、英国绅士的仪式操演

在小说中，爱德华来自具有悠久历史的阿什伯纳姆家族，爱德华上尉同宗共祖的先人阿什伯纳姆是陪伴英国皇帝查尔斯一世走上断头台的管家，阿什伯纳姆一家继承了英国的贵族记忆。英国上流贵族家族具有严格的传统约束，从服饰、举止到与人交往的态度，贵族绅士的行为无不是英国上流社会的身份操演，身体在这一过程中扮演了重要媒介角色。据道威尔观察，爱德华随身携带许多不同种类的皮箱，分别为猎枪箱、衣帽箱、衬衣箱等。爱德华携带不同箱子的行为实际上延续了贵族家庭在侍奉皇帝时的习俗，这种身体操演从爱德华的祖先一直作为一种体化实践式的记忆延续至爱德华处。爱德华的每一次展示都仿佛让时间形成停滞性瞬间，关于英国贵族身份的记忆从他的操演中回到了其祖先的光辉历史。爱德华的贵族身份由此被文化记忆的连续性所确认。道威尔曾经这样形容英国与美国传统的区别："那感觉完全就像我从一家博物馆出来，走进一个喧闹嘈杂的化妆舞会现场。"① 英国的文化因其坚守精确的身体操演传统，整个社会文化具有高度一致性的特征，而美国则没有需要延续和传承的所谓贵族文化记忆和民族身份认同，因此其不注重以身体仪式、身体实践或属性等承载的习惯记忆。

　　康纳顿指出，身体仪式作为一种操演是一种形式化的语言，其意义不在于为某个定义或概念提供描述，而是用身体行为构成它本身。② 因此，身体操演或仪式具有极高的重复性，爱德华的每一次操演都是自身绅士身份的印证。其中承载的家族作为英国贵族的文化记忆也在被操演和展示。道威尔说道，爱德华无论是平常状态还是醉酒状态，他始终坚守着家族的规范，这也表明了仪式操演作为一种身体记忆的深刻性和固定性。

　　爱德华作为封建制度下的绅士贵族，其用身体践行的贵族职责是自古以来沿袭的身体操演，这种操演延续了贵族的身份认同，同时也是英国封建社会文化记忆的载体。哈布瓦赫指出，贵族是封建社会集体记忆的首要

---

① （英）福特·麦多克斯·福特. 好兵[M]. 杨向荣，译. 北京：北京十月文艺出版社，2018：163.
② （美）保罗·康纳顿. 社会如何记忆[M]. 纳日碧力戈，译. 上海：上海人民出版社，2000：66.

承载者和维护者①，因为贵族在履行自身职责的过程中不仅是行使某一社会职能，其行为中还承载了封建社会的主要文化记忆。贵族对家庭内部具有强烈的认同感，相关的仪式操演会一直从祖先流传至今，身体实践成为贵族家庭记忆和封建社会文化记忆的载体。在小说中，爱德华正是这样一位践行贵族职责的绅士。当地的佃户和人民都认为爱德华是一位称职的父母官，一位出色的地主，因为爱德华总是在困难时期减免佃户的租金、帮助佃户打官司、对经济困难的人民施以援手。

然而值得注意的是，爱德华的这些举动一部分原因是他家底殷实及其品质善良，但更重要的动机在于他作为贵族绅士的身份使命。作为封建贵族，他认为自己有义务对自己的佃户和相关村民负责，他的种种善举是延续贵族传统的身体操演，只有在这样的仪式化的身体实践中，爱德华的贵族身份才得以反复确认。爱德华在家庭经济状况极度困难的情况下仍然给父亲的老仆人发养老金让他们退休，并且十分慷慨。爱德华还送给一个父亲被骗的年轻人一头爱尔兰矮脚马，然而那名年轻人由于负担不起养马费而将其退回。道威尔指出，"然而他真正令人难受的债务本质上主要由与自己的地位相适应的慷慨大方造成的"②。爱德华本人已经欠下一大笔债却仍然坚持对佃户慷慨相助，其中的缘由在于只有通过这样的仪式操演，其贵族身份和职责才能得以确认，因为英国贵族的文化记忆正是在于这样的身体实践。

作为英国上流社会的贵族，其传统延续下来的仪式并不仅在于用金钱履行职能，还在于日常生活中的各种仪式性实践活动。道威尔夫妇逐渐与爱德华夫妇建立起深厚的情谊，他们四人时常共同参加上流社会的各种活动。对于道威尔夫妇来说，与英国贵族保持同样的仪式操演是对英国身份

---

① （法）莫里斯·哈布瓦赫.论集体记忆[M].毕然，郭金华，译.上海：上海世纪出版社，2002：217.
② （英）福特·麦多克斯·福特.好兵[M].杨向荣，译.北京：北京十月文艺出版社，2018：62.

表示认同的一种表现，他们在操演的过程中也用身体这一媒介分享了英国的文化记忆。但是对于爱德华来说，这些日常的行为是由整个家族沿袭下来的习俗，其贵族身份正是蕴含在每日的仪式性习俗中。例如，他们会相约一起在某一家餐厅喝下午茶，一起观看微型高尔夫比赛，道威尔将四人的关系形容为"我们四个趣味相同，欲念一致的人，共同行动"①。在道威尔眼中，爱德华的身体实践承载着典型的英国上流社会文化，道威尔认为爱德华具备英国人所拥有的全部优点，即"举止克制、饮食有度、生活有规律"②。由此看来，爱德华每日的身体实践，包括运动、饮食、社交等诸多项目都是对贵族绅士乃至英国人独特身份的操演。

然而，如上所述，道威尔和妻子弗洛伦斯都是渴望得到英国上层阶级认可的美国新贵，他们对英国人身体实践的模仿和移置是一种文化记忆的挪用，以此来建构和英国贵族的身份共享。弗洛伦斯模仿英国贵族的习惯，每日订阅报纸，并且时常参加社交舞会。在舞会上，身体成为社交的语言，每一个体态和舞蹈动作都象征个人的社会身份和文化记忆。而对于道威尔来说，他在爱德华自杀后买下布兰肖庄园，并且接管了爱德华负责的一切事务，企图通过模仿爱德华的身体操演来建构自己的英国身份。道威尔坐在布兰肖庄园中操持一切，每日巡视自己的土地并且和村民进行友好的问候。这些行为原本是作为地主的爱德华应该行使的身体操演，但是当英国性身份成为一种可以被重复、模仿和移置的身体实践，它就失去了自身的独特性质，而沦为可以被复制的模式。

英国性失去了内在的意义而成为一种空洞的仪式操演。本来英国性作为独特的民族身份应该是具有排他性和可辨别性的，但是当用身体作为文化记忆传递的媒介时，任何可以用身体操演实现复制这一身份的人都在一

---

① （英）福特·麦多克斯·福特. 好兵[M]. 杨向荣，译. 北京：北京十月文艺出版社，2018：7.
② （英）福特·麦多克斯·福特. 好兵[M]. 杨向荣，译. 北京：北京十月文艺出版社，2018：161.

定程度上共享了英国性的身份认同。小说中不断出现"空洞""黑暗"的母题，这与福特好友康拉德所著的《黑暗之心》形成互文。英国性失去了内在意涵而其意义仅仅存在于可被模仿的身体操演中。福特在《民族的精神》一书中写道，只要踏足英国的土地就可以成为所谓的英国人，这也是英国性作为一种可被复制的外在操演的佐证。

随着19世纪末至20世纪初英国封建社会逐渐被现代化社会所取代，英国封建贵族面临没落危机，英国性这一民族身份也不再作为贵族维护的集体记忆。正如爱德华的情况所显示的那样，维多利亚晚期和爱德华时期的贵族绅士面临经济、政治、道德等多方面的问题，贵族承载的英国封建文化记忆已经沦为一种仪式性的操演，在贵族失去经济优势地位的情况下丧失了原本的文化意义。作为英国社会旁观者的道威尔敏锐地指出，爱德华的养女南希对爱德华的情感不过是迷恋他所象征的英国绅士这一固化的形象，这是由爱德华外在的身体实践所建构的空洞的身份。"南希爱的肯定是我所谓的他向大众展示的那一面——爱的是他良好的军人形象，爱他在海里救人的勇敢，爱他作为一个出色的地主和优秀运动员的形象。"① 然而，南希爱的这一有教养的"英国绅士"形象已经成为可以被他人模仿和移置的身体操演，英国性已经沦为了空洞的、可复制的外在模式。该时期贵族的没落使其承载的英国文化记忆也随之面临延续的危机，在大英帝国殖民扩张的晚期，英国性成为帝国内部面临的首要危机。

五、英国性操演与殖民主义

19世纪末期的英国已经经历了帝国扩张的黄金时期，这一历史时期面临的问题是疯狂殖民掠夺和扩张后，英国性作为英国人的集体身份认同该如何定义与继承。这一时期的很多作家都通过文学作品揭示了英国身份面

---

① （英）福特·麦多克斯·福特. 好兵[M]. 杨向荣，译. 北京：北京十月文艺出版社，2018：257.

临的危机。福斯特在小说《霍华德庄园》中将霍华德庄园这一空间性场所建构为记忆的媒介，探讨了在阶级转换、资本主义兴起、贵族文化没落的背景下英国性身份的继承危机。而福特的《好兵》看似仅限于再现道威尔的个人记忆，实则透视了英国社会在殖民时代晚期面临的民族性危机。

  书中间接提及了英国在当时面临的爱尔兰、印度等殖民地反抗运动。爱德华是一名上尉，他和妻子利奥诺拉共同在英帝国殖民地印度生活多年，并和当地军官的妻子发展了婚外情。爱德华养女南希的父亲也是一名驻军在印度的军官。该小说的隐性殖民背景着力刻画了当时印度作为英国殖民地的紧张局势。此外，爱德华的妻子利奥诺拉是一名爱尔兰的天主教徒，爱尔兰当时的境况也十分堪忧。19世纪末爱尔兰曾多次兴起民族复兴运动，要求英国通过爱尔兰自治法案，并且当地爆发了多起武装运动。这也是为何福特借人物之口将当时的局势形容为爱尔兰的多事之秋。此外，美国作为一个新兴资本主义国家，其快速发展的商业贸易冲击着英国作为经济巨头的地位，进而也影响了英国内部贵族的经济状况。该时期的英国面临内忧外患，英国性作为民族身份亟需被定义。

  实际上，英国性作为一种身体媒介承载的操演记忆，具有极强的重复性和传递性，这对于大英帝国的殖民扩张具有积极的意义。殖民者在扩张领土的同时也需要考虑如何让被殖民者也建立起共享的身份认同，从文化意义上的殖民才是长久之计。道威尔在小说中提及的吃嫩牛肉等程序就是用于建构英国性身份的操演，"整个这套规则要用于任何人……从一个细微的动作，你立刻就会知道你是跟有教养的人还是没有教养的人打交道。这就是说你知道他们会不会从嫩烧牛肉到圣公会教义整个程序都严格完成下来"①。这样一来，当英国性作为一种可复制的身体操演时，被殖民者只需要模仿这些身体实践即可建构起和英国本地人一样的英国身份。这对于英国的殖民扩张和文化征服具有重要作用。

---

① （英）福特·麦多克斯·福特. 好兵[M]. 杨向荣, 译. 北京：北京十月文艺出版社, 2018: 39.

然而，随着殖民地扩张和美国性等异质文化的冲击，英国性的内在含义需要被定义和延续。在英国身份成为一种外在的身体操演之后，英国性的核心失去了独特的意义。潘瑞德（Patrick Parrinder）指出，福特通过《好兵》意在说明英国性不是一种固定的民族特质，而是一种可以根据个人意愿进行选择的身份。① 亨斯特拉（Sarah Henstra）也指出，福特通过爱德华这一角色所刻画的英国性已经成为一种空洞的游戏规则，人人即可参与，而这一情况说明英国性已经沦为一种能指符号，早已失去了内在的所指。②由此看来，英国性作为一种身体记忆虽然具有灵活的复制性，但是它也给英国人的民族身份造成了内在的意义真空。当英国性可以适用于任何人，那么英国性已经成为没有特定含义的空洞的能指。这正是道威尔在小说中反复提及的英国人内心的深不可测和黑暗之处。他将这一状况比喻为一个内心烂掉的苹果，而当他拥有了这一苹果十年后才发现里面已经坏掉了，那么他是否曾经拥有过这一苹果？③同理，英国性面临的境况也是如此，英国性成为放之四海而皆准的身体操演，但是其内在的中心却早已失去了意义。

作为身体操演式记忆的英国性正具有这样悖反的特征，以至于小说叙述者道威尔在回忆中试图定义英国性的尝试也宣告失败。英国无限的殖民扩张企图与其内在的英国性传承之间充满了张力，英国性作为一种文化记忆在这样的背景下该如何被记忆？道威尔的叙述充满了矛盾的回忆，他记忆中的爱德华似乎拥有完美的外在形象，他恪尽职守、举止规范、为人慷慨，但实际上爱德华又是一个拥有丰富婚外情史的堕落之人。这样的张力说明英国性蕴含的上流贵族的高贵、纯净、勇敢、高尚等品质不过是外在

---

① Patrick Parrinder. "All that is solid melts into air": Ford and the Spirit of Edwardian England[J]. International Ford Madox Ford Studies, 2004(3): 7.
② Sarah Henstra. Ford and the Cost of Englishness: "Good Soldiering' as Performative Practice"[J]. Studies in the Novel, 2008, 39(2): 192.
③ （英）福特·麦多克斯·福特. 好兵[M]. 杨向荣, 译. 北京: 北京十月文艺出版社，2018: 7.

身体操演所建构的空洞形象,这是一种对英国性的想象性建构,却并不具有任何实际的指涉功能。道威尔在叙述中认为当时的英国社会是文明的顶峰,但是他同时承认,自己写作的原因是"对那些见证过一座城市惨遭洗劫或者一个民族分崩离析的人而言,想把目睹的东西记录下来"①。道威尔见证了英国在殖民扩张晚期英国性作为民族身份的继承危机,而爱德华的事迹是其想将这一情况记录下来的见证。在爱德华时代,英国性作为一种集体身份认同面临内外异质因素的冲击,其内在的实质意义受到质疑。

《好兵》这部小说再现了19世纪末至20世纪初期爱德华作为贵族绅士的悲剧。爱德华作为传统贵族绅士,其用运动、社交、仪式等身体实践操演了英国性这一身份,建构了英国绅士的形象并延续了英国的文化记忆。然而,爱德华的身体操演揭示了英国性作为一种以身体为媒介的文化记忆的弊端,即英国性成为一种可复制的模式,在殖民时期的英国虽然有助于被殖民地建构身份认同,但同时也给英国性内在的意义提出了质疑。英国性作为一种身体操演成为了空洞的能指符号。爱德华的身体作为英国封建社会文化记忆的媒介最终也随着他的自杀而消亡。爱德华之死被道威尔刻画得极具仪式性与象征意义,爱德华身体的死亡不仅象征着英国性作为身体记忆传承的危机,其承载的英国民族身份内涵也面临时代的质疑。

第三节 感官记忆:《一个青年艺术家的画像》中的爱尔兰民族性建构

乔伊斯是爱尔兰现代主义作家,其一生仅创作了四部作品,但是他在文学史上的地位却是不可撼动的,他的创作技巧展现了现代主义文学的美学巅峰。当时的爱尔兰还属于英国的殖民地,爱尔兰民族经历着大英帝国

---

① (英)福特·麦多克斯·福特.好兵[M].杨向荣,译.北京:北京十月文艺出版社,2018:5.

的压迫和天主教的严酷统治，社会上也正进行爱尔兰民族复兴运动（the Irish Revival），民族全体都渴望赢得爱尔兰的独立。乔伊斯虽然很早就自我流放至欧洲，但是他终其一生的创作都心系爱尔兰民族。《一个青年艺术家的画像》(*A Portrait of the Artist as a Young Man*，以下简称《画像》)一书创作于 1916 年，以乔伊斯本人青年时期的经历为蓝本，再现了 19 世纪末至 20 世纪初爱尔兰民族备受压迫的境况。其中，身体作为隐喻意象和具身存在从不同侧面书写了感官作为记忆之源的重要性。爱尔兰民族的压迫首先是身体性的，身体感官无法形成个体记忆，身体即沦为被规训的客体。而乔伊斯通过这部作品表明，重建民族独立性的首要在于恢复身体作为记忆媒介的主体性。《画像》中的身体记忆不再只是个体独特经验的载体，主人公代达勒斯的身体记忆已成为整个民族殖民历史和反抗压迫的文化记忆象征。

一、詹姆斯·乔伊斯与《一个青年艺术家的画像》

詹姆斯·乔伊斯出生于 1882 年，是现代主义作家中最核心的人物之一。他出生于爱尔兰，但当时的爱尔兰还仍属于大英帝国的殖民地，爱尔兰与英国之间的关系对乔伊斯本人的经历与创作产生了不可磨灭的影响。尽管乔伊斯本人在青年时期即离开故土、远走欧洲，但是他在爱尔兰生活的回忆始终贯穿于他的各部作品中。乔伊斯出生于一个较为富裕的家庭，但尽管父亲早年积蓄雄厚，但在乔伊斯就读小学期间，家庭经济条件每况愈下，甚至致使乔伊斯不得不辍学并转去另一所基督教会学校。乔伊斯的文学天赋在其孩童时期就已显现，9 岁时，他为了缅怀爱尔兰民族复兴运动的领袖帕特尔（Charles Stuart Parnell）之死，创作了其一生中的第一首诗。乔伊斯进入都柏林大学学院读书时，主修了多门语言，包括英语、德语、意大利语与法语，并且还在大学中积极参加文学与戏剧等相关活动，一心偏爱文学创作。1902 年，乔伊斯决定离开故乡爱尔兰，去法国巴黎寻找自己的理想。乔伊斯最初来到巴黎是为了学习医学，但后来结识了诺拉·伯纳科（Nora Barnacle）并与她一同开始了流亡生活，乔伊斯也逐渐步入文学创作领域。乔伊斯著名作品《尤利西斯》（*Ulysses*）中故事发生的"布鲁姆日"（Bloomsday），即 6 月 16 日，就是为了纪念其与诺拉的第一次约会，之后成为了乔伊斯书迷纪念他的纪念日。

乔伊斯一生创作的作品数量不多，著有短篇小说集《都柏林人》（*The Dubliners*），长篇小说《一个青年艺术家的画像》《尤利西斯》《芬尼根守灵夜》（*Finnegans Wake*），此外还著有个别剧本及诗歌。乔伊斯虽然没有大量的作品，但他对现代主义文学运动的影响是深远而巨大的，他开创的意识流、拼贴等手法对现代甚至后现代作家都产生了巨大影响。但其巨著《尤利西斯》的出版遭遇困难，由于该书形式过于复杂并且内容被认定为淫秽，最初虽然经由庞德（Ezra Pound）的帮助在杂志上连载，但最后还是被迫下架。1922 年，巴黎塞纳河左岸的莎士比亚书店的店主西尔维亚·比奇（Sylvia Beach）发行了该书的法文版，后来几经周折，这部文学史上的巨著才得以正式面世。乔伊斯的众多长篇都以晦涩而著称，这是西方现代社会精神荒原的体现，与同时代的艾略特等人具有同样的特征。乔伊斯作品中大量使用双关语、意识流、重复等手法，并且将西方原始神话元素融入其中，他将现代小说的叙事形式发挥到了极致。

乔伊斯这种碎片化的、非线性的文学创作模式与当时的社会现状紧密相关。正如弗兰克谈到的那样，现代文学具有并置性与共时性特征，它们要求读者放弃遵循线性的理解方式，而在反复阅读中形成一瞬间的整体感受。[①]现代文学的空间形式在乔伊斯的作品中尤为明显，《都柏林人》虽然是短篇小说集，但是它为读者呈现出都柏林的整幅图景，而《尤利西斯》《芬尼根守灵夜》这两部长篇小说更是运用大量的双关意象、象征等手法，让读者在反复阅读文本的过程中形成一种整体感受。这种对线性思维的抛

---

① Joseph Frank. Spatial Form in Modern Literature: An Essay in Two Parts[J]. The Sewanee Review, 1945(2): 225.

弃与当时的社会现实紧密相关，20世纪初的欧洲处于现代化进程的巅峰时期，科技的发展改变了人们的时空观念：随着新型交通工具的发明，时间不断被压缩，而空间的切换日渐加快，人们体验世界的方式发生变化。因此，该时期的作家倾向于用空间形式表达他们对现实的体验，用碎片并置等手法试图在文学作品中再现生活中的感知。乔伊斯身处都柏林与巴黎等现代都市，对此有更深刻的体会。因此，乔伊斯创造的意识流等手法再现了当时社会中人与世界的关系，世界在人的精神中的呈现正是被这样一种碎片化的方式所表征。

虽然乔伊斯自青年时期便远离了故土爱尔兰，但是他之后创作的文学作品主题与爱尔兰紧密相关，诺兰（Emer Nolan）指出："虽然乔伊斯的国际主题在其爱尔兰性之上，但是爱尔兰的问题仍是他作品基础的意义之所在。"[①] 自乔伊斯童年时期伊始，爱尔兰就不断爆发反抗大英帝国殖民统治的本土复兴运动，民族复兴运动的内涵体现在语言、政治、文化、体育等各个方面。乔伊斯的父亲及乔伊斯自己所崇拜的爱尔兰民族英雄帕特尔是民族领袖的代表人物，但帕特尔后因与奥谢夫人的婚外情而失去了领导地位并郁郁而终。这一事件对乔伊斯的影响巨大，他从幼年时期便开始思考民族的未来。乔伊斯童年和青年时期的爱尔兰正处于英国殖民高压统治与天主教严苛的教条之下，民族整体的境况十分危急。爱尔兰的凯尔特民族（the Celts）在文化、生活、教育等各个方面均受到天主教与殖民统治的压迫。乔伊斯正是在这样的背景下开始了文学创作，希望能通过文学作品反映出自己亲身经历的民族困境。乔伊斯的作品可谓爱尔兰民族的文学之镜。

《画像》正是这样一部以乔伊斯本人青年经验为蓝本的长篇小说，它体现出乔伊斯对爱尔兰民族在19世纪末至20世纪初面临的危机的牵挂。《画像》的前身是乔伊斯创作的《史蒂芬英雄》（*Stephen Hero*），后经修改

[①] Emer Nolan. James Joyce and Nationalism[M]. London: Routledge, 1995: 3.

并改名后重新出版。该小说再现了主人公代达勒斯从童年起至青年时期的生活及内心世界的成长。由于乔伊斯本人之前在杂志上发表作品时曾用过笔名代达罗斯（Daedalus），这是希腊神话中创造迷宫的神，并且这部作品的内容主要以乔伊斯本人的童年以及青年生活为基础，因此《画像》一直以来都被认为是乔伊斯本人的半自传式（semi-autobiographical）作品。此外，由于主人公代达勒斯与乔伊斯本人一样，都致力于通过文学创作拯救他的民族，因此这部小说也被称为"艺术家成长小说"（Künstlerroman）。《画像》是乔伊斯到达欧洲后创作的作品，也许正是因为在物理距离上与故土爱尔兰形成了遥远的距离，因此乔伊斯能更清晰地审视整个民族的特征及其面临的困境。乔伊斯在该小说中表现了其自身关于民族、审美、文学创作等诸多问题上的看法，评论家们由此通过主人公代达勒斯的观点来透视乔伊斯的想法。然而，作品主人公的观点不一定等同于其隐含作者的观点，更区别于真实作者的想法。因此，想要透视乔伊斯的审美观、民族观等思想，读者应从小说创作的手法入手，而不是将主人公的思想对号入座。

《画像》讲述了代达勒斯从童年至青年的家庭生活、学习生活与情感生活，从家庭、宗教等方面为读者塑造了一个立体的形象。该小说虽然类似传记，但小说自始至终采用隐身叙述者的技巧，叙述从代达勒斯本人的视角出发，从人物内部为读者再现了他的个人经验，同时也刻画了人物内心的变化与成长。童年的代达勒斯与父母关系融洽，他的父亲时常给他哼唱儿歌，而母亲则会照顾他的饮食起居。代达勒斯的家人们都是爱尔兰复兴运动的支持者，因此将帕特尔奉为偶像。但是这一切在帕特尔的突然逝世后发生了变化，代达勒斯失去了精神上的父亲，而家中信仰天主教的丹蒂又将帕特尔斥责为背叛上帝的叛徒。从此，代达勒斯陷入了各种话语的矛盾中。代达勒斯在学校里是一位温顺的学生，所以不免时常受到同学们的欺负和老师的误会，这一切都在他幼小的心灵上留下了伤痕。此外，由于他的学校是严苛的天主教管辖之下的基督公学，因此对个人的管理与规训十分严格，代达勒斯及其同学经常经受皮肉之苦。在代达勒斯的青春期，出于对性的未知与好奇，他最终屈服于欲望并与妓女发生了关系。此后，代达勒斯一直生活在悔恨之中，直到他鼓起勇气向神父忏悔，他的内心才获得了平静。之后的代达勒斯逐渐意识到自己需要承担起民族复兴与独立的重任，他最终决定离开爱尔兰，远走欧洲。

《画像》从内部的细腻视角刻画了代达勒斯这一人物的成长，再现了当时爱尔兰的社会风貌与民族的处境，手法独特，笔触细腻，视角独到。小说除代达勒斯之外，还刻画了克里兰神父、达文、艾琳等角色，全方位再现了代达勒斯的生活经验。其中最引人注意的是小说的写作形式，乔伊斯在这部小说中完成了艾略特所谓的"非个人化"（impersonality），即作者隐身于故事与人物身后，而通过内视角直接将主人公的见闻呈现给读者。全书以代达勒斯不同时期的感受为主，身体的感官与身体的记忆功能在小说中具有核心的重要性，因为正是通过代达勒斯直观的身体感受，作者才能将其所感所想呈现给读者。因此这本小说对身体的再现与刻画十分重要。著名的女性主义批评家伊莲娜·西苏（Hélène Cixous）曾将这部小说的构架比作人的身体，而将开篇的几个场景称为"胚胎式场景"（embryonic scene）[1]，认为全书的情节由此展开。西苏是从结构和情节安排上将小说比喻为身体，但她没有注意到的是，书中对身体感官记忆的刻画与乔伊斯对爱尔兰民族处境具有紧密关联。代达勒斯的身体记忆是爱尔兰民族处于殖民统治下的记忆，其身体成为文化记忆的载体。从身体视角出发观照该小说文本，可见乔伊斯将其民族观蕴含于对身体的再现与隐喻中，身体成为爱尔兰民族文化记忆的象征与载体。

19世纪以来的作家（尤其是现代主义作家）尤其重视感官（sense）而不那么重视智识（intellect），这是由于现代社会的科技发展与时空变革对

---

[1] Hélène Cixous. Readings: The Poetics of Blanchot, Joyce, Kafka, Kleist, Lispector and Tsvetayeua[M]. Eds, Verena Andermatt Conley. Minneapolis: University of Minnesota Press, 1991: 3.

人的感官经验造成了巨大冲击。乔伊斯正是生活在这样日新月异的现代都市社会中，其自身的身体经验必定对其文学创作产生了影响。《画像》中对身体的书写揭示出主人公原型乔伊斯的生活经验，在更深的意义层面上也暴露出乔伊斯如何通过身体观表达其对民族困境的思考。在这样的意义上，身体不再仅仅作为传承文化记忆的物质载体，还成为抽象性的象征符号，更成为表征爱尔兰文化困境与民族集体记忆的途径。

二、爱尔兰集体记忆的身体表征

身体在文化记忆维度上被赋予了广泛的象征意涵，身体不再只是生理性的、物质性的实体，而是成为民族历史的能指符号。身体从来都不是静态的物体，身体被赋予了政治文化内涵。例如，国王的肉身不仅是其个人的存在媒介，其身体还是帝国权威与统治权的象征符号。理查德·布朗（Richard Brown）在分析《尤利西斯》中"潘内洛普"一节中的身体形象时指出，乔伊斯作品中的身体是"政治和审美意义上的隐喻"[①]。《画像》中的身体也不限于被当作感知实体或行动主体来刻画，其中的身体书写象征了爱尔兰民族的历史记忆。例如，在身体服饰方面，主人公代达勒斯通过辨认爱尔兰民族的老式服装便联想到庄严的民族历史："只要看一眼他们的老式服装就能认得出。在他心目中那是个庄严的时代，他猜想那时候克朗戈斯的学生们穿的是缀着铜纽扣的蓝上衣和黄坎肩，戴的是兔皮帽……"[②]身体的服饰在代达勒斯处成为了一种记忆的触媒，但是这种记忆并非他的个人记忆，因为他显然没有经历过之前的时代，代达勒斯被唤起的是一种沉淀的文化记忆。因此，身体作为一种文化记忆象征，民族的历史沉淀在其中，身着古老服饰的个体身体不再属于个人，而是该民族独特历史与记忆的承载物。

[①] Richard Brown. Joyce, "Penelope" and the Body[M]. New York: Rodopi, 2006: 21.
[②] （英）詹姆斯·乔伊斯. 一个青年艺术家的画像[M]. 辛彩娜，译. 北京：中信出版集团，2021：30.

第四章 民族性的操演：身体与文化记忆

如上所述，身体可以被赋予文化意义上的含义，身体也可以成为民族历史与集体记忆的隐喻，而女性的身体就是爱尔兰数百年殖民记忆的象征。爱尔兰的凯尔特民族长期被视为具有女性气质的民族，这是相对于其殖民国——大英帝国——而言，殖民者被赋予男性的象征意义，而被殖民者则成为了被侵占的女性。纳什（Catherine Nash）指出，由于爱尔兰民族长期被喻为女性，这已经形成了该民族的"具身性民族身份"（embodied nationhood）①。这一种具身民族性其实依赖于殖民行为与性行为之间的隐喻，二者都是强者对弱者身体/土地上的入侵与标记。此时的爱尔兰民族被喻为女性的身体，而大英帝国则具有男性般的强权地位，而爱尔兰的被殖民历史记忆则是被这一象征性的"具身性民族身份"所延续与传承的。由此，爱尔兰民族的殖民历史可以被喻为一部"身体史"，即女性身体的隐喻成为其民族殖民记忆的载体。

相对于男性，女性的身体常被建构为自然的、低级的、生物性的，这同样也是导致爱尔兰民族被殖民化与他者化的父权逻辑。在古希腊人的思想中，女性身体被认为是缺少器官的、可怕的，即"充满死亡和毁灭的低级身体"②，而男性身体则被建构为高级的身体。此外，女性身体还因为其孕育特性而被视为与大地类似，女性身体自然与土地建立联系。与此同时，女性由于自身具有的生育功能而被认为是自然的，与男性文化的、非自然的、社会的身体形成对比。女性由于身体的特征被认为是非理性的，而男性则拥有了管教、约束、侵占女性的特权。爱尔兰民族的殖民历史也是如此，帝国主义的逻辑将殖民地他者化，用文明/野蛮这一二元对立去将其自身的殖民行为合法化。由此，爱尔兰作为被殖民地一直被视为需要被开化与拯救的他者。女性的身体成为爱尔兰被压迫历史的见证，这一身体

---

① Catherine Nash. Embodied Irishness: Gender, Sexuality and Irish Identity[A]//Brian Graham. Search of Ireland A Cultural Geography[G]. London: Routledge, 1997: 108.
② Rod Giblett. The Body of Nature and Culture[M]. London: Palgrave Macmillan, 2008: 68.

隐喻不是在具身层面上承载文化记忆，而是在象征意义上成为爱尔兰殖民记忆的能指。

身为心系民族历史的地道的都柏林人，乔伊斯也曾用具身隐喻来刻画爱尔兰受压迫的民族境况。针对爱尔兰民族几个世纪以来面对的殖民困境与宗教压迫，乔伊斯曾质问道："奴隶的后背怎会忘记皮鞭？"（Can the back of a slave forget the rod？）[①] 此外，乔伊斯也用"瘫痪"（paralysis）[②]这一身体状态的隐喻来形容受到天主教教堂、刻板的官僚机构、严苛的税收机关等各方压迫的爱尔兰社会。这种瘫痪不仅是道德层面或精神层面的瘫痪，在如此压迫的统治下，爱尔兰民族的个体身体也处于被严格规训的状态下，"瘫痪"一词具有物理身体意义上的内涵。由此一来，乔伊斯作品中的身体受到评论家的广泛关注。在《画像》一书中，达文在夜晚偶遇的孕妇则成为爱尔兰民族殖民记忆的具身象征。孕妇的身体象征了殖民者大英帝国与被殖民者爱尔兰的融合，这一身体的居间性质表征了爱尔兰长期的殖民状态，即处于殖民与被殖民的双重身份认同障碍中。小说中的孕妇身体承载了爱尔兰的殖民记忆，是民族文化记忆的具身形象。

此外，这样一种母亲与孩子的关系同时也象征着爱尔兰民族整体与个体之间的关系，爱尔兰的民族母亲作为一种具身形象出现在达文这一爱尔兰民族个体面前，这是一种文化记忆的再现与强调。在《画像》的前身《史蒂芬英雄》（*Stephen Hero*）中，患病的母亲向史蒂芬发问："你懂任何关于身体的事吗？"[③] 这一情节具有深刻的象征意涵，同时揭示出身体这一意象作为民族记忆象征的重要性。患病的母亲犹如经受殖民压迫和天主教统治的爱尔兰，而史蒂芬则是民族未来的希望，母亲向其询问是否了解身体，这足以说明民族复兴和独立的解药在于重新获得身体的主体性，即个体需

---

① James Joyce. The Critical Writings of James Joyce[M]. Eds, Ellsworth Mason, Richard Ellmann. Baltimore: Cornell University Press, 1959: 168.
② James Joyce. The Critical Writings of James Joyce[M]. Eds, Ellsworth Mason, Richard Ellmann. Baltimore: Cornell University Press, 1959: 171.
③ James Joyce. Stephen Hero[M]. London: New Directions Publishing, 1956: 168.

要挣脱社会各方的统治话语。在爱尔兰人的殖民记忆中,整个民族的形象被患病的母亲所替代,带有疾病的身体成为殖民历史的能指,而拯救身体的解药成为民族独立的希望。

女性的身体成为爱尔兰殖民记忆的表征符号,身体在象征层面与物理身体层面均指涉殖民历史的残酷。乔伊斯直接在《史蒂芬英雄》中指出爱尔兰的民族境况:"女性的身体就是国家的财产。"("A woman's body is a corporal asset of the State.")① 女性的身体没有任何自身的主体性可言。在隐喻层面上,爱尔兰作为相对于大英帝国的他者、女性,其不过是帝国财产和领土的一部分,没有任何主体性和独立性可言。而在物理身体层面,殖民统治下的爱尔兰个体没有任何身体主体性可言,身体行为均受到天主教会、学校等权力机构的制约。因此,身体在《画像》中不仅是爱尔兰民族几百年殖民记忆的隐喻符号,它也是具体环境下个体身体受到压迫的见证。

通过身体隐喻与身体形象,乔伊斯将爱尔兰长期经受殖民统治的历史记忆赋予至爱尔兰的女性身体形象上,并且借孕妇的形象将爱尔兰具身化。身体在《画像》中并不是文化记忆机制中延续记忆的载体,它并不通过仪式操演、身体姿态、身体属性等延续民族特有的文化记忆。相反,身体成为隐喻层面上的形象承载了爱尔兰民族的殖民记忆,并且通过女性身体的他者地位表征了爱尔兰民族在大英帝国统治下主体性与民族独立性的丧失。然而,在这一身体表征的整体境况下,个体身体作为爱尔兰民族传统记忆的载体也受到压迫与干预。

三、代达勒斯的身体记忆

身体可以在隐喻层面表征爱尔兰民族的整体处境,个人的肉身也在此情况下遭受了相应的规训与压迫,代达勒斯的个人身体记忆具有社会与民

---

① James Joyce. Stephen Hero[M]. London: New Directions Publishing, 1956: 207.

族维度的意义。身体被认为是精神受损害表现的场所，个人身体所表征的精神创伤不仅是个人的，还是集体性的。在天主教势力渗透于社会权力机关各个角落的情况下，爱尔兰的个体遭受着肉体上的压迫。福柯指出，关于权力的微观政治首先是身体性的，"肉体也直接卷入某种政治领域；权力关系直接控制它，干预它，给它打上标记，训练它，折磨它，强迫它完成某些任务、表现某些仪式和发出某些信号"①。在小说中，乔伊斯着力刻画了代达勒斯自童年时期到青年时期的身体变化与身体记忆，其中不仅反映出代达勒斯身体观的转变，还体现了文化记忆如何被身体所铭记与表征。

代达勒斯婴孩时期的身体虽然是沉默的，它并未受到权力的控制与驯化，它通过敏锐的感官来体认世界，同时也通过感官来习得民族文化记忆的内涵。乔伊斯在开篇便描写了不会说话的代达勒斯的五种感官：视觉、味觉、听觉、触觉、嗅觉。这五种感觉分别体现在："爸爸透过单片眼镜看着他：他脸上有很多汗毛""（伯恩）卖柠檬味的扭扭糖""他唱着这支歌。这是他的歌""尿床了，先是热乎乎的，后来又凉飕飕的""妈妈身上的气味比爸爸好闻多了"②。婴儿时期的代达勒斯通过感官来认识和记忆这个世界，这时他的身体还尚未受到学校的管束、宗教的制约、父权的压迫，他的身体虽然是沉默的，但是也可以经由身体这一媒介进行具身言说。代达勒斯在通过感官认识世界的同时，对民族性的体会也由此被身体铭记。他知道丹蒂衣柜里有两把刷子，而绿色的那一把代表爱尔兰民族运动领袖帕内尔。由此，绿色这一视觉性的感官记忆在代达勒斯心中与爱尔兰民族联系起来，绿色成为民族记忆的象征。之后，在小说中提到绿色时，代达勒斯均赋予其民族独立性与自主性的内涵。

除身体的五种感官外，代达勒斯孩童时期的身体具有敏锐的记忆触媒作用，身体成为唤醒记忆的媒介。例如他会由"屁精"这个词的发音联想

---

① （法）米歇尔·福柯. 规训与惩罚[M]. 刘北成，杨远婴，译. 北京：三联出版社，2012：27.
② （英）詹姆斯·乔伊斯. 一个青年艺术家的画像[M]. 辛彩娜，译. 北京：中信出版集团，2021：2-3.

到洗手池的"噼叽"声，进而回忆起自己受欺负的场景："一想起这件事和厕所白花花的样子，他就觉得冷一阵热一阵的。"[①]身体的感官记忆在同样的感受之下被触发了，身体成为调取记忆的途径。以上情况均表明，代达勒斯在孩童时期的身体处于相对自由的状态，身体感官没有受到约束，他是通过五官去认识世界、认识自己的民族的。然而，当他长大后来到天主教统治的基督公学，他的身体受到严格约束，象征了爱尔兰处于天主教压迫的民族境况。

代达勒斯在学校经受的身体规训、惩罚、约束等均承载了爱尔兰民族在极端天主教统治之下的集体境况，是民族集体记忆的表征。代达勒斯在学校受到了各种声音的管控：上课铃声、主教的命令、同学的嬉笑等，他的身体逐渐失去了孩童时期的自由。基督公学上课和下课均遵守严格的规定，同学们必须有秩序地排队进出教室，上课铃声响后，主教会在操场上大声将学生们训斥回教室。福柯指出，纪律是一种权力对肉体进行微观控制的方式，"这种模式意味着一种不间断的、持续的强制。它监督着活动过程而不是其结果，它是根据尽可能严密地划分时间、空间和活动的编码来进行的"[②]。纪律是对个体身体严密的控制，在权力的运作下，个体失去了自身身体的主体性。代达勒斯在学校严格遵守这样的身体法则，以至于他自己出现意识和身体解离的状态，即由于他的意识迫使自身身体遵守纪律而对自己的身体进行过他者化处理，"他在宿舍脱衣服时手指抖个不停。他对自己的手指说快点脱"[③]，代达勒斯将自己的身体作为意识约束的对象，他的精神已经被权力的纪律内化了。面临这样的权力机制，代达勒斯的身体已经失去了自身的主体性。

---

① （英）詹姆斯·乔伊斯. 一个青年艺术家的画像[M]. 辛彩娜，译. 北京：中信出版集团，2021：9.
② （法）米歇尔·福柯. 规训与惩罚[M]. 刘北成，杨远婴，译. 北京：三联出版社，2012：155.
③ （英）詹姆斯·乔伊斯. 一个青年艺术家的画像[M]. 辛彩娜，译. 北京：中信出版集团，2021：19.

代达勒斯在课堂上公开受到的惩罚成为集体惩罚的体现，其身体成为了权力运作的媒介，而这样的惩罚是一种集体性的记忆，同时也是爱尔兰民族遭受压迫的象征。代达勒斯因为打碎了眼镜而可以免做作业，但是多兰神父一心认定他是因为懒惰而逃避任务，于是当着全班同学的面对其进行了肉体上的惩罚。这一公开惩罚的过程是权力的展演，代达勒斯的身体成为权力的展示媒介，"想到双手无缘无故地挨打，很快就会肿痛起来，他不禁为它们感到难过，就好像那不是他自己的手"[①]。这样的公开惩罚不仅对代达勒斯本人造成了创伤记忆，对在场的所有同学都形成了一种创伤性的集体见证。代达勒斯受到的公开惩罚表征了长久以来爱尔兰民族在殖民统治和天主教压迫下受到的创伤。代达勒斯的身体成为其民族集体记忆的表征媒介，个体身体的痛苦记忆是民族苦难的提喻符号。

此外，天主教的宗教思想也对代达勒斯的身体施加了严格的约束，其身体被作为意识的属下而被管束和压迫。中世纪的基督教信仰将身体视作灵魂堕落和道德败坏的根源所在，该时期由此被视为"贬低身体的时代"[②]。《画像》一书的背景是19世纪末的爱尔兰，那时的天主教继承着中世纪基督教对身体的贬低，将身体视为堕落之源。因此，当代达勒斯没有控制自己的欲望和同妓女发生关系后，他十分担心自己进入地狱，因为地狱充满了"灼烧罪人们的身体"[③]的地狱之火。代达勒斯听到神父向他描述地狱的身体惩罚时，他"浑身的肉开始收紧，还感到周遭的热气在翻腾，抽干了身体的水分，让他喘不过气"[④]。地狱对身体的惩罚已经让代达勒斯体会到真

---

① （英）詹姆斯·乔伊斯. 一个青年艺术家的画像[M]. 辛彩娜, 译. 北京：中信出版集团, 2021：66.
② Bill Burgwinkle. Medieval Somatics[A]//David Hillman, Ulrika Maude. The Cambridge Companion to the Body in Literature[G]. Cambridge: Cambridge University Press, 2015: 11.
③ （英）詹姆斯·乔伊斯. 一个青年艺术家的画像[M]. 辛彩娜, 译. 北京：中信出版集团, 2021：159.
④ （英）詹姆斯·乔伊斯. 一个青年艺术家的画像[M]. 辛彩娜, 译. 北京：中信出版集团, 2021：163.

实的肉体感受，因此，他试图通过控制身体的各种感官来赎罪。此外，因为自己身体犯下的罪孽，他还将自己的性器官降格为野兽，认为这一部分是不属于他的、具有动物性的身体部分。

  天主教对代达勒斯身体的压迫致使他无法正确面对自己的身体，时常将身体进行他者化处理，进而处于一种矛盾的身心观中。童年时期代达勒斯充满感官活力的身体已经被宗教话语严加约束，而宗教的各种仪式让身体成为天主教文化记忆传承的工具。代达勒斯孩童时期对民族记忆的深刻感受已经在学校和宗教的管束之下逐渐被淡忘了："儿时的记忆突然变得模糊了。他试着回想某些生动的瞬间，却怎么也想不起来。"① 同时，他也无法回忆起童年时期在丹蒂衣柜中所看到的代表帕内尔和整个爱尔兰民族的绿色刷子，民族的记忆就这样在权力的运作中消失了，取而代之的是对权力规则的铭记和僵化的身体程序。阿莱达·阿斯曼指出："在这种记忆中写入的不是个人生平的经验，这种记忆充满了一种文化文字，这种文字被直接地、不可磨灭地写入身体之中。"② 因此，代达勒斯的身体记忆不是其个人经验，其身体记忆成为爱尔兰民族整体困境的表征，主人公的身体受到多种话语的压迫而失去自身的感受、记忆、认知能力，成为权力的客体，正如爱尔兰民族在殖民统治下的他者化的被动处境。

四、身体的反抗：身体戏仿与具身认知

  当然，在代达勒斯遭受各种身体性压迫的同时，乔伊斯借由一些细微的情节表达出对这种抑制身体的权力的反抗。随着小说情节的发展，代达勒斯也逐渐意识到身体主体性的重要性，他试图通过不同的方式找回自己身体的独立性。实际上，乔伊斯对身体进行反抗的情节的呈现也是一种爱

---

① （英）詹姆斯·乔伊斯. 一个青年艺术家的画像[M]. 辛彩娜，译. 北京：中信出版集团，2021：120.
② （美）阿莱达·阿斯曼. 回忆空间：文化记忆的形式和变迁[M]. 潘璐，译. 北京：北京大学出版社，2016：278.

尔兰民族整体找回自身文化记忆的途径。

  爱尔兰的民众虽然受到天主教的严苛统治，但是他们之间的私人玩笑和俚语是对权威的一种反抗。在参加家庭的圣诞聚会时，代达勒斯一家分食一只火鸡，而他的父亲"拿切肉刀在盘底拨弄着，说：'——这儿有块非常好吃的东西，都管它叫教皇的鼻子（pope's nose）。'"①。而这一"教皇的鼻子"指的是鸡尾股的部位。从这一情节可以看出，虽然天主教对爱尔兰民众施加的严苛管理约束着他们的行为，例如他们每周必须参加的祷告、圣餐、宗教节日举办的仪式等，但是民族个体在私人空间内还是对主流的宗教话语保持警惕和反抗。康纳顿在谈论社会记忆方式时指出："政治争论常诉诸于具有讽刺效果的身体形象的漫画。"②这一原理和国王的两个身体类似，政治权威通常集中体现于权威人物的身体形象之中。由此，以代达勒斯父亲为代表的民众对天主教条例的反抗体现在这种讽刺性的身体隐喻上。原本教皇是象征至高无上的宗教权威，其身体更是纯净的象征，但是鸡尾股的隐喻揭示了普通人对这种权威的挑战与讽刺。身体隐喻在这里成为一种具有颠覆宗教权威潜力的象征，上帝的精神权威被身体化、动物化、污秽化。

  此外，更具讽刺意义的是，原本抽象的宗教教义必须借助身体的形象才能为人所理解与熟记。乔伊斯在描述代达勒斯理解天主教教义时指出，代达勒斯不能理解抽象的、无形的"三位一体"理论，反而通过宗教书籍中的画面才形成了更好的理解："圣父凝视着镜子般的永恒里的自己至善至美的圣容，于是在永恒中产生了圣子，接着圣父和圣子又在永恒中产生了圣灵。"③天主教的教义本应该是将身体贬低为灵魂的容器和堕落的根源，

---

① （英）詹姆斯·乔伊斯. 一个青年艺术家的画像[M]. 辛彩娜, 译. 北京：中信出版集团, 2021：39.
② （德）保罗·康纳顿. 社会如何记忆[M]. 纳日碧力戈, 译. 上海：上海人民出版社, 2000：111.
③ （英）詹姆斯·乔伊斯. 一个青年艺术家的画像[M]. 辛彩娜, 译. 北京：中信出版集团, 2021：197.

但是代达勒斯对宗教教义的认知过程似乎说明了宗教的理解必须要依靠有形的形象。这一情节类似《圣经》中教民违反上帝不许制造其形象的约定而制造了金牛犊。上帝的教条本应该在抽象中被理解，因为一旦形象被制造出来，上帝的语言权威就被形象所夺取了。《画像》中的这一情节似乎也说明了具体的身体形象在理解宗教教义中的作用。而对于"教皇的鼻子"这一情节，身体似乎被赋予了颠覆天主教统治的力量，"教皇的鼻子"对宗教权威的戏仿解构了天主教的话语权威。

此外，当代达勒斯因为眼镜打碎而遭受多兰神父的误会，他决定找校长澄清，在这一过程中，其身体充当的反抗角色远大于其意识。代达勒斯由于眼镜坏了而无法完成作业，而多兰神父当众对代达勒斯的身体进行惩罚，给其造成了难以磨灭的痛苦记忆。因此，代达勒斯趁着去食堂的机会准备找校长澄清事情的真相。正在犹豫之际，"他已经走到门口，径直向右拐上了楼梯，还没来得及拿定主意是不是该折回去，就已经走进了通向城堡的那条又低又暗又窄的走廊"①。在这里，代达勒斯的身体成为比意识更具有反抗力量的途径，当他尚未决定是否要找校长时，身体已经将其带上了那条路。这里可以看作身体作为主体对权力的反抗。乔伊斯在这里指出，对宗教话语或学校机构纪律话语的反抗的前提在于身体的觉醒。因为多兰神父的惩罚将代达勒斯的身体客体化为被动的物质对象，而代达勒斯决定反抗时，他的身体重新获得了主体性。身体的主体性不断被乔伊斯强调，身体不应只作为痛苦的个人记忆的载体或是集体记忆的承载者，个体的身体获得主体性是整个民族独立的前提。

当身体获得了主体性，民族个体可以通过具身认知的方式来体认这个世界，身体将成为承载民族文化记忆的鲜活的媒介。除了身体在进行反抗，代达勒斯的身体还在记忆中扮演了重要作用，身体是个人记忆与民族记忆的载体。例如代达勒斯在写完送给艾琳的诗后，他的记忆中"就连他和她

---

① （英）詹姆斯·乔伊斯. 一个青年艺术家的画像[M]. 辛彩娜, 译. 北京：中信出版集团，2021：71.

的形象也变得不那么生动鲜明了"①，但是他的身体感官仍留存了当时的感受记忆："和煦惬意的微风，还有散发着少女光彩的明月。"②当意识中记忆的画面不再清晰，身体感官的感受仍能跨越时空。但是这一切的前提是身体的感官要得到自由且充分的运用，代达勒斯不能听从天主教的教条而将自己的感官约束到最小限度。身体作为记忆的媒介应该被给予足够的自由，因为身体是个体与集体记忆世界的方式。从梅洛-庞蒂开始，身体的主体地位得到强调，而现在发展的认知科学更是肯定了具身认知（embodied cognition）的存在，身体感官是人们理解世界的前提。

代达勒斯的具身认知表现在他对"象牙"（ivory）这一词语的理解上，抽象的概念需要具体的身体感受加以解释。代达勒斯在初次接触到象牙这一词时觉得它含义模糊，并不明白它的确切所指，但是当他喜欢的女生艾琳的手触碰到他时，他立即懂得了象牙的含义。"艾琳也有一双凉凉的细长白嫩的手，因为她是女孩子。她的手跟象牙一样，只不过很柔软。这就是象牙塔的含义，可是新教徒们理解不了，还总拿这事当笑柄。"③代达勒斯是通过身体的触觉感受第一次真正懂得了象牙的含义，这说明身体是人类存在于世的根本，其感官不能受到压抑与克制，身体的感官是人们与世界交流的方式。世界的一切意义，不论具体还是抽象，都存在于身体与世界的联系之中。

在爱尔兰处于高压的殖民管理之下，乔伊斯通过对代达勒斯具身认知的刻画意在说明身体的主体性与感受性是民族个体挣脱话语束缚的前提。身体如果要成为爱尔兰民族争取独立性的途径，它首先需要跳出施加于其上的权力话语牢笼，身体需要重新获得去发现、去感受、去认知的能力。

---

① （英）詹姆斯·乔伊斯.一个青年艺术家的画像[M].辛彩娜，译.北京：中信出版集团，2021：91.
② （英）詹姆斯·乔伊斯.一个青年艺术家的画像[M].辛彩娜，译.北京：中信出版集团，2021：91.
③ （英）詹姆斯·乔伊斯.一个青年艺术家的画像[M].辛彩娜，译.北京：中信出版集团，2021：54-55.

因此，代达勒斯在小说中的身体虽然遭受了天主教的话语约束和学校的严苛纪律，但是他逐渐明白了身体主体性的重要。于是，他在小说最后呼应了代达罗斯的神话，他将用新的身体经验去拯救他的民族。

五、身体记忆与民族主体重建

如上所述，《画像》主人公痛苦的身体记忆是整个爱尔兰民族受到压迫境况的提喻，但与此同时，他的身体也被赋予民族复兴的符号意义。代达勒斯在青年时期认识到，"他听到另一个声音，敦促他要强壮，要有男子气魄，要健康；当民族复兴运动的浪潮涌入学校时，他又听到一个声音，要他忠于自己的国家，为振兴民族语言和传统贡献力量"[①]。代达勒斯的身体状态成为民族地位的象征，个人的身体成为了国家的象征符号。代达勒斯身体的健壮、男性气质等都代表了整个爱尔兰民族的气质。在爱尔兰长期被视为女性的情况下，代达勒斯身为民族的青年，他被期望去使自己的身体成为国家强盛的象征形象。代达勒斯逐渐意识到加诸于他身体上的话语（声音），不论是天主教的还是殖民主义的，都需要他通过身体进行反抗，而第一步则是要获得身体的主体性。因此，在他认识到他自己经历了重要的成长阶段后，他说"他的灵魂已经从孩提时代的坟墓中站了起来，扔掉了缠在身上的裹尸布"[②]。代达勒斯意识到，身体从来都被作为其民族历史记忆的象征符号与载体，而他的使命在于重新从多重压迫话语中建构身体的主体性，进而重新让身体成为民族记忆的媒介。

首先，代达勒斯必须学会发现身体之美，而这一过程是通过视觉这一感官来实现的。西苏谈论《画像》时曾指出，"这一文本明显在眼睛（eye）

---

① （英）詹姆斯·乔伊斯.一个青年艺术家的画像[M].辛彩娜，译.北京：中信出版集团，2021：108.
② （英）詹姆斯·乔伊斯.一个青年艺术家的画像[M].辛彩娜，译.北京：中信出版集团，2021：224.

和自我（I）之间建立了语音上的模糊"①。的确，只有当代达勒斯通过视觉去认识身体之美时，他才能挣脱天主教施加于他之上的矛盾身体观，进而形成一种身心合一的有机身体观。当代达勒斯在学校里看到爱尔兰民族诗人托马斯·莫尔（Thomas Moore）的雕像时，他自惭形秽，认为自己也应承担起民族复兴的责任。这里的爱尔兰诗人雕像成为一种以身体为媒介的记忆之场，虽然是没有鲜活生命体征的塑像，但民族诗人身体符号的在场指涉的是整个爱尔兰民族的历史记忆，并且也同时强调了几百年的殖民记忆。代达勒斯遇到这一雕像时，仿佛在回溯其民族的历史记忆，身体作为文化记忆的媒介成为具身的在场，代达勒斯在看见（eye）身体的同时看见了民族记忆，进而产生自我（I）与民族独立的希望。

此外，代达勒斯最明显描绘身体之美的场景是刻画那位海边的女孩，爱尔兰民族记忆的身体象征符号成为一位具有身体之美的女性。乔伊斯创作的特点之一是"灵显叙事"（epiphany），这是一种"突然的精神显现，不论是通过语言还是身体动作抑或是值得记忆的心灵回忆"（a sudden spiritual manifestation, whether in the vulgarity of speech or of gesture or in a memorable phase of the mind itself）②。乔伊斯的灵显叙事通常被视为揭示叙述中某一特别的主题所使用的叙述技巧，在《画像》中，每一章节均出现了灵显叙事，但针对全书来说，最关键的场景在于代达勒斯在海边遇到的女孩。乔伊斯对这位女孩的身体进行了详细的描绘："修长纤细的小腿赤裸着，像白鹤的腿一样纤细纯净……大腿更丰满、更白皙，几乎露到了臀部，内裤的白边宛如轻柔雪白的绒羽……她的胸脯也像鸟儿一样柔软而纤

---

① Hélène Cixous. Readings: The Poetics of Blanchot, Joyce, Kafka, Kleist, Lispector, and Tsvetayeua[M]. Eds, Verena Andermatt Conley. Minneapolis: University of Minnesota Press, 1991: 7.

② Jean-Michel Rabate. James Joyce: Theories of Literature[A]//Julian Wolfreys. Modern British and Irish Criticism and Theory A Critical Guide[G]. Edinburg: Edinburg University Press, 2006: 132.

第四章 民族性的操演：身体与文化记忆

巧……脸也焕发着少女的光彩，点缀着令人惊异的尘世之美。"① 代达勒斯在看见这位美少女后决定跟随生命的召唤，"去生活，去犯错，去堕落，去征服"②，他决心去拥抱新的生命经验，去用身体感受这个世界。

如果说爱尔兰民族的文化记忆是被女性的身体所承载的，那么代达勒斯的灵显叙事就是希望整个民族颠覆男权的话语统治，用关于身体的经验去争取主体性。如前所述，爱尔兰与大英帝国的关系是男性的殖民者与女性的被殖民者。然而，从女性主义的视角来看，女性想要获得主体地位，则需要回到被压迫的身体本身，用一种关于身体的写作态度来颠覆男性凝视与权威。乔伊斯此处刻画的女性形象是爱尔兰民族的投影，是身体之美的象征，以此表达了一种从身体出发去除加诸爱尔兰民族之上的殖民话语或宗教话语的形式。代达勒斯在小说中强调，关注身体不能单纯从优生学或生物学意义上去看待，我们应该去发现身体的独特之美，这种美是超越物质的。由此，书中的女性身体被显著刻画，其身体成为象征爱尔兰民族历史主体记忆的符号。

在小说的结尾，代达勒斯决定投身于文学创作中，用文学去"锻造我的民族还没有锻造出来的良心"③，文学写作成为代达勒斯乃至乔伊斯传递民族性的身体记忆模式。康纳顿将延续文化记忆的身体途径分为体化实践与刻写实践，而文学写作正是一种将民族记忆文本化的刻写方式，而这种方式本身就是用身体所完成的身体活动，"被刻写下来这一事实就证明一种被记住的意愿"④。因此，代达勒斯希望通过文学写作来延续爱尔兰民族记忆的行为本身就蕴含一种记住的情感意向。代达勒斯提及阿奎那

---

① （英）詹姆斯·乔伊斯. 一个青年艺术家的画像[M]. 辛彩娜，译. 北京：中信出版集团，2021：226.
② （英）詹姆斯·乔伊斯. 一个青年艺术家的画像[M]. 辛彩娜，译. 北京：中信出版集团，2021：227.
③ （英）詹姆斯·乔伊斯. 一个青年艺术家的画像[M]. 辛彩娜，译. 北京：中信出版集团，2021：348.
④ （德）保罗·康纳顿. 社会如何记忆[M]. 纳日碧力戈译. 上海：上海人民出版社，2000：124.

（Thomas Aquinas）的美学三原则，即"完整、和谐、光辉"①时，他十分同意阿奎那的美学观念，认为只有达到这三种元素的艺术作品才能创造美学体验。其实，仔细观之，这三种元素和人的身体的美学是相适应的，人的身体作为一个和谐整体正需要做到整体的完整、各部分的和谐以及散发着生命的光辉。代达勒斯的文学观具有身体美学的元素，正如学者们所说，文学写作这一行为就是灵魂的身体性外显。② 因此，代达勒斯选择将内心的体验与感受外化为文学作品，这本身就是一种用身体实践来铭记民族集体记忆的行为，在隐喻意义上也象征着文化记忆的"身体化"。

　　乔伊斯在这部作品中通过对身体的书写表达了身体主体性是其作为民族文化记忆传承的首要前提，因为处于殖民统治和天主教压迫下的个体民族的身体已经失去了身体的活力，身体挣脱加诸其上的话语是首要的前提。理查德·布朗认为，乔伊斯的现代主义写作同尼采等人一样，是反抗笛卡尔式理性主义传统权威的象征。乔伊斯通过暴露爱尔兰民族文化记忆的女性身体象征形象揭示了其民族的困境，并且着力通过刻画代达勒斯的身体记忆证明身体主体性的重要性。值得一提的是，以乔伊斯为代表的现代作家都十分关注身体感官与身体经验的再现，现代主义成为对笛卡尔式二元身心观的反叛思潮。凯瑟琳·弗林（Catherine Flynn）认为，乔伊斯这种注重身体的写作方式与其在巴黎这座现代都市生活具有密切关系，都市的现代化进程每天冲击着乔伊斯的身体感官，致使他"采用一种认同感官的艺术方式"③。身体在《画像》中不是充当一个物质性的文化记忆媒介和传递载体，而是成为了民族殖民历史记忆的象征符号，同时也是爱尔兰民族获得主体性的前提所在。

---

① （英）詹姆斯·乔伊斯. 一个青年艺术家的画像[M]. 辛彩娜，译. 北京：中信出版集团，2021：286.
② Andrew Bennett. Language and the Body[A]//David Hillman, Ulrika Maude. The Cambridge Companion to the Body in Literature[G]. Cambridge: Cambridge University Press, 2015: 74.
③ Catherine Flynn. James Joyce and the Matter of Paris[M]. Cambridge: Cambridge University Press, 2019: 23.

本章小结

本章以身体这一媒介作为 19 世纪末至 20 世纪初英国文学中的文化记忆研究的切入点，具体阐释了身体如何作为一种文化记忆的传递媒介在民族性建构方面发挥作用。本章以福特·麦多克斯·福特的《好兵》与詹姆斯·乔伊斯的《一个青年艺术家的画像》为文本分析对象，分别从英国性身份建构和爱尔兰民族对殖民主义的反抗两方面对身体媒介承载的文化记忆进行剖析，两部作品分别从身体作为操演媒介和身体作为民族历史记忆的隐喻两方面书写该时期英国文学中多面的文化记忆。身体书写在现代文学的创作中成为必不可少的重要元素，它再现了该时期民族性作为文化记忆建构的身份认同所面临的危机。

身体是每一个个体存在于世的媒介，身体无时无刻不在经历、记录、记忆，文化记忆必然具有身体维度的特征。然而，自柏拉图以来的西方传统哲学将身体视为被灵魂统摄的低级元素，身体的主体性并未得到重视。西方人文科学对身体这一话题的关注肇始于尼采，他是近代社会第一个号召回到身体的思想家，他打破了从 16 世纪起统领西方哲学思想史的笛卡尔式身心二元论，将人们的注意力重新召回身体之上。从此以后，身体的重要性相继被梅洛-庞蒂、福柯、桑内特、舒斯特曼、特纳等人进行分析阐释，身体也成为社会学、美学、话语分析等领域不可避免的关键词。在文学批评的微观范式中，庞代从叙事学入手，构建了一套文学的身体叙事模式，从人物、叙述权威、空间、情节等方面阐述了身体的叙事性，堪称身体与文学批评的结合典范。在文化记忆研究方面，身体在一开始便受到了重视。康纳顿对哈布瓦赫的集体记忆理论进行了扬弃，他将社会集体记忆的途径归纳为体化实践和刻写实践两种方式，自此开启了文化记忆研究的身体主题。身体的仪式操演、身份属性等内容成为文化记忆研究的重点话题，并且延伸至文学文化领域。在 19 世纪末至 20 世纪初的英国，社会处于现代转型期，英国性这一民族身份的延续机制受到冲击，而爱尔兰作为英国的殖民地，其内部爆发的多次民族复兴运动也在挑战英国的帝国权威。因此，文化记忆及其对民族性的建构问题成为该时期文学研究的重点话题。

《好兵》是福特在写作"英格兰与英国人"三部曲的同时期创作的小说，也是其书写英国性最著名的代表作，该小说中的身体操演和运动身体对英国民族性的本质进行了再现。小说主人公爱德华是典型的英国传统贵族绅士，他拥有祖传的家业布兰肖庄园，并且时常进行马球、赛马等体育运动。此外，身为贵族地主，他还对其土地进行仪式性的巡视，并给予佃户礼仪性和职能性的帮助。所有这些身体实践都是其维护英国贵族绅士身份的途径，正是靠这种规律的体化实践，英国性这一民族身份才会在贵族阶级一直延续下去，关于英国性的记忆才成为可以被传递的文化记忆。然而，当英国性不依靠生物血缘而是外化为一种身体的操演模式时，其内在的意义产生危机，英国性成为了一种可以被反复移置的外在身份模式。在殖民扩张时期的英国，这种体化式的民族身份或许能帮助帝国将更多他者纳入其中，但是这样一种模式也导致英国性失去了自身的意义，而成为叙述者道威尔所比喻的中心腐烂而外表完整的苹果。身体在这部小说中充当了文化记忆传递的物质载体，存在于爱德华的运动身体、仪式操演之中，但外在的身体模式也给英国记忆带来危机，让英国性这一文化记忆建构的集体身份遭遇危机。福特意在借由《好兵》对爱德华的反讽刻画揭露出英国性这一身份的虚伪，同时也暴露出英国的民族身份所面临的文化记忆危机。

当福特用身体这一媒介探索文化记忆传承的困境时，与之几乎同时代的乔伊斯则用身体记忆来表征爱尔兰民族的殖民集体记忆。在《一个青年艺术家的画像》中，乔伊斯用女性身体这一象征符号指涉爱尔兰作为被殖民地的几百年殖民历史，爱尔兰的土地如同被男性侵占的女性身体，彻底失去了自身的主体性，同时受到天主教和殖民话语的双重压迫。而生活在该时期的个体也遭受着身体被权力话语客体化和束缚的危机，民族个体的身体没有丝毫能动性，它也不再是个体延续民族记忆、建构民族身份、保持集体认同的媒介。主人公代达勒斯婴孩时期的身体拥有敏锐的五种感官，他通过身体感官来与世界交流，并通过具身认知的方式来体认世界，身体成为他记忆世界的媒介。但是经受了天主教和学校机构话语的规训，他试图约束身体感官记忆，身体沦为意识统摄的被动客体，身体所承载的感官记忆被逐渐抹去和淡忘。代达勒斯的身体记忆成为整个民族境况的提喻，乔伊斯意在指出，建构民族主体性、延续民族集体记忆的前提是重获身体的主体性，让身体感官记忆成为延续文化记忆的媒介。爱尔兰性身份认同的建构需要民族个体用身体去感受、认识和记忆世界，让属于民族文化的记忆铭记于身体之中。

19世纪末至20世纪初这段时间的英国处于现代转型期，现代的交通变革改变了人们的生活方式，人们的时空观和身体体验感也受到冲击。现代主义作家开始逐渐关注身体作为人类存在之媒介的重要性，例如 D. H. 劳伦斯、福特、乔伊斯等人逐渐关注身体的主体性和身体感官经验。这一文学转向契合了西方哲学中的身体转向,身体在文学中逐渐占据主要地位，之前作家从古典主义开始对理性的重视逐渐被身体感性所取代。现代主义的兴起让艺术家们转而关注身体作为理性对立面的作用，启蒙时期对理性的笃信在现代社会被身体迷恋所取代，而在20世纪初之后的思想领域，精神分析等思想将会一举摧毁人们对理性权威的坚信。作家们对身体的刻画不局限于将其作为人物外貌、行为的被动元素，而是突出身体这一存在媒介的建构功能，突显了身体对文化记忆延续的核心作用。

这段时间的英国文学对文化记忆的书写以身体书写为主要特征。由于英国民族身份随着其殖民扩张而面临危机，这时期的作家越来越倾向于思考英国性的本质，因此对身体操演实践、仪式、服饰等的刻画越来越丰富。作家们意识到身体作为文化记忆媒介的重要性，在这样一个民族危机的时期，他们选择从身体视角切入探究民族性的本质。身体作为文化记忆的媒介具有其特殊性，身体感官与个体情感具有紧密联系，身体行为本身就包含一种愿意铭记的情感意向，身体媒介在延续民族文化记忆、构建民族身份认同中具有关键作用。作家们也通过自身的写作行为延续了这一时期的文化记忆，他们自身和其作品也成为该时期英国文化记忆的一部分。

参考文献

[1] HILLMAN D, Maude U. The Cambridge Companion to the Body in Literature[G]. Cambridge: Cambridge University Press, 2015.

[2] MAURICE M P. Phenomenology of Perception[M]. Trans. Landes D A. New York: Routledge, 2012.

[3] ELAINE S. The Body in Pain: The Making and Unmaking of the World[M]. New York: Oxford University Press, 1985.

[4] Ford F M. The Spirit of the People[M]. London: Alston Rivers, 1907.

[5] 福特·麦多克斯·福特. 好兵[M]. 杨向荣，译. 北京：北京十月文艺出版社，2018.

[6] ROD G. The Body of Nature and Culture[M]. London: Palgrave Macmillan, 2008.

[7] 莫里斯·哈布瓦赫. 论集体记忆[M]. 毕然，郭金华，译. 上海：上海世纪出版社，2002.

[8] EMER N. James Joyce and Nationalism[M]. London: Routledge, 1995.

[9] RICHARD B. Joyce, "Penelope" and the Body[M]. New York: Rodopi, 2006.

[10] 詹姆斯·乔伊斯. 一个青年艺术家的画像[M]. 辛彩娜，译. 北京：中信出版集团，2021.

[11] JAMES J. The Critical Writings of James Joyce[M]. Eds, Mason E, ELLMANN R. Baltimore: Cornell University Press, 1959.

[12] 米歇尔·福柯. 规训与惩罚[M]. 刘北成，杨远婴，译. 北京：三联出版社，2012.

[13] 阿莱达·阿斯曼. 回忆空间：文化记忆的形式和变迁[M]. 潘璐，译. 北京：北京大学出版社，2016.

后 记

去年,我们四位同学萌生写书的想法,欲将自己在博士课程中所获的启发落实为文字,整理成书,不失为锻炼能力的好机会。但由于紧张的课程安排与严峻的开题任务,我们始终没有落实这项计划,只是潜意识里觉得最终一定会共同写出一本著作。兜兜转转,一些时日过后,我们似乎患上了失忆症,也许是忙于各自的写作,也许是因任务艰巨而产生的逃避心理,一直未开启写书计划。直到秋季,当我们得以在百忙之中抽身,某次闲聊中说起之前的著作计划,记忆顿时汹涌,想起当时所言:等到时间充裕时,我们就马上着手写作。我们于是决定接下来的时日将致力于原来计划的"文化记忆"相关写作。

在现实生活中,记忆可以被我们有意地遗忘或逃避,也可以根据当时的现实需求进行建构。哈布瓦赫的记忆建构说鲜活地体现在这项写书计划的过程中:我们一方面在忙碌的时候选择性遗忘,另一方面在时间的空隙中得以忆起。实践经验再次论证了哈布瓦赫的记忆与社会心理学学科交叉的科学性。哈布瓦赫对记忆的社会心理学研究是其记忆研究的起点,也启发了众多记忆理论的兴起与发展。在百花齐放的记忆研究中,文化记忆独树一帜,成为记忆、文化和民族之间的重要联结。

王欣老师开授的《英国文学史与经典作品》开启了我们对"文化记忆"的最初认知。在这门课中,记忆与民族的联结、记忆的情感维度、记忆的媒介等话题成为上课讨论的中心。也正是在这门课上,我们接触到勃朗特、康拉德、吉卜林、福斯特、劳伦斯等英国作家的作品,研究了其作品中的记忆主题。在新历史叙事兴起的背景下,文学成为历史的等价物。对于19世纪和20世纪快速变革的英国社会而言,文学叙事成为英国社会历史的另一张面孔。面对日新月异的社会环境,记忆越来越依赖于物质性存在,文

后　记

学成为保存历史记忆与文化记忆的重要媒介。受益于王欣老师的启发，我们开启了本书对英国文学中记忆的研究。19世纪与20世纪英国文学所体现的文化记忆具有超验性，作家往往超越时代语境，对国家民族的传统与现代性之间的关系进行深思，同时记忆又在国家迈向现代的过程中引发了怀旧现象。本书所选取的8部英国文学作品，都属于这一时期。其中所呈现的文化记忆一方面来自作家对现代与传统冲突的思考，另一方面来自他们重塑过去的愿望。因此，对于这一时期文学作品中"文化记忆"的研究有利于把握19世纪与20世纪英国社会语境下历史、民族与文化的重要关系。此外，王安老师在《美国文学史与经典作品》与我们一同探讨了空间叙事学的兴起、语象叙事的历史发展、图像学以及文学地理学等重要学科议题，启发我们对空间、图像、地理地图学与文学的跨学科研究，成为本书"文化记忆"媒介研究的重要基础。

在本书的写作过程中，除了老师对论文写作的指导外，我们同学四人相互鼓励，共同写作，虽然本书仍有颇多不足乃至错误之处，但为此付出的努力是我们求学之路上的宝贵财富。在本书的绪论中，我们共同梳理了文化记忆的学术史、文化记忆的建构媒介以及英国文学与文化记忆之间的联系。陈之童较为全面地梳理了文化记忆的学术研究史，区分了记忆的基本概念，尤其探讨了记忆的西方研究史与中国国内研究概况，为本书提供了重要的学术背景支撑。曹韵竹梳理了文化记忆的建构和传播媒介，着重突出图像、空间场所、神话传说和身体对于传播文化记忆的重要作用，成为本著作"文化记忆"研究的先声。林鸿雁论述了本书"文化记忆"的研究中心，探讨了19世纪与20世纪英国文学作品中的文化记忆。陈之童在第一章中讨论了文学中的绘画与心理图像对于文化记忆的建构。她在探讨《维莱特》以及《虹》中的文化记忆时，尤其注重图像化记忆的生成语境，考察了英国绘画传统在文学中的应用以及相应形成的男性文化记忆与家园文化记忆。张阳阳在第二章中考察了小说中的空间场所对于英国文化记忆的建构，从康拉德《黑暗的心》中时空体与帝国怀旧的关系，到吉卜林《基姆》中文学地图对帝国文化记忆的建构，以19世纪末与20世纪初两部代表性作品中的空间媒介为切入点，揭露了维多利亚晚期英帝国的文化记忆危机以及作家对于民族文化身份的深思。林鸿雁在第三章中探讨了作品《一抔尘土》与《恋爱中的女人》中神话媒介对于文化记忆的保留与塑造。她在《一抔尘土》中考察了亚瑟王和圆桌骑士以及丛林中的狄更斯等神话传说，探讨了作者利用神话媒介揭露英国殖民的暴力事实，重塑英国文化记忆。林鸿雁认为《恋爱中的女人》中的希腊神话是英国自然文明与工业文明的隐喻，劳伦斯借用神话媒介构建出关于自然文明的原始文化记忆。曹韵竹在第四章中主要探讨《好兵》与《恋爱中的女人》中身体媒介对于英国文化记忆的操演。她通过分析对《好兵》中的运动、社交、仪式等身体实践，考察英国性的传承与其时代意义。在乔伊斯的《一个青年艺术家的画像》中，曹韵竹从文化意义上的身体出发，探究了英国殖民地爱尔兰民族记忆的建构。

  19世纪与20世纪的英国文学与文化记忆的媒介性是本著作的研究重心，背后体现的是关于文化身份、英国性、民族性等重大议题。我们选取了19世纪与20世纪的英国文学作品，在民族性与现代性的张力之间，探讨国家与民族历史、现在与未来的重要联结。当然，本书的研究尚不成熟，对文本的分析有待细化，在图像化记忆呈现的主题、文本空间与社会空间对文化记忆的建构、神话传说与现代性的联结以及身体记忆与民族文化身份的关系等重要论题中仍需深化。

  在未来研究的道路上，我们依然需要砥砺前行。科研之路，任重道远，我们感谢一路相伴的同学、朋友、老师、亲人，他们是我们前行道路上的温暖星光。

张阳阳

2022年4月